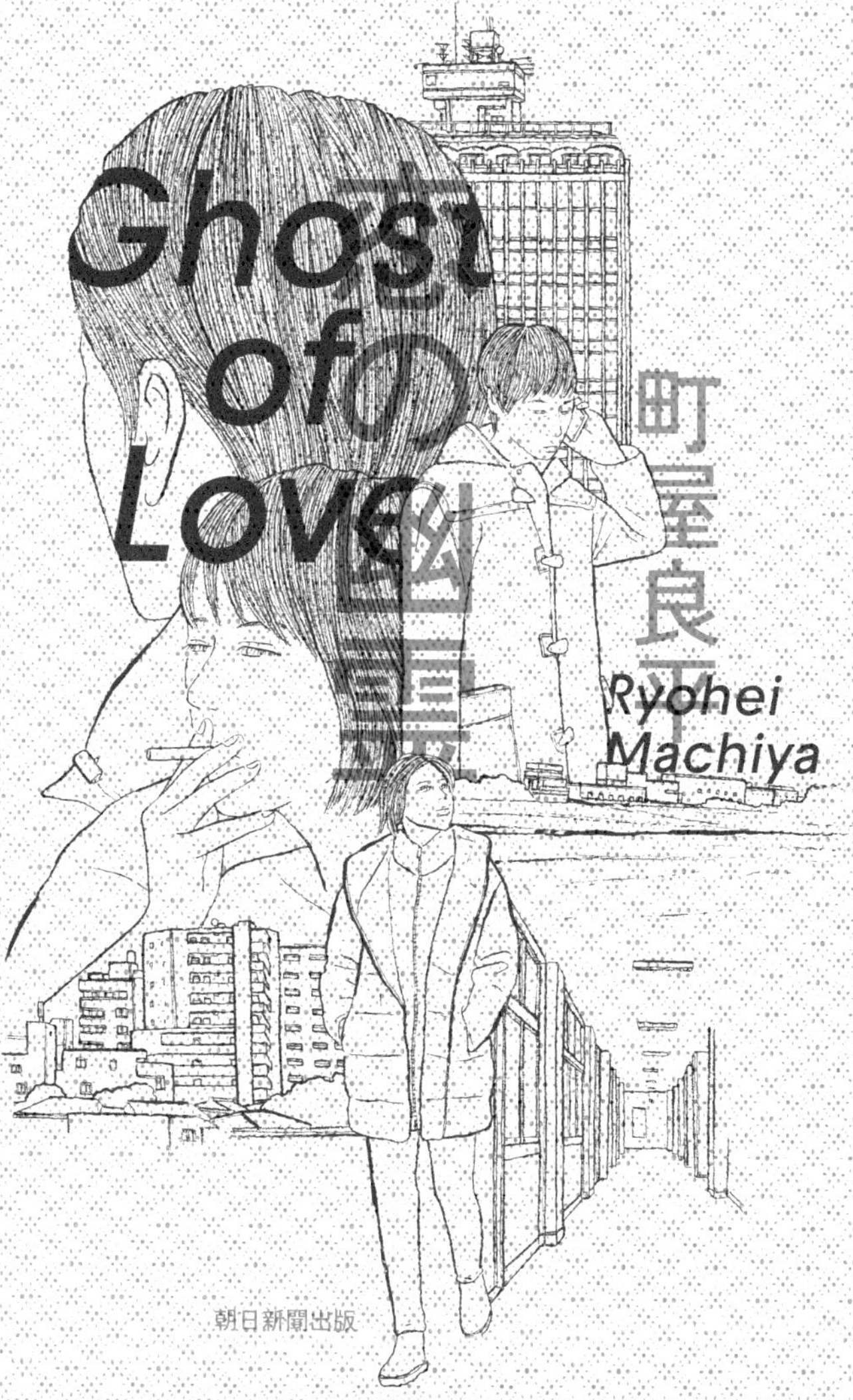

恋の幽霊

Ghost of Love

町屋良平

Ryohei Machiya

朝日新聞出版

恋の幽霊

1

いまこの瞬間、年が明けたのだと、京《きよう》にはわかった。

西郷山《さいごうやま》公園の丘から、渋谷区の夜景を一望していた。十分前となんら変わらないビルと家々の灯。しかし、京にはさっきまで二〇二一年でいまは二〇二二年なのだと、確信されるなにか心の動きがあった。

ポケットから指の感覚だけで一本の煙草《たばこ》を抜き、手に持った。

煙草は上司にもらったものだった。高圧的で、みずからの存在が暴力であることを誇りに思っているような男。

「タバコでも吸え、おまえ、おまえみたいな女は」

おまえみたいな女。どんな女のことを言っていたのか。京はマッチを擦った。行ったおぼえのない名曲喫茶のマッチ。

ずっとコートのなかで忘れられていた煙草。しかしスムースに火はつき、「ジュワ」と、まるで思春期のだれかが口で言ったような音が鳴った。

つけていたマスクを下げ、煙草をくわえた。かわいた唇にくっつく懐かしい紙の感触にわずか戸惑い、草の焦げる匂いを嗅いだ。

　ふかく煙を吸い込んだ。

　実家に帰らないと決めたのはついさっきのことだった。三十二年の人生において、正月を生家で過ごさなかった年はない。しかしひどい頭痛と疲労で寝たきりのように過ごした三日間の年末休みで、大晦日《おおみそか》になっても掃除もせずに眠りつづけた夜の十一時に、京はいままでにない、ヘンな、ヘンといえば簡単だが、それまでの自分ではないような、不思議な気分になって目が醒めた。

　そして京は母親の連絡先をブロックした。ＬＩＮＥに始まり、電話番号、携帯メールアドレス、ＰＣメールアドレス、ＳＮＳのすべてをブロックした。父の連絡先はそもそも知らなかった。

　すると強烈な快感と後悔が同時に押し寄せ、紅白も格闘技もゆく年くる年も見ず、そもそもテレビをつけない年越しも初めてのことで、ひどく戸惑った。疲れが極まった瞬間によくそうするように、瞑想を気取った、ただ部屋をまっくらにして目を閉じひたすらに時をやりすごす、そんな無為な時間をすごすと死にたい気持ちがわずか薄れる。そして年が明ける十五分前に部屋を飛び出した。

　煙をいっぱいに吐き出す。

二度、三度それをくりかえす。

京はふと、なにかを思い出しそうになった。

しかしすぐに頭を振り、そのなにかを消そうとした。真夜中の西郷山公園には人気《ひとけ》がなく、常駐しているたったひとりのホームレス以外だれもいないことを知っていた。寒波が押し寄せ、明け方には氷点下になることが報道されていた。すごく寒いだろう、京はここを通るたびに毎回そう思う。しかしなにもできない。罪悪感だけおぼえる。

罪悪感だけが〝わたし〟って感じする。

違う、正しくは〝わたしたち〟なのだろう。

結局、京は記憶を止められなかった。なにしろ煙草を吸うのは十数年ぶりのこと。わかっていた。自分はなにかを思い出してしまう。こんなところで、ひどい男にもらった銘柄もわからない煙草なんか吸えば。

あれは高校生のころのこと。わたしたちは一本の煙草を回して吸った。


「きちーっす、きつい」

「そんな？　ちゃんと吸い込む？」

「やめなよ。ダッサ」

「すげえ、なんか、すげえっす」

「なにが？」

「吸ってるとこみせて」

「やめろよ、いいって」

「アハハ、けっきょく吸うんだ」

「つぎは、おまえな」

「うん、ちょっと吸いたい」


いまではどれが誰の台詞《せりふ》かもわからないわたしたちの会話。けど、ひとつだけわかる、最後に「うん、ちょっと吸いたいかも」と言ったのは青澄《あすみ》だ。

他愛もないどうしようもないだらしない個性もない華もないありふれた〝わたしたち〟の恋。そもそも、そういった〝わたし〟でなにかを思うことそのものが、久しぶりなのかもしれなかった。でも、あのころの〝わたしたち〟こそがそういった自我のようなものと最も縁遠い存在ではなかったか。

京はさらに思い出す。四人が出会うきっかけになった日のこと。一本の煙草をみんなで吸いっこした、ほんの子どもだった十七歳のわたしたちの、さらに一年前のこと。


「君たち、いっつもふたりだね」

「え、え、おれ？　おれと土《つち》？　てか、おまえらにいわれたくねーし」

「仲いいんだ」

「うーん。まあね、仲いいよ」

「名前がね」

「名前？」

「コイツはしきだろ？　おれは土。ひらがなで二文字だから、それだけ」

「うそ」

「おれたち気が合うとかそういうんでもない」

「それってうちらといっしょじゃない？」

「マジでそう。鳥肌」

「は？　おまえらなんなの？」

「だって、わたしがきょうでしょ。この子があす。あ、青澄だからあすってこと。今日と明日。え、うちら今日と明日なんだ。過去なんてないんだ。昨日がなくて今日と明日って最強じゃねってなって」

「うそやん。キモ。なんなんおまえら」

「君たちのほうがキモいでしょ。なんなの、二文字名前のひとなんていくらでもいるし」


実際〝おれたち〟それから〝わたしたち〟、ずっと一緒にいたよね。

思い出す。わたしたちは女子にも男子にもハブられていたけど、べつに苛《いじ》められていたってわけではなかった。すくなくとも、最初のうちは。

でも、ぜんぜん「高校生」じゃなかった。「女子高生」でも「男子高校生」でもなかったし、もっと言うと「男子」「女子」「高校生」、そういうのがぜんぶしっくりこない、なんにも馴染めてないわたしたちだったよね。それはみんなといるとき、つまり四人でいるときにより強く、そう思ってた。

土もしきも背が低くて細くて、筋肉もぜんぜんなくて、男の子って感じがしなかった。エロ話も照れ隠しの揶揄《やゆ》も寒々しいかっこつけもなにもなかった。

京も青澄も髪の毛が短くて、制服もスカートも上履きもなんの加工もせず身に着けていて、猥談も協調も自立もぜんぶうまくできなかった。

わたしたち。

京は煙草の火を消して部屋に戻る。会社の最寄り駅に近く、より長い時間寝ていられるというだけで決めた目黒区の部屋は収入に見合わず、食費雑費その他を浮かすためにふだんは寝てばかりいる。いつしか睡眠薬が手放せなくなっていた。睡眠時間は充分なのだが、薬なしでは決まった時間に寝つくことができず、身体が重くて日中なにもできなくなってしまう。

部屋にひとりきりになり、散らかった部屋で京は、青澄、土、しきの三人にそれぞれメッセージを送った。


……あけましておめでとう！　久しぶり。みんなどうしてる？


グループチャットの類いではなくあくまで一対一で送ったメッセージだというのに、しぜん「みんな」という聞きかたになってしまった。

「でもさ、おれたち、気が合うってワケじゃないけど、土が考えてることとか、おれが考えてることとか、区別できんときあるよな」

「そうかも」

土としきは、ある日そう言った。それは〝わたしたち〟だ、と強くそう思った。それこそ、〝わたしたち〟のなかの誰かが思った。


「混ざってる、わたしたち？」

「おれ、京がすき、かもしんない」

「わたしたち、しきのことがすきだ。だいすきだ」

「わたしたち、つきあわない？」

「土、ゴメンね。だいすきよ」

「おまえにあえてよかった」


〝わたしたち〟は、全員が全員のことを好きだった。ひとりが三人のことを好きで、三人がひとりのことを好きだった。ちゃんと一〇〇%の恋愛感情を全員に対して持ち、全員がひとりずつを一〇〇%好きだった。

土のことを。しきのことを。青澄のことを。わたしはちゃんと一対一の恋人同士のように好きだった。

おなじように、土はわたしを。しきはわたしを。青澄はわたしを。

愛じゃないかもしれなかった。京はいまでは、あれは純然たる恋の感情で、愛なんてまったく混ざっていなかったのではなかったかと思う。

あのときわたしたちは、わたしたちの恋をぜんぶ出し尽くしてしまったのかもしれない。

それからの京は、何人かの男と、ときには女といい感じになり、なし崩し的に日常や生活を、人生をそういった誰かとともにすることがあったが、キスやセックスは大丈夫なのに、休日をともにすごすという「普通」のことがうまくできなかった。「付き合って」三ヶ月も経つとなにもかも全部できなくなった。いっしょに寝る、いっしょになにか食べる、いっしょになにか見る、いっしょになにか聞く、触る、嗅ぐ、そういう、普通のことが全部ダメだった。五感がダメだった。

他人となにかを共有することがうまくできなかった。そして京には妙な確信がある。わたしたちは全員が全員、そうなのではなかったか。あのときに恋愛のぜんぶを出し尽くしてしまって、空っぽの身体、もう恋も愛もぜんぶ、ダメになってしまったのが〝わたしたち〟だったのではないか。

けっきょく年始をぜんぶ記憶に費やして、あとは寝ているだけの日々を過ごした。

三人に送ったメッセージはすべて既読もつかず、返信はなかった。明日からはろくでもない仕事に戻る。歯を磨くときに残った煙草の残り香がミントの香りに上書きされていくのを、胸が潰《つぶ》れるような思いとともに京は忘れた。

2

眩《まぶ》しさで目をさました。

カーテンの閉めかたがあまく、布の切れ目に滲《にじ》む強烈な陽光がしきの目を突いた。昨夜の行動を取り戻そうとするも記憶はおぼつかず、思い出せるところから順に追っていく。テレビ。ボクシングを見た。紅白を見た。クラシックコンサートを見た。それで年が明けて、ヨーグルトを食べて、薬を飲んで、歯を磨いて……

まるで平凡な年越し。しきは身体を起こし、小便を済ませ嗽《うがい》をしたあとで、もう一度布団に戻った。神経が緩んでいる朝のうちは、できるだけ横になったまま過ごす。そのほうが腹も減らないし、あたまも使わず都合がよかった。しきは両親の遺した財産を食いつぶしながら生きている。

とはいえたった六百万円の貯蓄と、やけに持て余す2LDKのビンテージマンション。ようするに、子どものころから住んでいる実家をそのまま相続し、もろもろの税金や手続きで減っていった現金が六百万円残り、そこから二年間なにもせずにいた。

母親が乳癌をわずらい六十四歳で逝き、父親もその二年後に交通事故で亡くなった。しきは車も人生もこわくなり、ひとり息子として父親の葬儀ほか関係事務をひととおりこなしたあとで鬱になり仕事を辞めた。

学習塾の事務を担当していたしきの業務は、たった一日ですべての作業を後任に引き継ぐことができた。それから再就職の先を見つけようとしていたのは数ヶ月の間だけで、三十二歳になったいまも鬱症状からうけたダメージをまったく和らげることができず、生きがいや好奇心のすべてを失ってしまった身体はまともに起こすことも難しい。

決めていることがあった。

貯蓄がなくなったら自殺しよう。

それからはなるべく金を使わない無味乾燥な生活をおくるようにしていた。この数年間は喉がつかえてなにも考えられず、その行動力もないのに死にたいと無為に考えるような時間はだいぶ減った。たぶん、SNSにはけして登場しないけれど自分のように生きている人間はそれなりにいるのだろう。つまり鬱、引きこもり、ニート。

あいまいな自殺願望。

感染症の蔓延《まんえん》により、自分と同じようにまったく人と会わない独居の人間が増え、孤独の偏差もますます拡大しているらしいが、しきの実感としてはなにも変わらない。

二時間ほど横になったところで、冷凍しておいた米を解凍し、刻んだ豆腐と味噌をいっぺんに煮たてただけの味噌汁で朝食をとり、スマホを眺める。

「あんなこと」があってから、地元の友だちも一切いなくなった。子どものころから今にいたるまで、培った人間関係などしきにはなにもない。だれがどこでなにをしているのか一切わからない。しかし、動かないLINEに何年ぶりかと思えるような一件のメッセージが届いているのをしきは確認した。

送信元の表示に「京」という一文字が映る。それだけで、ずいぶんおかしな気分になった。

……あけましておめでとう！　久しぶり。みんなどうしてる？

そっけない、それでいて他意のないことがわかる、京らしいメッセージだと思った。

頭痛に襲われ、しきはじっと目をつむり耐えた。冬はとくに酷《ひど》い。ちょっとの寒暖差でも拳の骨頭をこめかみにおしつけられているかのような頭痛が頻繁にやってきた。

すこしの呼吸をくり返したあとで目を開き、数秒前とおなじく液晶に表示されている京からのメッセージをもう一度読んだ。

みんな？

グループチャットなどではない、個人間のメッセージに使われた「みんな」という言葉。だがしきにはすぐにわかる。自分と土、それと青澄のことを指している。

思考がとめどなくしきを襲う。スマホを見たことを後悔していた。高校生のころはろくに物事を考えていなかった。だがそれが普通なのだろう。物事を「深く」考えた結果、鬱になりかえって高校生のころ以上になにも考えることができなくなった。

だけど高校生のころだけじゃない、子どものころからしきにはなにも、やりたいことや夢なんてひとつもなかった。それでも、今よりマシな、なにかに成れるとか、なにかを成せるとか、ばくぜんと考えていた。

呑気《のんき》なもんだなあ。

しきは懐かしい。記憶がほんのすこしの力を身体に与える。時間をかけて布団の中から上体を起こし、散歩に出かけた。

夕方の空気は冬にしては温く、歩いているぶんにはとくに寒さは感じなかった。

せんげん台駅が最寄りの自宅から東武伊勢崎《とうぶいせさき》線の線路に沿って上り方面へと歩く。子どものころ通っていた幼稚園を通り越し、母校の中学校を左手に大袋《おおぶくろ》駅まで歩いた。

平日昼間はガランとしているベッドタウン特有のしずけさ、その中でも各駅列車しか止まらない大袋駅周辺はとくに閑散としていた。極小の有人改札がしきの子どものころの記憶につよく残ってい、切符にハサミを入れられるしゃこ、という鳥の鳴き声めいた音を思い出す。

今日はまだ歩けそう。しきはさらに線路に沿って歩きつづけ、北越谷《きたこしがや》駅を越えて南東方向に折れ元荒川《もとあらかわ》の流れに進路を預けていく。夏にはうっそうと茂っていた雑草が枯れ、風に吹かれた土が黄土色の膜のように見える河原の風景にしきは現実を告げられる。この景色が見たくてここへ来た。

記憶にガッと足首を摑《つか》まれるようだった。

土。思いだしたのはまず、しきの人生でゆいいつ親友と呼べる男のこと。だけど、おれたち「親友だよな」って安寧していたはずの土が、記憶のなかで、いつからか「おれらって、恋人？」そんなふうに混乱していたあの嵐の日々のこと。

元荒川の、ゆるやかなカーブが削る河原を眺めている。鴨が寒そうに水面下で泳がせる、水につけた足の動きが象《かたど》る波紋のいくつかもよく見える気がした。

複数の橋を越えて進み、すっかり疲れた身体でまだ残っている夕方のひかりに照らされる久《ひさ》伊豆《いず》神社の入口に立つ。その奥右手に土と、京と、青澄と、通っていた高校がある。

参道に入る。大きくも小さくもない規模の久伊豆神社の境内は、小学生のころの行動範囲ではとても足をのばせない距離にあって、中学では部活の友だちとたまに自転車で遠出して遊び、高校生になってからは毎年初詣に訪れる馴染みの場所になった。二年の年越しは土ときた。でも三年の時にはもう四人の関係がぐちゃぐちゃになっていて、ろくになにも覚えていない。

暮れ方のこの時間にもチラホラと参拝客がおり、久しぶりに感じる雑踏の気配に敏《さと》くなっている身体が頭痛を点《とも》す。人がこわい。いつからこんな身体になってしまったのか。しきは拝殿まで進むことができず、池がある地点で左に折れ、泳いでいる亀や鯉を眺めつつ庇《ひさし》越しに漏れてくるわずかな橙の光を浴びて顔が斑《まだら》になった。

いつかもそうだったな、としきは思い出す。

ながい行列に並んでいた。

真夜なか。午前零時をすこし回った冷えがカイロを挟んだ靴裏と足をつらぬいて凍えた。まっすぐにつづく参道の、とちゅうを棄権するみたいに右に抜けていくとおれたちの通っている高校があった。いつも登校するときは身体の向きを倒して拝殿を左手におき、まっすぐ切り裂くみたいに自転車でシャッと、横切るだけの場所だったから、今日は拝殿に正面むいて立っていてずっとヘンな気分だった。

おれは子どものころからお正月が大好きだったから、やけにテンションがたかかった。

土とさぶさぶーっていいあいながら並んでいた。中学のころはバレー部で、部活のなかでは友だちは多かったというか全員友だちってかんじだったけどみんなおれより仲いい親友みたいなやつがいて、きまったそういう親友がいないやつでもかならずおれよりは仲がいいだれか、べつの友だちがいた。おれはだれにとっても一番じゃなかった。だけど、それはそれでよかった。べつにさみしいとかない。みんなと仲良かったし、ヘンに距離を間違えて仲わるくなったり、逆にベタベタしすぎて自分の境界がわかんなくなっちゃうこともなかったから。

「しき、あれ」

土がいった。

「なに？」

だからだれかとふたりでながく行動する、どこかへいったり組んだりするならたぶんコイツと、っていうきまった相手は高二のときにであった土がはじめてだった。おれと土は高校にはいったときの身長が一六〇センチとおなじで、一年で一センチ、二年で二センチ、それぞれおなじように伸びた。ふたりとも体重は五十キロになったり四十九、てんいくつ、になったり、つまり同年代よりだいぶチビ。

「先頭。なんか、おもったよりぐるぐるしてる。まっすぐじゃない」

「蛇みたいにならび？」

鳥居をくぐり境内に入った部分。視界がいっぺんに広がるましかくの、ほぼ正方形のあのスペースに、人が横向きに蛇行しながら折り畳まれ、ぐねぐねと曲がりくねった行列を成して参拝を待っている。

あと一時間ぐらいかかな。

つかれたな、っておれがおもった瞬間に、土がおれの手首の、パーカーの袖ごとをギュッとつかんで、横へとんだ。後ろにならんでいたおじさんが、いぶかしそうにコチラをみたあと、すぐにおれたちふたりぶん空いた列の隙間をつめた。

「え？」

でちゃったじゃん。行列から。

並び直したら、三十分以上かかる。

「おいー、」なにしてんだよ、とおれはいおうとした。けれど、いままさにおれが、列を抜けだしたい、抜けだしたらどうなるかな、と考えてたとこだったから、想像したことが土によって現実にさせられた、みたいな感覚になり、黙った。土といるとよくこういうことがあった。

「でちゃったじゃん」

土はいった。まるで、おれがそうしたかのようにいう。いつも。

すこし後方の、右手に抜けると高校がある地点から二十分かけてたった十五メートルぐらいしか進んでいなかった。おれたちが左手に抜けたあたりには庇に上空を覆われたおおきな池があって、亀と鯉といっぱいの生き物がつめたい水をいとわずに生きている。

ふたりぶんギリギリ空いていた木のベンチにつめつつ座ると、土の尻と肩のあたりのカーブが、おれのそれに反発するかのようにぶつかって同期した。筋肉と筋肉がつぶれて合わさる、服ごしにもそんなしなやかな身体の変化と体温がわかった。

「今年、はもう高三かー」

おれはいった。土はなにやら、モジモジしている。

「高三なー……」

ほんとうは十一時半に夜のした、待ち合わせしているときから気づいてた。土はなんかおれにいおうとしている。

「おれんち、じつは、すげえ貧乏でさ」

といった、あれは秋のことだったとおもう。そのときもそんな感じだった。

「生活保護なんだ。というか、最近まで、そう、だったんだ。だからさ、あんま家とかは、恥ずい。ごめん」

おれはいいよ。そんなん。といった。そんで、ありがとう、といった。なんのありがとうなのかはいわなかったし、いえなかったけど、土はそれきりもっと仲よくしてくれて、なんだか接近可能距離みたいなのも縮まった気がしたから、よかった。おれは家族以外には、土にしかそんな距離に自分の身体を入れたことはない。もっとずっと小さいころはそうじゃなかったって知ってる。スーパーで子どもたちとすれ違うと、まるでおれの身体がジャマな柱ですり抜けるみたいにジーパンに触れて身体をくねらせ避ける、柔らかい身体をしっていた。いつから人間は、人と人との、自然というより社会的な距離を、物理的に他人と、とるようになるのだろう。それは一気に？　じょじょにグラデして？

土は家が貧乏といったときよりずっとモジモジして、「いやー。はずい。はじいよぉー」と、何回もいった。

「え？　なんなん？」

いいづらそうな土の身体にしまわれたなにか言葉、それか感情。おれは、踏み込んでそれを引きだすべきか、黙って待つべきか、わからない。こういうとき、ほんとにみんなどうやってるんだろう、人間、ってなる。だけど、おれたちは、わかる気がした。おれたちはこういうとき……

「いいよ」

おれたちはこういうときいつも、促すでもない、引くでもない、そういう態度をとるべきだった。それが、友情ってことともってたけど、それがあんな風におかしな方向に、おかしなボロボロに、変わってしまうだなんて、あのときに戻ったらもう一度、おれたちやり直せるのかな？

土はおれをじっとみた。

そのときの土の顔。おれは悟った。

土は恋をしている。

恋の顔。あれはとても再現できない。

「うー……」

寒いだけのように、身を縮めて土は唸《うな》ったけど、もうそれまでの顔や声とはぜんぜんちがった。

おれもそういう顔をしていたときが、きっとあった。青澄に？　京に？　土に？

たぶん、全員に。みんなに恋の顔をむけて、おなじように反射してきた恋の顔。そのかえってくる空隙《くうげき》にしかない、あの表情。反射してもどってくるまでの合間にいっしゅんやどる、嘘《うそ》みたいに友情じゃないぜんぜん愛でもない純然たる恋のきもち。

「どしたよ……」

なにもいわない土におれのほうが、泣いてしまうよとおもった。いよいよな寸前になって、おれの泣きを防ぐみたいに、ようやく土はいった。

「おれ、京がすき。かもしんない」

おれは驚いた。だって、てっきり土はおれのことがすきというとおもったからだ。そういう雰囲気を感じていたとかじゃない。ただたんに、いまおれにむけられていた土の恋の顔に照れて、そうとでも錯覚しなければ割に合わないぐらいに現実が、張り詰めていて。

「あー……」

おれのほうが、放心してしまった。そこからの記憶はない。突きつけられた現実が、一気に身体をつくりかえてしまい、翌朝目ざめたときには、つよくわかってしまったことがある。

おれたちは全員、恋をする。

まるでちがう五感。まるでちがう身体感覚。風景。それと世界。そんな全部。にまとわれて。


思い出して、強烈な恥ずかしさとなにか、言いようのない巨大感情に襲われ、しきはほとんど愕然《がくぜん》とした。池の周辺の、当時とまったくおなじベンチに腰かけていたその場で立ち上がり、座り、立ち上がりを無為にくり返し、左耳の二十センチほどしたにある心臓の音がうるさい。

こんなおかしな、こんなすさまじい、こんな異質な。

去来する思い出を再現することで起ちあがってきたかつての自分の身体が、自分の思考が、自分の言葉が、これほどまでに現在と違った、まったく異質なそれであることに、ほとんど足が竦《すく》むようだった。

気がついたら目から涙が零《こぼ》れおちていた。あのとき、このベンチで半身をぶつけ合っていた土とはもう十五年会っていない。

あれは恋だったのだけど。ありふれた恋だったのだけど。

まったく身体が、五感が、世界が違う、違ったんだなって。

恋という身体感覚とそれが見せてくる風景に、十五年たった今でさえこんなに戸惑う。

こんな気持ちを、こんな身体を、こんな五感を、こんな言葉を身体にしまったままで果たして〝おれ〟はちゃんと死ねるだろうか。しきは頭を抱え、冷えきった足先を靴のうえからしきりに擦《こす》った。京のメッセージに返事。とてもできそうにない。高校を卒業して以来一度も、連絡をとっていなかった。京とも、青澄とも、そして土とも。そのまますっかり冷えきってしまうまでしきは池のほとりを離れることができず、水面で移りかわる生き物たちの呼吸と光の加減だけを、ぼんやりと眺めつづける。

3

かえりみち。わたしたちは毎日ふたりで下校していたんだっけ。

それでいて家が近いというわけでもなく、京は武里《たけさと》駅が最寄りだったんだし、わたしは新越谷だったから電車の方向も逆。わたしたちの高校は北越谷駅と越谷駅の中間にあるということになっていて、でも両方の駅へもあるくと二十分もかかる。わたしと京は毎日、きたこし、越谷、どちらかの駅まであるいてかえる、それを交互にくりかえした。

　例外もある。ときどき、三人目の刺客ってわたしたちが呼んでいる、新メンバーが加入する時期もあった。でもそれはいつもすぐ終わる。はやければ一日、長くても一ヶ月で刺客は消えていく。

　わたしたち、刺客をはっきり自信をもって「歓迎してた」っていえるわけじゃないけど、ときには、「わたしたちきょうから三人組だね」って本心からいいあった日もあった。何回もあった。けど、だれかからハブられていたり、男の子と付き合っててその男の子がひどい束縛で女友だちにも嫉妬するタイプでその女の子自身もすすんで孤立して彼氏だけとしか仲よくしてなかった、なのにフラれちゃった。そんな子が教室という社会に「復帰」するときに、まっさきに選ばれるのはわたしたちだったりした。すごくかわいい子ばっかりだったから、わたしも京もうれしくて、嫌なきもちになったことなんてなかったとおもうけどそういう子たちはすぐにわたしたちでリハビリを終えるともっとたのしくてあかるい社会にもどっていく。わたしたちは実際はあかるくもくらくもなくて、ふつうといえばふつうだったけど、たしかにもっと楽しそうにしなきゃあっち側にはいけないよね。そう京とよくいいあった。私服オーケーの学校だったから女子の半分ぐらいはＴシャツで登校してきたり、どこで手に入れていたのか未だにわからない他校の制服で登校してきたり、体操服で登校してきたりしていた。わたしたちはずっと一応指定されているセーラーで登校していて、そういう子も１／４ぐらいいたから、浮いていたというほどではない。

　しきと土も、いつも学ランを着ていたな、とおもいだす。夏は半袖のカッターシャツ。他の子みたくスラックスをふくらはぎまで捲しあげたりもしないし、着替えでもないのに教室で半裸になったりもしない。けどわたしたちはしっている。見た目はそうでもなかったけど、しきと土はすごく男の子だったんだって。勇気があって、やさしくて、かっこよくて、かわいい。女の子にもぜんぶあるそんな素敵さ、よさをみんなもっていて、でもわたしたちとはあきらかにちがっていた。

そんなぜんぶ。教えてくれたのは京だった。年が明けてすぐのころだったとおもう。

「今日、河原寄ってける?」

越谷ときたこしにわかれる新宮前橋《しんみやまえばし》のてまえで、京がそういった。なんか話したいことがあるんだ。

「いいよ」

「ありがとう。あす」

京はわたしのことをあす、って呼ぶ。あとではしきと土もそうなった。音としてはあすみ、だからそういう風に呼ばれるのはよそでもよくあったけど、京、しき、土に呼ばれるといつもちがう、特別ななにか感じがあった。埼玉って年内はあったかいけど年明けたらすごく寒いよねって、べつの土地を知っているわけでもないのに毎年いいあった。土は小二まで青森に住んでたっていうから、「ぜんぜんちがうよ」っていうかもしれない。あるいは、「むしろ埼玉のほうがさみい、ヒフの感じでは」。

いいそう。

元荒川を北西に上っていくと、文教大学がみえる。ほそく浅い川に急勾配の土手がすりばち状に窪んでて、その斜面に桜の木がぎゅうぎゅうに植わっていて、あんなに斜めでも咲けるなんてたくましい木だなって毎年おもってた。咲いているときより枯れているときのほうがそう感じるからいまはすごく冬だ。

「すわる?」

てきとうな場所でそうたずねると、ベンチをひとつやりすごしてつぎのベンチに京はすわって、そこは木の芯まで冷えてるみたいにつめたかった。

「なんか、すごいあれだったね。高城《たかぎ》セン、『いいたかないけどキミタチ、三ヶ月後はもう三年生だよ』って、一回のセンテンス? フレーズ? で八回ぐらいいってたよね。いやいいたすぎでしょっていう」

座るなり京はいった。

「いってた。やっぱ、京なら絶対気づいてるってか、京が気づくだろうなーってわたしも気づいたってかんじかも?」

「だよね。まだ年明けて学校はじまって五日しかたってないのに、五日しかたってないから? しつこいよね」

「しつこい。ねえ、土日どうする?」

そうだ。わたしたちは平日も休日も、毎日会っていたんだった。このころまでは。

「OPA《オーパ》いくとか、カラオケする? 新曲PVみたいかも」

いつもだったら、いいねいいね、でもあそこも——って、京は入ってくる。

けどこの日はちがった。もともとなにか話したいことがあるってうすうすしってたけど、こんな落差、ふだんの京なら絶対ださない。いきなり黙っちゃうなんて。

「京？」

わたしは河原の一点をみつめている京に、ちいさめの声をかけた。まるで水辺の鳥たちを、ビックリさせないために出した声みたい。いま、京はわたしに、なにかをいおうとしているな。なにかかな。京の内面の世界をこわさないように、こわごわ探っていく。なんか、不安とかなのかな。わたしたち、バイトしたほうがいいのかなあとか、もっと勉強したほうがいいのかなあとか、マラソンサボれないかなあとか、京はわたしよりどちらかというとチャキチャキ物事を決めていくほうなのに、ふたりきりだとよくこういう、いいたいだけの不安を口にする。

「どした？」

なにもいわない京の顔を覗《のぞ》き込む。

この瞬間のこと。忘れらんないのに忘れてた。おぼえてないのにおぼえてた。矛盾してる、その両方。その中間。

忘れられないのにおぼえてなくて、おぼえてるのに忘れてて、おぼえてないのに忘れてなくて、忘れてたのにおぼえてた。

そのぜんぶと、その四つのなかの三つとかひとつとかふたつ。いろんなパターンの、記憶と忘却がいっぺんに巡る。

「あす……」

京は泣いていた。京が泣いている場面なんていくらでもみたことあるけど、なんかちがう。わたしは反射的に京の前髪を撫《な》でて、「どしたー」といった。親指いがいの四本の指の、第一関節あたりを櫛にしてけずるみたいに、つるつるの京の前髪をさらって、きいた。

「なんかあった？」

京は、涙をいとうこともなくて、手で顔を隠したりもせず、いったのだ。

「土に告白された」

わたしは、すごくヘンな、ヘンというか巨大すぎるびっくり、おどろき、でワケがわからない、いっしゅん意識なかったみたいな、強風で飛んできたビニール袋がいきなり身体にぶつかったみたいな、ショックをうけていた。でも、泣いている京のまえでそんな顔をしてはいけないとおもって、つとめて普通にした。

「すごい」

おもわずそういった。

「土？　京のこと、すきだったんだ。やるじゃん」

とかいいながら、わたしたちはだれも、そのとき恋なんかしたことなくて、憧れはあったとおもうけどまだべつにいいって感じで、同級生たちがキスとかセックスってすごいいいあうのをきこえないふりしていた。だから、だれかのことを「すき」っていうのだって、ほんとかな？　都市伝説とかそういう、あるいは芸能人とかスポーツ選手かっこいいっていうのと、おなじでちがう、ちがうおなじみたいなの、あるのかなっておもってた。

わたしはすごく動揺していた、とおもう。

泣いている京に、「それでどうしたの？」「どうするの？」ってきくのがすごく酷な気がして、どうしていいかわからない。ずっと前髪を撫でているうちに、京の肩に自分の身体を斜めにかぶせて、京のことを抱きしめた。京の身体、あたたかい。泣いているからかな？　そんなことをおもった。川の磯くささと混じって、京の、うすくジャムを塗ったトーストが焼けたみたいな、かすかなにおいをかいだ。

「土のこと、すき？」

わたしではなくて、京がきいた。

わたしは京の身体から離れた。

「すき、だけど、そういう意味では、すきじゃないよ」

わたしが反射的にそういうと、京はだまった。

きっと、京はわたしのその台詞がウソだって、わたしよりずっとはやく、しってたのだ。嘘というか、嘘じゃなかったけど、でもすくなくともほんとうじゃない。わたしは、京が土のことをすきかはわからないしきけない、いままでそういう話をしたことがない、けれども、京は恋してるんだって、いま京は恋なんだって、そうつよくおもった。

「うれしい？　土に告白されて。びっくり？　かなしい？」

自分の口から言葉としていうことで、わたしは、そんなのぜんぶ嘘って、確認していった。恋をしてるとき、ひとのぜんぶの感情は嘘だし、ぜんぶの言葉は嘘だって、そのあとにいやってほど、おもいしらされることになる。

「感動は、してる」

感動。そうだ。わたしたちはただ感動してただけ。感動してるときってほかのことはぜんぶ嘘だ。それは恋なんだって、京の顔が教えてくれた。言葉でも感情でも愛でもない、身体で恋で文法なんだって、そうでない身体でおもいだすとわかる。だってただおもいだすだけでとくべつな五感、とくべつな言葉におかされて、こんなにちがう？　こんな記憶、ふつうのきもち、ふつうの言葉じゃとてもおもいだせないよ。そのときはわたしたちにとくべつな集中が訪れた、まるでスポーツや学問や創作をやっているみたいに、恋なんだって。

わたしはもう一回、京の身体を抱きしめた。息をおおきく吸い込んだ。

かすかにカルメ焼きのような甘いにおいがして、吸い込んだ息を吐き出した。

目の前には沙里《さり》の背中があった。両足の重心が横に揺れている。大人に比べて、どちらかの足に重心が乗っている時間が極めてみじかく、たえず交代し不規則な横入れをくり返しながら、沙里は青澄の布団の周りを歩き回っていた。

「おはよう」

もうすぐ二歳になる沙里はまだはっきり言葉を話せない。「バハー」というような音を発して、青澄の顔めがけて飛び込んできた。朝の六時。

このところ毎晩、おなじ夢を見ている気がする。そのせいか身体が重い。沙里を抱いて立ち上がり、トイレと洗顔を済ませ、YouTubeを点《つ》けてほしい沙里にパスコード入力済みのタブレットを渡し、米が炊けているのを確認した。

それからは怒濤《どとう》だ。いつのまにか母と父は起きているが、「お茶をちょうだい」「新聞は？」と言うだけでなにか自分から動くということはない。この家には子どもが四人いるみたいだ。

両親と沙里、それと沙里の父親で青澄の弟である崇《たかし》。

いや、五人なのかもしれない。青澄は三十二歳になったいまでも自分が大人になったという実感がない。結婚や出産といったイベントをことごとく忌避してきたせいかもしれない。それに、両親に対していまだに反抗期ともいうべき悪感情を持て余していた。

無言でお茶や新聞を用意し、毎朝バカでかい音でする父のラジオ体操と沙里の見ているキッズチャンネルの混ざった喧騒を冬の朝の薄もやがかかったような景色のなかで聞きながら、湯を沸かした。ほうれん草を茹でる。家族全員の朝食と崇の弁当に入れる分を大量に。お湯がうすい橙緑のような色に変わっていくのを見ていた。

「またほうれん草？　ビタミンにしても偏るよ」

母親が、とおくからそう言っている。違うレイヤーから干渉されたみたいに、青澄には反応すべき声としては聞こえない。

六時半になっても崇が起きてこないのを確認すると、「沙里ちゃん、パパ起こしてきて」と青澄は言う。待ってましたといわんばかりにタブレットを床に落として、ゴンという巨大な音を響かせながら沙里は崇がまだ寝ているであろう寝室へ駆けていった。

いつからだろう。青澄は弟のことを「パパ」と呼ぶことの奇妙さ、気味の悪さに慣れてしまった。沙里に対してのみならず、ときどきは両親、ひいては崇自身に対してそう呼ぶこともある。みずからの歴史のなかでだいぶ浮いているはずの、「パパ」というその呼称。

この家の子どもで唯一結婚し「片付いた」弟は、しかし配偶者に不倫され、晴海《はるみ》に二十五年ローンで買ったマンションを売り払い実家に出戻ってきた。探偵をやとい裁判などを起こす過程に疲弊していった当時の崇には沙里を保育園に入れる手続きなど頭になかったようで、親権を勝ち取ったはいいが崇が会社に行っているあいだ誰が沙里の面倒を見るのか。

　離婚裁判の渦中に実家で集まったときの崇は、あきらかに痩せ細っていて、憔悴しきった様子だった。話したいことがあると家族を集めたはいいが、いつまでたってもなにも言わない。

　その日もエネルギーを持て余していた沙里の相手をしてやれるのは青澄だけだった。結婚どころか恋愛の経験もろくになく、青澄とて子どもに慣れているわけではなかったが、ぎこちなくとも沙里のことを無視しない大人がここには青澄しかいなかった。

「青澄が面倒みてあげればいいだけの話でしょ」

　まだ始まってもいない話し合いのすべてを先取りするかのように、母がそう言った。

「は？」

「だから、もしほんとにそういうことに、崇と月美《つきみ》さんが離婚することになったら、崇が仕事をしているあいだ、ここで青澄が沙里ちゃんを見てあげれば」

「わたしだって仕事があるから無理だよ」

「仕事？　リモートにしてもらえないの？　また」

「いまは感染が落ち着いてるから無理だって、ずっと言ってるじゃん。それに、リモートだからって面倒みれるわけないでしょ」

「だったら時短にしてもらいなさいって、前から言ってるじゃない。いつまでも実家にいるのに家事もろくにしないで。どうせ誰がやってもやらなくてもいい仕事なんでしょ？　あなた自身がそう言ってたじゃない」

青澄は出版社の営業代行を請け負う会社の事務として働いていた。たしかに、フルタイムから時短勤務に切りかえる気はないかというヒアリングが社長から頻繁にあった。社員全員でも十五人に満たない小さい会社で、市場の安泰神話がまだ揺るがなかった一九九六年に創立し、ピーク時の半分以下とされる業界縮小の煽《あお》りをまともにうけるこの会社に、営業事務が二名いること自体僥倖《ぎょうこう》なのだと、他の社員からも皮肉めいたことを囁《ささや》かれてもいた。そして「結婚」の二文字をときに露骨に、ときに遠回しに、チラつかされたりもして。

「まずは、崇が育休なりとるべきでしょ。父親は崇なんだから」

「無理だよ」

崇ではなく、母がそう言った。

「崇、あんたに聞いてるの。沙里のためなんだから」

崇は依然黙っていた。そして、父親も黙っていた。こういうときに黙るのがこの社会における父性のあらわれなのかもしれなかった。

「申請ぐらいはしてみたら?」

青澄が再度食い下がると、母親は「止《や》めなさい。崇の立場にもなってみなさい」と言うのだった。

そして青澄は結局十一時から四時までの時短勤務に変わり、そのあいだの沙里の面倒を両親が見ているほかは、家のことを全てするようになった。面倒を見るといっても、両親はすぐに子どもから目を離すし要求にいっさい応えない、ただあきらかに具合がわるいのを崇にではなく青澄に報《しら》せる。怪我をしないように危険なことは注意する。そうした役割すら心もとなく、そもそも両親が頼りになるのだったら青澄は意地でも仕事を減らさなかった。

崇がようやく起きてきたことが、シャワーの音によって分かる。新越谷から天王洲《てんのうず》アイルまで九十分かけて出社する崇はつねに寝不足で覇気がない。顆粒出汁《だし》だけを入れて沸かしておいた湯に味噌と豆腐とネギを投入し、卵を焼いてほうれん草を盛りつけ、崇の弁当といっしょに家族五人分の朝食を仕上げていった。

「あんた。塩分多いんじゃない？　目玉焼きに味噌汁って、しかも昨日もそう」

血圧が高い父親はしかし味の薄いものにはなんでも醤油をかける。青澄は無視して食卓をととのえていく。沙里が泣きはじめた。

「どうしたのー？」

フライパンを持っているから手が離せない。しかし母親も父親も沙里に近寄ることはなかった。

やがて沙里の泣き声は、つよい要求があるときのそれに変わっていった。

「だって」

「あーーーーー！！！」

「――――なの！！！！」

というようなことをくり返している。聞こえているはずの崇はシャワーを止めない。

食卓と弁当を中途半端にして沙里に近寄り、抱き上げてあやす。背中を叩《たた》いてるうちに、おそらく崇を起こしにいった際に満足のいく反応をもらえなかったことを言っているのだろうとわかってきた。不思議なことに、ハッキリした言葉がなくても抱き上げていっしょの体温になって揺れていると、そういうことになっていくというか、そうとしか思えない結論のようなものが浮かんでは消えていく。そのくり返しが子どもと常にいるということなのだった。

「そっかそっかー。あー。そうなんだねー」

なにかやさしい声を出してあげないといけない。そこに意味なんてあるようでない。ないようである。母親でもない青澄がこのように言葉にならない沙里の要求を聞きつづけていると、沙里に自分自身の解釈というか言葉を押しつけているような、なんともいえない罪悪感めいた後ろめたさをおぼえるのだった。子どものまだ意味にも満たない感情に、自分が暴力的に言葉を押しつけているかのような。世の母親というものは皆そうなのだろうか？

しかし青澄は母親ではない。

「はいはいはい。分かりましたよ」

母親でもない自分が子どもと感情や言葉を共有する、子どもの感情や言葉の発達にもっとも寄与してしまう、そんなことで果たしていいだろうか？　考えても詮ないこと。泣きやまない沙里をあやしつづける青澄を尻目に両親と崇は食卓につき、青澄が完成させられなかった朝食と弁当を勝手に完成させ、黙って食べ始めているのだった。

「お父さん、減塩のほうじゃない、それ」

青澄が注意しても父は緑色の減塩マークがついている醤油に変えることはせず、母親も「あーあー」というだけで黙って目玉焼きとほうれん草が黒濁していくのを見ていた。

崇が家を出ると、青澄は沙里に目をかけながら食器洗いを済ませ洗濯機を回してかるく目につくゴミだけ見つくろい掃除機をかけて洗濯物を干す。洗い物を片づけていても掃除機をかけていても、まだまったく目が離せない沙里の安全責任が自分ひとりの身体にかかっていることはあきらかで、もし沙里になにかあれば崇や両親がというよりまず自分自身が「自分のせいだ」と責めてしまう。

ようやく家を出て会社へ向かうその道中で、十分だけ公園に寄りコンビニで買った百円珈琲《コーヒー》を啜る。朝夕に一度ずつのこの時間だけが、青澄がひとりで息を吐《つ》ける場のゆいいつなのだった。

風が弱い日だった。砂も舞わない空気のなか枝葉がさざめいて、人のいない小さな公園は束の間のしずけさを青澄に与える。

あれは夢のようなものだったのだとおもう。

このところ眠っているときに見ている、高校生のころの記憶。年が明けて、京からメッセージが来て、それに驚く余裕もないまま家事に追われ疲れ果てて眠り、あれよあれよと過ぎていく毎日で、青澄と崇がともに仕事始めとなった今日までの五日間にくり返し見た夢。

それは、あの一年間にあったことを断片的に、しかし一瞬ですべて再体験させられるような夢。時系列や因果を越えて、互いを補完していく夢。これまでこんな夢を見たことは一度もなかった。

なぜなのだろう。土、しき、京。三人の思い出は、これまで夢にもあらわれないどこか暗い空間に閉じ込められて、身体から剝《は》がされていたみたいだった。カフェインが血流に乗って運ばれ記憶が身体に満ちていく。見た夢が身体のなかで再構成され、バラバラの記憶が五感に結びついて、ふだんの日常ではありえない感じかたと文法で集中される。

文法？　どういうことなんだろう。青澄は立ち上がり、あまらせた珈琲を手に持ったまま公園を出る。よく晴れた冬の午前中は木々と地面がにわかには区別できないほど眩しい。風が吹くと影が動いてわかる。遊具と、ベンチと、木々に囲まれて、ポタポタと水飲み場の蛇口から水がこぼれる。いまわかったことも、仕事や家事に入ればもう二度とわからない。青澄は思う。いまの自分は奪われている。この身体を、五感を、言葉を、奪われていて、あのころの思い出をちゃんと思うことすら、夢のちからを借りてしかできない。

あのバカげた、しかし人生の全てを賭けて埋没した、一度きりの恋のことすら。

それは恋の文法なのだ。あのころの五感をあるべき言葉と知覚で再構築する。そのちからがいまの自分にはもうない。記憶とは体力なのだと、沙里との日々のなかで思う瞬間がよくあった。

会社へとつづく無個性な県道沿いを進む、歩行に夢の残滓《ざんし》は零れ落ちていく。思いのかたちだけ残り、中身のない記憶の抜け殻が欲望ばかり募らせる。

土、しき、京。

あいたい。あいたいよ。あのころ、わたしたち、ほんとうにお互いがたいせつで、お互いを自分のようにおもって、みんながわたしたちだったよね。

しかし青澄は京のメッセージに返事をしなかった。

「土のこと、すき？」

あの高二の冬の帰り道。元荒川のほとりで京に聞かれた。告白されたのは京のほうだったのに、わたしはそう聞かれたことを、どこか当然のことのように感じていた。

「すき、だけど、そういう意味では、すきじゃないよ」

ほんとうではなかったその気持ち。けど、本心を言う気持ちとか、能力って、あのときのわたしにちゃんとあっただろうか。

わたしたち、ほんとうにはどうおもっていた?

ほんとうでも嘘でもいいから、思い出せる力が欲しい。あのころのわたしたちを、思い出せる力が欲しいよ。

だが青澄は京のメッセージを放置しつづける。

それは、京のメッセージをというよりどこかしら〝わたし〟を、ひいては〝わたしたち〟を放置しつづけている、そんな感触があった。十時五十五分。青澄は勤めている会社の、手のひらでは余るほど太い銀色の鉄柱を引いてドアを開けた。出勤している、一部はすでに営業に出てしまっている社員をかき分けて、できるだけ堂々とした声で「おはようございます」と言って回る。

4

記憶がどばっと、外にでちゃうみたいなんだ。

そんな感覚。知恵の輪みたいにからまったかたまりが、身体のなかにしまわれてて、それがなにかのきっかけで絡まったまま飛びでちゃう。だからびっくり、うれしい、恥ずかしい、感動。つながったそのぜんぶ。恋をしたときはいつもそんな感覚だった。

おれはたぶん、その後の人生でほかの三人より多く恋をしたとおもう。すぐすきになるし、ときにはすきになられた。ただたんに、恋というものに敏感なんだとおもう。それがなにか身体のなかから「でちゃった」もので言葉や認識で解されていない形のままだから、でちゃったあとの身体は赤くなって、熱くなって、そういうのをおれはみたらすぐわかった。

でも、あのときのようにスーパー感情！みたいな感じのをあじわうなんてことは、けしてなかった。あれは異様な、客観的にはみんなが経験するただの「初恋」のありふれた、若気の至りって感じなんだろうけど、おれはいまでも恋ってあれのことをいうのだったらそのあとのってぜんぜん恋じゃなくて、ふつうの、マンガやドラマによくあるものと交じった、他人や社会にやらされているような混ざりものの「恋愛」にすぎないかなって、おもうよ。たとえば結婚をゴールとする、それゆえにどこか閉じ込められていくような閉塞的なあれ。

だけど、十七歳だったおれたちのあれだって独創性とか個性が発揮されたようなもんじゃない。だれに話してもつたわらない。けど、それが恋ってもんだろう？　とくべつな場でもなければだれに話しても、あまりにも普通で、ありふれていて、自分ばっかりいつまでも混乱してる。

それも錯覚だってよくわかってる。恋をすることを必然ととらえること、それを止められないことを、ふくめておれは恋という体験だとしっている。恋をしたら恋をしなかったことなんて想像できない。それは願望というより身体のほうが完全にそうなんだ。たとえば自転車が乗れるようになることより、乗れるようになった自転車をもういちど乗れなくなることのほうが、はるかにむずかしいことだろう？

　あれのはじまりは十七歳のおれが京にもらったもの。そしておれはそれをしきに、青澄にあげた。それがよかったのかわからない。正直いうと後悔している。でも、やり直せないし、やり直したとしても恋はそうなる。どうしたってどこかのタイミングで恋をする。

　あの日、しきに京への恋心を打ち明ける大晦日の二ヶ月ほどまえの初冬の日、よく晴れた午前のことだった。休み時間。若干あたたかい日だったから、換気のために窓が数ミリあいていて、わずかな風が吹き込むカーテンが膨らまない範囲で揺れていた。窓際の席のおれは眩しく、全面が銀のようにひかっているなんかの雑誌をながめていた。すこし怠《だる》く、顔をうつ伏せに誌面にくっつけて、伸ばした足を机からはみ出させてブラブラ動かしていた。

　なんでそんなこまやかにおぼえているかって、それは恋だからだ。べつにいつもそういうのをおぼえているわけじゃない。だけど恋をするたびにこの日のことをおもいだす。これがきわめて正確な記憶だというつもりはない、記憶なんてその後の人生や、おもいだすときの調子によって改竄《かいざん》され、捏造《ねつぞう》されつづける。けど、どれだけ捏造されても、元になった風景や身体や五感や、なによりも記憶を再構築する言葉への信頼がある。それをおれのおばあちゃんは「文体」って呼んだ。

　小学生のころ、作文の宿題が憂鬱だったおれに、おばあちゃんがおしえてくれたこと。

「それは文体なんだよ」

　おばあちゃんは翻訳家で、だけど子育てが忙しい時期にお休みしていたら仕事がこなくなって、しぜんに止めてしまったらしい。「そのおかげで土に会えたからしあわせよ」って、何度もいってくれたけどおれはおばあちゃんにずっと翻訳家であってほしかった。だからそれが原因ってわけじゃないけど、おじいちゃんには懐かなかったし、ちょっと嫌だなっておもってた。おじいちゃんというより、おじいちゃんの側《がわ》にあるなんかの都合、「男」としてのどうでもいい柵みたいなの、それがおばあちゃんを仕事から遠ざけたんじゃないかって疑ってたから。

「文体？」

「そう。土の身体のなかにある言葉が、なんかのきっかけで外に出ちゃう。そのきっかけとか、出ちゃいかただけで、なにも整えなくてもそれは土の文体なんだよ。無理になにか装おうとしたら、土の文体はこわれちゃうの。作文のテーマの遠足にいったよーとか、感情とか、伝えたいこととか、べつになんでもいいの。ひとの言葉でもいいのよ。だれかの言葉に影響されて出てきた言葉だって、土の文体だから。ひとの言葉を借りてもべつにいい。だから翻訳家にもちゃんと文体ってあるの。というより、ぜんぶの言葉って翻訳なんだよ」

「へー。かっこいいかもね。「文体」って。なんか必殺技みたいで」

「必殺技？　そうね。すごくそうね」

おばあちゃんはそこですごく笑ってくれた。

だから、きっかけは京の身体で、言葉で、存在だった。おれの「恋」が「文体」みたいにでちゃったよって、おばあちゃんにつたえたかった。

「なにみてんの？」

雑誌を読んでいるおれの前にやってきて、べつのクラスメイトの椅子に座って、いつものようにそうなるといつの間にか寄ってくるしきと青澄はどこかべつの場所にいるみたいで、こなかった。

「んーーーー。ザッシ」

おれたちは、ほんの些細なきっかけから仲よくなって、いつの間にか四人でいることが当たり前になっていた。もともとしきとばっかりつるんでいたから、七対三みたいな割合で、しきとふたりでいることと、京と青澄をふくめた四人でいることが、ふえていた。だけど、一年のときはだれとも仲良くなかった。四人でいることが自然になっちゃったいまでは、思い出すだけでちょっと気持ちわるいほど、なんの愛着もなかった。三年間おなじクラスですごす高校だったのに、おれもしきも、仲良くなったのは高二の春からだったし、京と青澄も似たようなもんだってあとでしった。

「へえ。うわ、このヒトかっこいいね」

「あっそ」

「なにー。なんかけだるじゃん」

「んーーーーー。なんか髪切りたい」

「切ればいいじゃん」

「切るわ」

「どんな感じ」

「なんか、いい感じ」

「ふうん。短くする?」

「べつにー」

こうおもいだしてみると、この瞬間まで、ほんとになにもなかった。京に対してすきとかきらいとかなかった。聞かれでもしなければ考えないようなこと。けど、聞かれたとしてもなにもしっくりこない。ただいっしょにいると居心地がいいかもっていうそれ以外無の感情。しきと京と青澄は、おれのことを「つっち」って呼ぶ。それ以外のヤツはみんな、これまで全員が「つっちー」と呼んでいた。余計なものがくっつかない三人の呼びかたに、えらいしっくりきているおれがいたけど、そのことだってわざわざ「すき」だなんて、おもうほどでもない。なんだってそうだった、あのころは、おもえばなんだって「おもうほどでもなかった」んだ。

「短くしても、似あいそう。つちはデコきれいだし」

京がいって、おれはぎょっとした。それまで眠かったなら一気に醒めたし、怠かったなら一気にシャキッとした。たぶん、感動しちゃったんだとおもう。

「なにそれ。デコ？」

「うん。額。せまくてカーブがゆるやかで、わたしもよくそういわれるよ」

そうして京は自分の前髪をもちあげて、あけすけに額をみせてくれた。

たしかに似ていたかもしれない。せまくて丸い、おれたちの額だった。それで、おれはまた、おばあちゃんのことをおもいだしたんだよな。

「土のあたまは、きれいなかたちだよ」

おばあちゃんの言葉、「文体」？　これは違うかもしれない、このさい違くてもよかった。

京の言葉が、仕草が、身体が、声が、巨大なスーパー感情のはじまりだったんだって、あとからおれはすごい、感動しちゃったんだ。

「なにそれ！　キモ」

「キモかないだろ。そうおもっただけ。なんなのあんた」

「だって、デコって！　なんかもう頭蓋骨じゃん。骨じゃん。なんかキモいよ」

「骨上等でしょ。もう、ボウズにしなさい。ボウズ命令ね、ボウズ以外の権利はあんたにはないよ」

「だれがじゃ」

　でもニヤニヤして、去ってく京のうしろ姿をずっとみてた。

それから二ヶ月後に、おれは京の恋の顔をみることになる。それでほんとに確信した。

二ヶ月のあいだ、おれすごく京がすき、かもしれない、うーん。わかんない。でも、すき？

はじめての感情。これは、つたえなきゃわかんない？　でも、うーん。モヤモヤしていた。

告白。したことないからしてみないとわかんない？　些細な衝動で、「すき」だと告げる。

その瞬間こそはじめて恋だったんだなって、これもあとからおもいださなきゃわからなかった。

おれの言葉をうけた京の顔をみて、やっぱりはっきりこれが恋だったんじゃん！って、確信してしまい。

　これは恋だ。

　おれもいま、こういう顔をして毎日生きている？　すごく恥ずかしいよ。これまでにない身体。これまでにない世界。それって、すごく恥ずかしい。手放していいっていえるようなもんじゃない。けど、ただしょうがないだけなんだ。

「おれ、京のこと、すきなんだ、だ、だ、だから」

といったあとに広がる赤さと熱さのわたった京の顔。顔はヤバイんだって。おれは内心そんなことをおもった。京のデコをじっとみるようにしていた。

「だから、だから、あの……、だから、ってワケじゃないけど……」

ぜんぜんかっこいい告白じゃなかった。校舎の外周をマラソンで走っていたおれたちが遅すぎて、ほかの生徒は二周目に入っていて先生もだれもいなくなっていたから、「もう走らなくていっか」って京がいいだして休憩していた。それがバレて、あとで怒られる羽目になったんだけど、ふたりきりのときって、いましかなくね？って、おれはおもっちゃった。

怒られたのはおれだけ。なぜなら、京はそのあと、なにもいわずにひとりで走っていっちゃったから。

それを追いかける度胸がなくて、ただドキドキして、おれはまた、とおざかっていく京の背中をみた。

おれからとおざかっていくものはいとしい。

それですこし泣いちゃったんだ。恥ずかしいよ。でも、止まらない涙が、マラソンと告白に熱くなった頬、熱くなった胸に、こみあげて膨らんだ。爆発しそうな感情が、それまでおもったこともないようなつよいきもちを、よびさまして。

おばあちゃん、おばあちゃん、
まるで七歳みたいな、おさない情緒で、
なんで、なんでおれを置いていっちゃったの？

まさか女の子にはじめて恋をして、ようやくおもうことができるようなおばあちゃんへの情動に、咽《むせ》び泣いてしまうだなんて……呆然《ぼうぜん》としているおれに戻ってきたみんなが合流して、しきが寄ってきて「おまえー、サボっただろ？　バレたら怒られんぞー」といった。

「うん」

おれの顔をみて、しきもなにかしらハッとしたかもしれない。けど、それだってこのときのしきだったらまだ、「おもうほどでもなかった」ことだったかな？

5

おれたち、小学生のまんま十七歳になったのにね。

きゅうに土だけ、大人になって。

そんなふうにおもっちゃった。持久走のあとで、ハアハアした息をととのえながら。二ヶ月前よりすこし広くなった土の額が赤くて。

偏差値の高くも低くもないこの公立高で、一年間はただのクラスメイトだったけど二年の春に新一年生歓迎祭の係にさせられて、ふたりでいる時間がふえるとおれたちはすぐにある種の似たものどうしであることがわかった。そもそもおれたちだけなんも部活に所属していなかったから係にさせられた。まだそんな仲よくないときに「部活って無理だよね」っていいあった。物事の好き嫌いや、性格や、なにかにむかう熱量とかが似ているわけじゃない。たとえば土はいつもダウナーで身体からあふれるエネルギーにはとぼしいのに、どこかひとにすかれるとこがあったし、きゅうにだれかと距離をつめるようなこともあった。おれはきほんテンションに高低差はなくて、基本的に朗らかであかるくしているけど、内心はすごく冷めていて、それなのになにごとへも冷めている自分がいつもどこか恥ずかしかった。

でもコイツとはどこか似ているとおもう場面。たとえば周りのだれかが、エロい話をしていて、それもだれがいちばん胸でかいとか、だれがいちばんかわいいかとか、そういうのばっかで正直めんどい。モテている男子はそれとなく、「そういうのヤメロー」とか、「だせえ話すんなし」とかいう。顔は笑っても声はしんけんで、ちゃんとどんだけ仲いい友だちでもたしなめる、それってほんとかっこいいかもね。って、おれらただ遠ざかって眺めちゃってた。だって、ただふつうに傷ついてたから。そういうのにノれないということにも、そういう視線がいずれおれたちにも向けられるということにも。

たぶん、中身がまだ、小学生なのかもねって、ある日おれはいった。じぶんのなかにも同じくあるものなのに、おれたちは性欲がこわかった。それは、自分自身がこわかったということだ。そして、おれはとくに、そんな自分のことを、なんかカマトトぶってる、あざといヤツと自分ですごく恥ずかしかった。だから、おもいきっておれは土にいった。おれたちって小学生みたいだよなって。あばれる性欲に傷つけられる、それをたしなめることも、うけいれることもできない、ただモジモジしてる小学二年生みたいだよなって。

「そうな。おれたち、ずっと小学生で、やってこー」

おれは、え?っておもった。そういうポジティブを引きだす意図はなかったから。

コイツ、えらいな。恥ずかしくないんだ。っておもった。こういうのって、社会にでたらますます苦労しそうな気がするけど、それはさておき、いまもぜんぜん恥ずかしくないんだ、ってことが、羨ましかった。

　中学生になって周りの男子はきゅうに大人になる。大人になるということは、社会の求める正解に人格を捻《ね》じ曲げられるということで、いまある正解を真似て男子はおしなべてエロく乱暴になる。それはおれたちにもすくなからずあることで。でも小学生のころにあった男子のやさしさって忘れらんない。とくに低学年のころは、女子に泣かされて「ヤメロー。いまのは、ダメだろー」って弱々しく庇《かば》いあったりしてた。

　いま考えると、土はたしかにおれよりもずっと子どもっぽかった。おばあちゃんの思い出を、よくおれに話している。心と言葉はそこに置きっぱなしで、七歳のまま進まない部分がどこかにあるんだとおもう。

　おれもそんな部分を保って生きていけるかな？　大人がきゅうに性欲や恋愛感情やプライドをもちだしたときに、ただモジモジしちゃうような、そんな情緒のままでこの世界を渡っていけるなら。毅然《きぜん》とすることなんて目指していず、ひたすらモジモジしているだけでいいのならほんとはずっとそうしていたい。

　なんとなくそうおもってた、なのに、なんでお前だけ大人になっちゃうんだよーって。おれは持久走のあとでおもったんだ。あのときの土の顔。

　京のことがすきだってことは、昨年末の大晦日にきいていたから、べつに青天の霹靂《へきれき》ってわけじゃないのに、土が、心ここにあらずの顔をおれにむけたときに、「ほんとに恋じゃん」ってておれは、すごくおいてかれたようなきもち。

「大人じゃん」

土の顔。身体。みているだけでわかる。走ってなかったくせに、走ってたおれより火照って熱い。こんなの、猥談で盛りあがる同級生よりもずっと大人だし、そんな土なんてどこにもいなかったじゃん。けど、その身体をみただけでおれも、ヘンに熱くなっちゃって、火照って赤くなっちゃって、すごく、ドキドキして、なんだか……

その夜、宿題を片づけてベッドで横になっていたときに、音楽をかけていたらきゅうに泣いちゃったりした。ビックリしたおれは、すぐにお風呂に入りにいって、皮膚があたたかくなるともっと泣いちゃった。なんで？　わからない。自分の身体がわからないよ。言葉がほしい。こういうきもち、を整理する言葉。そんなのあるのか？　だれか、助けてよ！って、いちばんに頭に浮かぶのは土だったけど、土はもうダメだ。だって、おれとおなじなんだから。おれだって土を助けらんない。

「めずらしい、いつもそれぐらいすぐ入ってよ、お風呂」

母親がいっていたのを、いつもだったら口ごたえするのに「ウン」っていって、てきとうにごまかした。風呂からあがって身体をゴシゴシ拭いたあとでも、まだ濡れてるみたいに頬の皮膚が泣いちゃった記憶をおぼえてて、ずっと泣きを再現してるみたいに、もう濡れてないのにいつまでも濡れてる。

翌日、土はある程度いつもどおりだった。京も、いつもどおりにみえた。ずるい。おれはおもった。ふたりはおもいを、きもちを、どういう形であれぶつけあったから、ある程度スッキリしちゃってるんだ。まだなにもこたえをだしていないだろうから、ドキドキはしてるだろうけど、おれみたいに、いつも頬が濡れているみたいな錯覚の「恋」状態ではもうないんだなってわかった。

「はよー。二時間目、小テストだって」

土がいった。おれは、気安く話しかけんな、とおもった。昨日の放課後はむしろまだふつうで、心ここにあらずの土に気をつかってふだんより和やかに話しかけていたのはおれのほうだったのに、今朝は話しかけないでほしかった。

「宿題とみせかけて、それは集めないで小テストで判断する、卑怯な作戦だー」

土は気づいてない。おれがへんな状態であることも、ようするに「恋」がうつっちゃって、ずっと泣いてるみたいになっちゃってるんだよって、ぜんぜん気づかない。卑怯なのはおまえだ。けど、黙って、笑ってごまかした。たぶん、土は身体から恋をぜんぶだしちゃって、その反動もあって一時的にスーパー鈍感な身体に、なってたんだろう。学ランから伸びる手首のとびでた骨から、土のでていった恋の名残が、かおっているような気がした。

おれがそういう気分をいくぶん落ちつかせることができたのは、青澄の顔をみてからだった。土から逃げるように教室をでようとしたときに、登校してきた青澄とはちあわせて、ぶつかった。

「ゴメン！」

といったおれを見あげた青澄の顔は、あきらかにそうだった。おれとおなじだ。泣いている。泣いてないのに泣いてる顔だって、すぐにわかった。するとぶつかった脇腹のあたりから、くすぐったいような痒《かゆ》いような、ゾワゾワした質感がつたわって、おれは駆けだした。トイレの個室でハアハアいって、きっと青澄も昨日、京と話したんだ、京が土からの恋をうけとって、青澄もどうしていいかわかんないんだって、やけにドキドキしてだけど、そのおかげか教室にもどるといったん、ふつうにもどって土に、「おまえ宿題やったの？」ってきけたんだ。

「やってない。だから、小テストである意味ラッキー！」

　土はちょっと安心したみたいに笑ってた。


「しきー、しきー」

　って呼ばれてた。昼飯を終えて、掃除を終えた五時間目のまえだった。土も京もおれもふつうに授業をうけて、けっきょく京が土にどんな返事をするかしらないけど、なるようにしかならないしどうでもいい、とおれはきもちの整理をすこし、つけはじめていた。場合によっては土ともつるまなくなって、京とも青澄とも、気まずくなったっていい、ひとりでいい。

「なにー」

　とりあえず呼ばれたほうへいく。青澄だった。

「ゴミ捨て、手伝って」

　しかし、まとめられたゴミはそれほど多いわけではなく、いっぱいになった教室の二つのゴミ箱のうちふたつ、大と中のサイズの袋を両手にもちひとりで運べばすむ量だった。

「しょうがねえなぁー」

　だけど当時こういうことは多くて、青澄はよくおれとか土を呼びだして、無為にいっしょにいる時間をつくっていた。だから、べつに「ひとりでいけんだろ」とか突っ込まない。おおきいほうのゴミ袋をもち、ついていく。やがて、青澄がふたつあるゴミ捨て場の、小さいほうへむかっていることがわかった。

小さいほうのゴミ捨て場は旧校舎の外れにあり、生徒でそこへいくものはほとんどなかった。戦前からつかわれているという焼却炉があって、染み着いた臭いがとても耐えられるもんじゃないって感じだったから。先生はたまにそちらにゴミを捨てるよう命じてきて、ようするにゴミの量がアンバランスになってすぐに片方の捨て場だけがいっぱいになるってことだけど、生徒のあいだでは大人は嗅覚が高校生より鈍いから平気なんだろうってよくいわれてた。だから青澄がそちらの、臭くて人がいないほうのゴミ捨て場にむかってるって気づいたとき、おれは、なにもいえなかった。なんか、青澄はおれに「いいたいこと」「つたえたいこと」があるのかもって、きゅうに、身体がヒヤッとしてしまい、頰の皮膚がまた泣いちゃった。泣いちゃったことを、おもいだしつづけるような、ヘンな身体の確変状況みたいなのに戻った。

ドキドキしながらゴミを放ると、青澄はすごくとおくにちいさいゴミ袋を投げて、「くっさー」といった。それですこし笑って、「じゃ、戻ろっか」って。

それはないじゃん、っておもった。べつに、青澄がなにかヘンなことをしたわけじゃないけど、ずるいよ、ルール違反じゃんって苛ついた。それは昨日からおれが土にもちつづけていたきもちと、すごく似ていたんだ。

おれは校舎へ入ろうとする青澄の手を引っ張った。

つんのめってたちどまった青澄がふりかえるまでの零コンマ、数秒間。人生でこれほど時の止まるタイムってない、そんなヘンなおもいだしかたをおれはこのあとの人生でずっとくりかえした。青澄の顔がみらんないよ。

「あ、ゴメン！」

朝にぶつかりかけたときとおなじように、おれはすぐ謝った。

青澄は、「いいよ」といった。それで、手を差しだした。

「いいよ」

もう一回、青澄はいった。おれは、おそるおそるで、青澄の差しだされた手を握った。

あたりの空気は、すごく臭い。けど、ぜんぜん関係なかったし、感じなかった正直。ドキドキしすぎているると、恋の身体がほかの五感を許さなかった。べつに、それまで青澄のことを「すき」だなんて、おもったこともなかったのに、土の感情が、言葉が、世界がうつっちゃったみたいに、どうしようもなくて。

青澄がおれの手を握りかえした。指のあいだをつまんで、離して、手のひらをあわせて、ネバネバとくっつけたり離したり。ちいさな水かきをクロスさせてくっつけ潰す、それで、手の甲をすべすべと横に、揺らしたり。おれの指よりほんのすこしみじかい青澄の指。手指だけのその一連の動きで青澄の身体をはじめて強烈に意識する。そして自身の手指からおれのぜんたいの身体意識を、つよく青澄に与えるみたいに。

その時間はすごくながくて永遠だった。なにしてんだろっていう冷静なあたまもどうじにある。そうありながら、だけど永遠。そのふたつは両立して、ながくて強い、ヘンな時間感覚が身体に去来、きっとおれも青澄も、そうだったとおもう。

やがておれの手が、青澄の手から腕のほうへとすべり、のぼっていった。

「ゴメン……」

またおれは謝った。

「いいよ」

青澄はいう。どこまで許してしまうんだ、おまえは。おれは自分のしていることと青澄の許しつづける範囲のひろさの気もちわるさ、その両方をおぼえた。

セーラーの袖のなかで、ほそい青澄の腕の皮膚を撫でた。

泣いてんの？

顔は泣いてない。けど身体が。指をあわせて、するすると手のひらをあわせて、手首をあわせて、いつの間にか青澄の腕に手の甲が触れていて、青澄はおれの肘を摑んでいた。

なにもいわなかった。身体が泣いている。すくなくともおれは。いままでそんなこと考えたことはなかったけど、すごく孤独だった。なに不自由ない、ただのふつうのどちらかというと恵まれた高校生だって自分のことをおもってたけど、実際はすごく孤独だった。みんなそうなんだって、つよくおもいすぎて、なんで他人の体温でこんなきもちにさせられるんだろう。

チャイムが鳴って、青澄はおれの胸を両手で突いた。

「遅れちゃうね」

そういった。声が、すごくヤバくないか？　おれもいまなんかいったら、そうなっちゃう。こわくておれは、なにもいえなくて、恥ずかしい。

「もどろう。ね、しき」

名前を呼ばないでくれ！　おれは、涙がこぼれそうだよ。青澄はそうじゃない？　教室にもどって、「すみません、ゴミ捨てで遅れました」って青澄がいうと、まだそんなにピリピリした雰囲気の授業じゃなかったらしくて、「こらー」だけですまされた。おれは、みんなの顔がみれなくて、顔を伏せていた。

いそいでノートと教科書をひらく。すごくドキドキしていた。だけど、いつの間にか孤独じゃなくて、そのとき限りの、おそろしいほどの安心感、いきすぎてかえって危険なぐらいの、それに襲われて世界をみると景色がすごくてビックリしていた。しめきられた教室の、ストーブの焦げつくようなにおい。高校生たちの、体臭のまざった、冬のかわいた空気の鼻の粘膜が焼けるような。耳にきこえる先生のこえとチョークの削れる、たくさんの紙の擦れる音が、他の教室のしずけさと等価にまざっていく。窓のそと。晴れて澄みきった、とおくの山の稜線《りようせん》がいっしゅんみえたりみえなかったり。そういったすべての五感がうるさくて、また頰が泣いてるみたいになる。

土がチラチラこちらをみている。おまえのせいだぞおまえの。おまえの。おれは叫びだしそうだった。

京が土を振ったっておれがきいたのは、その数日後のことだった。


いましかない、と目が醒めた瞬間にしきはそう思った。

すぐに立ち上がり、くらくらする頭を振りながら、浴室へ向かう。一瞬たりとも自分になにか問いかけたり、動きを躊躇《ためら》ったりしたらもう無理だ。

自分の身体がすごく臭い。あの日の焼却炉とはぜんぜん違う。でも臭いということは同じだしわかる。しきは、湯を溜めるそばから服を脱ぎ、浴槽へと飛び込んだ。

タオルもなにも、準備していなかった。しかし、とりあえず身体をあたためないことには、なにもできないことはわかっていた。風呂に入るのはじつに三週間ぶり、すぐに温まった下半身からその事実を思い出す。肌を擦ると糸巻きのような形の垢がボロボロと剝《む》けていく。自分の身体が、灰色の消しゴムになったみたいだった。垢を追いかけるみたいに、その周囲にまるく脂が浮いていき、垢を中心に濁った円形がじきに同期し、おおきくなっていく。

風呂に入っているとじょじょに情緒が健全になっていき、なぜもっと早くこうしなかったのかと後悔することになる。しかしこれは毎回そうで、風呂から上がったらまたもう一度浴槽に湯を溜めるのは早くても二週間後、遅ければ一ヶ月半後になるということはわかっている。

記憶がしきを動かした。鬱におかされ冷えきった三十過ぎの重たい身体が動き出すに足るほんのすこしのエネルギーは記憶しかなかった。

あの日、衝動的に青澄の手を摑んでしまった日。

それまでのしきには、女の子と手を繫《つな》いだ経験なんてなく、恋愛感情に突き動かされ身体がおかしくなるなんてことはありえなかった。そういうものからとても遠い身体だったし、また自分のことをそう思いすぎていた。

あんな一瞬で、あんな衝動で、女の子の身体に触れてしまえるなんて。

すごく柔らかだった、すごく頼りなかった、すごく細い骨だった、そういう感想も当時はなかった。こうして思い出し、その後の人生の毒されたなにか記憶がそう思わせる。実感と認識を濁らせる。ほんとうにはあの日、青澄のことを女の子だとすら思わなかった。むしろ自分のほうが、女の子になったみたいだって、なんだか恥ずかしかったのを覚えている。

だから、青澄を男の子みたいだなって思った。おれの気持ちを察して、導いて、言葉じゃ慰められない、というか言葉でそんな状況に追い込まれてしまった泣いている身体を、しずめてくれたんだと。

しきはしばらく湯船で温めた身体を、ていねいに洗った。もっと早くこうすればよかった。それしか感想はない。

もっと早くこうすればよかった。青澄の肌に触れたあとでしきはそう思っていた。だれかの身体に孤独を溶かす、それがあんなに心地よいことだったなら。あのあとで、京にも、土にも、おなじものを求めてしまう、しきは誰からもらった恋愛感情を誰にぶつけ、誰にぶつけられているのか、すぐにわからなくなり、自他の区別がどんどん曖昧になっていった。

いまはもうそんなこと、とても思えない。

青澄で止めておけばよかった。綺麗になった全身をさらに湯に浸し、垢に塗《まみ》れた水面に手のひらをうかべる。この手が青澄を引き寄せた。でも、あれで止めておけばよかったんだ。

おれがあそこで止めておけば絶対、みんな、あんなことにはならなかった。

ビショビショの身体で床を濡らしながら、しきはベランダに干しっぱなしのタオルを取りにいき、窓際で全身を拭いた。洗濯物もずいぶん溜まっていた。カゴの周囲に散らばった衣服類を放り込み、なにも考えないようにつとめて洗濯機を回し、洗剤を入れた。そこまで一気にやりきると、急に手持ち無沙汰になった。あたたまった自分の身体から、清潔な匂いがする。人に会っても良い身体。社会の身体に戻った。

衝動的にしきは、スマホを手に取った。

……あけましておめでとう！　久しぶり。みんなどうしてる？

京からきたメッセージを眺める。放置してすでに、一ヶ月が経とうとしていた。

それからしきは心療内科に行くときみたいに、なにも考えない、なにも考えない、なにも考えないと三度口に出してつぶやき、そのあとで歌をうたった。あのころによく聞いていた懐かしい女性ボーカルバンドの曲。なにも考えたくないときは、自動的にその歌を口ずさむようにしていた。

……あけましておめでとう。おれは元気だよ。みんなは元気？

できるだけなにも考えずに返事を書くと、しぜん「みんな」という問いかけになってしまっていた。

それで一挙にグッタリしてしまい、けっきょく洗濯物は干さずにカビさせてしまう。三日後になんとかもう一度洗濯機を回すまで、それでも、京に返信したという手応えと、記憶が身体に満ちていく手応えがあって、それなりに最悪の情緒よりはすこし、マシな気分でしきは日々を過ごした。

6

わたしってすごくふしだらな人間だったんだな。

青澄はそう思いながら、パソコンのキーを叩いてる。

たしかに、あのときのわたしはすごく、ヘンだったとおもう。

だけど、わたしってもともとヘンなんだって、ふつうになれないからふつうのふりをしたいんだって、恋をしてはじめてわかってしまった。子どものころからなにかと弟ばかり優先する母親と、なにがなんでも不干渉をつらぬかんとする父親。お母さん、お母さん、お母さん！　わたしのなかで、いつも叫んでいるその癒着が、わたしをおかしくしていたのに、だからこそわたしはわたしをふつうの子どもだとおもいたかった。

京が土に告白されて、恋の身体になった京をみて、たまらない情緒がつきあげた。身体があつい。一晩中ねむれなくて、しきの学ランのなかの腕をつかんだ。おぼえてる。すこしブカブカの袖からするりとわたしの手は上っていて、肘までは捲《めく》れながらかんたんに入った。二の腕をつかんでみたかったけど、さすがに肘から先へはいかなかった。しきの骨の凹凸。それをくるむ筋肉と皮膚。あたたかい。これいいな。わたしはおもった。しきも恋の身体になってたから、うつってく。わたしからしきへ、あずけられないはずだった身体のなかのなにかつらいかなしい記憶が。そして、しきのなにかもうつってて、大丈夫だよ、大丈夫ってつよく念じると、じきにしきは大丈夫になった。そんなの、ごくみじかい一瞬だけだったけど。

お母さん。その日帰宅してはじめて、お母さんにもかつてこういうことがあったのだと、そうしたノスタルジーをつねに追い求めていて現実なんてなにもわからないんだ、だからこんなに子どものままなんだとわかった。愛なんかじゃない。弟の崇にそそいでいるつもりの情動も、ただ自分がそうしたい、それ以上にそうされたかったということを、愛と心配という決まりきった言葉にのせて、制度にのせて、暴力的にぶつけているだけなのだと。

なにもかもが正しくはない。その日からすこしだけ、お母さんという絶対的な「正解」をわたしは手放すことができた、かもしれなかった。崇もお母さんも、わたしとは関係ない、ただの弱くて自立できない、べつべつの存在にすぎないのだとおもった。

そしてわたしもそうなる。どうやったって正しくはなれない。京はのちにわたしにいった。

「あすがこんな性悪だったなんて、ぜんぜんしらなかった」

だけど京は笑って、わたしにキスをしてくれたから、わたしは性悪でも許されていたい、ずっとずっとこうしてほしかったんだとわかった。家族がくれなかったものをぜんぶ、京が、しきが、土がくれた。

だけど、それはあのとき限りのとくべつな時間。恋というおなじ身体によって、おなじ記憶によって五感によって言葉によって、わたしたちは限定的に家族のようになり、お互いのぜんぶを許せる異常空間でひとりが吸い込める以上の酸素が満ちたいきいきとした身体をフルに伸ばしあうようにして、生きていたんだとおもう。

しきと肘から先を絡ませあった数日後、わたしは土を呼んだ。

「つちー、つちー」

六時間目のあとでHRを終えた教室は、それぞれに部活にいく生徒、帰宅する生徒、自習する生徒、委員会やなにかの用事がある生徒にバラけ、目的ごとに分裂しやがて別グループに同期する、あらたな運動にザワザワしている。このところずっと、五感がうるさい。恋をしているクラスメイトがつけている香りに記憶がとびそうになり、男の子たちの肌が発する体温がにおいや湿度に結びついて動く。そこに冬の風が吹き抜けてリセットする、くりかえす。しきは土と離れて、先生となにか試験か委員会のことについてたずねているらしかった。いつも互いがどこにいるかなんとなく把握している土としき、そのふたりの意識がわかたれる一瞬を狙っていたから、わたしはすごく策士だった。

「なにー」

「これ、数学準備室にコンパス戻すの手伝って」

土はいっしゅん、訝《いぶか》しげにわたしの顔をみた。それでも、すぐにいつもの顔になり。

「おまえって、すぐ呼ぶよなー。おれかしきをよー」

土は五時間目の授業でつかわれ先生が置き忘れていった巨大コンパスをもってくれて、わたしは手ぶら。もちろんこんなのひとりでできる。数学化学係だったわたしの役割をもちださずとも、土かしきを呼ぶのなんて子犬にするほどにかんたんなこと。まだ先生と話している、しきが、わたしと土を目で追っているのがわかった。

「さむー。廊下さむい。かえったら教科書整理しなきゃだなあ」

土は呑気を装っていたけど、わたしは今日の昼に土がフラれたことをしっていた。前日に京からのメールで報されていたから。

「さむいねー。うわ、雨？　また雪になったらどうしよう」

「でもふってほしー。それは」

「なんでよ？　雪なんか、めちゃダルかったじゃん。凍ってあるきにくいだけ」

「だって、雪じゃん！　ふらないかなー。いまふってほしい、むしろ」

ただたんにセンチメンタルなだけでしょ。わたしは、内心で土に話しかけた。恋をした身体をさますみたいに、心で雪がふっているから、外部の景色とそれをおなじにしたいだけ。だって、心が湿っているのに外が乾燥していると、かなしくて、泣きたくなっちゃうもんね。曇天が窓から侵入して延びひろがるみたいにさむざむしい。わたしを気づかってよりつめたい窓際のほうをあるく、土が学ランのしたの左肩を冷やしながら「着いたー」といった。

数学準備室はチョークくさい。粉が水分をすいとって、校舎のどこよりも乾燥している気がした。土がコンパスを元の位置にもどすと、すぐ横にあった分度器を手にとってそれを盾のように振りかざして遊んだ。

「デカ分度器！　エイエイ、エイ！」

ゲーム的状況を喚起させようとしている土は、わざと幼くふるまっている。わたしを笑わせようとして。わたしはそれを無視して、じっと土をみつめている。

「あ？　すべった？」

土は恥ずかしそうにした。

「はやくもどらんと、しき待たせてるかな」

わたしはしかし黙って、土の顔をみつめた。

ドアを背に立ちふさがるように黙ったわたしをしばらく見つめて、「なあ、用事終わったでしょ？」という土が、どんどん弱気になっていくのがわかる。顔が、目が、口元が弱くなり、「おれにいいたいことある？」というころには、すっかり全身が泣いていた。

「べつに」

「なんか、しってんの?」

「なんかって?」

わたしは手を中途半端にのばした。

いっしゅん、戸惑った顔になる。土は反射的にわたしの手をとろうとしたのを引っ込め、両腿《もも》のあたりでかるく拳を握る。わたしは手を投げだしたまま距離を一歩二歩詰めた。

伸ばしたままの手をしばらく中空においた。しかし土は拳を握ったまま動かない。

ドキドキしていた。土もわたし以上にドキドキしているのがわかった。その一瞬を永遠としてすごした。

「ありがとう。土はやさしいね。教室もどろっか」

そういって直ろうとした瞬間に、土はわたしの手をとった。中途半端な距離感で、お互いの肩から伸びる手がブランコみたいにつながり、数秒たった。

やがて、土はうー、ウウウと呻き、そのあとで涙をこぼした。それは、泣くためにわざと出した声みたいだった。

「おれ、フラれちゃったよ、あー。ううう」

わたしはぐっと近寄って、繋がっていないほうの手を土の肩へと伸ばした。学ランから毛羽だつこまかい繊維が、中指とくすり指の指紋に挟まるような、触れているか触れていないか二人ともわからない。

手を繋いだときに、わかったことがある。しきと土はほとんど身長体重が変わらないけどほんのすこし、土のほうが骨組がちいさく、そのぶん筋肉はついている。手も肩幅も腰もほんのすこし、土のほうがちいさい。においもかすかに違う。なにもつけていない、無臭にちかい清潔な男子の香りだけど、ほんのすこし、しきはかわいていて、土はしめっている。湿度しかわからないなんとつたえればいいかわからない、しかし確実に京とはちがう男の子のにおい。みじかいあいだに、三人の身体にふれたわたしに、たまっていく記憶があった。情報があった。京もしきも土も、それぞれにかわいいし、すごくいとしい。そしてわたしも全員に、おなじように記憶や情報を与えたい。もっとたくさんのわたしを与えて、それぞれからかえってくるわたしをわかりたい。

誘ったのはわたしだったが、土はしきよりずっとつよくわたしの手を握った。それから鎖骨のあたりに顔を寄せて、でもこれもげんみつにはふれてはいない、でもまるでふれてるみたいに、泣き顔を隠して擦りつけるような仕草をした。

「しきにはいわないで」

って教室に戻る道すがら、土はいった。

「なにを？　泣いたこと？」

「おまえー……」

それで、弱く笑って、ウンといった。いわないよ、だけど、すぐにわかっちゃうよ？　だって土の顔、異常だもん。声が、ぜんぜんちがうもん。それなのに土はわたしの肩を叩いて、

「なんかつらいことがあったら、すぐにいえよ。隠すな」といった。

振られて泣いたくせに。わたしはおかしかった。でも自分でも戸惑ってしまうぐらいうれし

くて、ずっとあとまでその言葉を引きずって、たくさんのものを求めてはダメにしてしまったんだ。

営業部員がとってきた注文短冊を各取引先の出版社が指定するフォーマットごとに打ち込んでいた。

こうした作業が、もっとも青澄の気持ちを落ち着かせる。子どものころから単純作業のたぐいが苦にならなかったから、なにか自分にしかできない「夢」やとくべつな技能の要る仕事に就こうだなんて、考えたこともなかった。

それは、四人の共通点でもある。青澄は作業に思考をあずけながらかつての四人のことを同時に思う。わたしたちはそれぞれに個性や良さを認め合って、違いや欠点をわかったうえで付き合っていたけれど、それはわたしたちの中でだけ通じるような些細な違いにすぎず、他のクラスメイトからすると四人ともとくに取柄や特徴のない、平凡きわまる取り換え可能な高校生にすぎなかった。

ことに京と青澄はよく似ているらしく、ほかの女子たちに「ときどき間違えちゃう」と言われる場面すらあった。とくに悪びれもせずにそう告げられると、ふたりは目を見合わせて笑って、うれしそうにした。すくなくとも青澄はすごくうれしかった。

どうしてあのときのわたしは、あんな大胆に、自由に、奔放に振る舞えていたのだろう。

それ以前にも以後にも、自分からだれかの身体に接触を試みることなど、ありえなかった。

京と比較してさえ、青澄は場の雰囲気を優先し自分の意見などはろくに言わず、主体的な行動を起こすタイプではない。なのにあのときに限って青澄はしきを、土を、明確に「誘った」。

〝わたし〟が四人をグチャグチャに壊してしまった。

今日のぶんの入力を終えると午後四時を十分ほど回ったところだった。どれだけ居残っても残業代は一切つかない会社だから急ぎ支度して、「お先に失礼します」と宣言し帰る。ほかの社員たちはパソコン作業と雑談にかかりきりで、ろくに青澄のほうも見ず「お疲れ様でした」と返した。

LINEを確認すると、母親からのメッセージが五件。どれもつまらない内容で、沙里が元気でだいぶ大人しく過ごせていることがつたわった。具合が悪かったり様子のおかしいことがあれば未読状態でも二十件はくだらない。

……サリちゃんがごはんをたべません

……ようやくすこし。たべた。

……なにかおやつをかてきて?

……お茶がきれそう

……あたらしいお茶のしゅるいにしようかこないだ

そこでブツ切れているメッセージ。ところどころ誤字脱字が目立つそれに返信せず、青澄はコンビニに寄って珈琲を買い、公園のベンチに座った。

朝とまったくおなじ光景だが、確実に違う午後のひかりが場を包む。二杯目の珈琲を一日かけてチビチビ飲む。それが家族のなかでただひとり珈琲党である青澄が自分に許す浪費の最たるものだった。

カフェインが全身を巡るころに青澄は残った珈琲をタンブラーに移し、ベンチを立った。これからスーパーに寄り、荒れ果てた家をできる限りととのえて、その合間に沙里の相手をする。青澄が家のことをすべてしなければほかに誰もやらない。スーパーに着いてしまえばそれからはひとつづきの怒濤で、気がついたらいつも翌朝になっている。仕事をしているほうがだいぶマシだった。

逃げたい。自分の家から。青澄がその気持ちをはじめて打ち明けた相手は、京ではなく土だった。京にさえ恥ずかしい、知られたくない気持ちが強くあって、弱いところは見せきれなかった。

できるだけ普通を装っていた。誰にも舐《な》められたくなかったんだと思う。愛されていないことがバレてしまうと、人はどうしても「かわいそう」と同情する。それでいて、「ご両親にもいろいろあるのだろう」し、「どんな親も子どもを愛するもの」で、「自分に自信をもって」「自己肯定感を高めて」いけばいいんじゃない？と、半ば命令されるみたいに助言され話は終わる。

愛されていないことはなぜかすぐ人にバレる。

それだけで人につけこまれて、迷惑や面倒を被ることが多々あったから、青澄は比較的信頼できそうな人にさえ家族の悩みを言わなかった。同じ悩みを抱えていそうな人にさえ、「自分の悩みなど大したことはない」となぜか恥じる気持ちが先んじて、客観的に苦しみを捉えることができずにいた。

「そんな簡単なモンじゃないよな」

って言ってくれたのは、土だった。いまならわかる。愛されていないということさえ、愛されている人間にしかわからないのだ。妬ましかった。だけど、その一言でずいぶん救われもした。

土の敏さ。

現在の心が、過去に問いかけられる。記憶にみるみる埋もれていった。

しきは、そういうことあった？　土のなにげないやさしさに救われたこと。だけど、土からしてみたら、差し出す厚意にちゃんと救われていたしきに、かえって大きく救われてもいただろう。

どうして土は京を好きになったの？

ずっと直視できなかった、原初のその感情。衝動的に青澄はスマホを取り出し、スーパーへと吸い込まれるその直前に、画面をじっとみつめた。

……あけましておめでとう！　久しぶり。みんなどうしてる？

ずっと放置していた京からのメッセージ。息をつめて青澄は、液晶をポチポチと押していく。

……メッセージありがとう。京はどうしてる？　みんな元気かな
それきり京のＬＩＮＥを非表示にして、返信がくるまでは見られないようにした。

スーパーに入ってしまいさえすれば、生活の思考に身体は乗っ取られ、流れるように明日の朝になってしまうことがわかっていたから、いまだけはそれに安心している自分がいた。

7

トイレから戻るタイミングで、腕を摑《つか》まれた。

「こっちこい」

ひそめられた声とともに引っ張られる。その先によほどの繁忙期でなければ使われない、資材の積まれた会議室がある。ひしめくオフィスのなかでは憚《はばか》られる叱責を、するタイミングが計られていたのだとすぐに悟った。

京の身体がこわばった。

「お前なんだ、あのメール」

田名橋真《たなはしまこと》は言った。

「すみません」

「あれだと後で問い合わせの電話かかってくるだろうが。応答するのはおれなんだぞ。言っただろう、とくにあそこの人事はちょっとでも用件の隙を与えるとすぐに電話かけてくるって」

「申し訳ありません」

「お前、人の話を聞いてないよな。メールでも会話でも、その向こうに人間がいるってことわかってないんだ。ビジネスをしているだけじゃないんだぞ人は。いろんな顔があるんだ。おまえ感じだけはいいからそんなこと言われたことないだろ？」

「あります」

「相槌《あいづち》とか笑顔で誤魔化してるけど、六割ぐらいしか聞いてないよな、常に。それは他人のことを六割で見てるってことだ。まるで自分が主人公で、周りの人間はおまえの人生に参加してるキャラクターにすぎないみたいな顔してるよな」

田名橋は京の上司にあたる、昨年の大晦日《おおみそか》の年が明ける瞬間に京が吸った煙草《たばこ》を渡した男だった。

「タバコでも吸え、おまえみたいな女は」

といって。

あれは十二月の繁忙期のさなかのことで、昨年のこととなると急に記憶がない、京はあれから喫煙者となり、トイレに行くついでに喫煙スペースに寄るのが習慣となっていた。田名橋は磨《す》りガラス越しに戻ってくる京のシルエットが映るまでのやけに長い時間を、やきもきして、わずかも目を離すことなく待っていたに違いない。

メール。三月に予定していた企業の人事担当と学生を繋《つな》げる懇談会、という名の合コンみたいな催しを、オミクロン株の蔓延《まんえん》により延期とする旨を記した一斉メールのことだろう。たしかに送った。問い合わせ先として京の名前を記しておいたが、以前から懇意である取引先の一部は京ではなく田名橋に電話をかけてくる。世のなかにはまだ電話をかけることだけが仕事という人間もいるのだ。

「申し訳ありません。すぐに追記のメールを送ります」

「送る前に見せろ。おれが退勤したあとでもな」

それで六度目のリテイクでようやくＯＫの出た、多くの取引先に対しては不自然にすぎる追伸を送ると、すでに夜の九時を回っていた。

京は会社のPCからLINEの画面をひらいた。

最初は青澄、つぎにしきから、返事がきた。

土からはまだなにもない。京はまだ三割程度の人間が残るオフィスで改めてそれらを読み返し、自棄《やけ》のような気分で一気に返信をふたつ書いた。

……わたしは元気。みんなはどうかな？　会いたいね
……返信うれしい。ありがとう。元気にやってるよ。あすは？　会いたいね
しき、青澄にそれぞれ送る。まったく心のこもらない、願いや祈りのなにも含まれないメッセージ。返信はもうないだろう。

おなじ画面に田名橋からのメッセージがきていた。しかしそこに言葉はなく、公式のスタンプのなかでもとくに軽薄と思える、白い円に目と口だけがついたキャラクターがいやらしい目をしてこちらを見ているだけの記号。田名橋はちょうどこれぐらいの時間に京が仕事を終えることを知っていたのだろう。

京はまったく同じスタンプを返した。

履歴にはその軽薄なスタンプの連続だけがあった。行けない日には返信しない。

外苑前の駅で降り２４６沿いを歩いていると、向こうから田名橋が歩いてきた。

「おう」

上下に灰色のスウェットをきた田名橋が、コンビニの袋をぶら下げながら手をあげた。

「お疲れ」

京は言った。オフィスでの謝罪、２４６でのタメロ。気持ち悪いなと自分でも思う。

「めし食った？」

「食べた。とりあえず煙草吸いたい」

常食しているプロテインバーを胃におさめたばかりだったので、満腹だった。

「すっかりヘビースモーカーだな」


京が田名橋の家の気に入っているところは、暖色に照らされたうざったいガジェットや家具の類いがことごとく小洒落《こじゃれ》ていて落ち着かないのに、部屋のすみずみまでがものすごく煙草くさいという点で、ようするに部屋で喫煙できるからだった。

昨年まではむしろ逆で、この部屋の居心地がいいのに煙草くさいところに閉口していたのだから、まるで人間が変わってしまった。喫煙習慣が戻ったこの二ヶ月で、吸い始める前までの記憶を全部ナシにしてしまったような実感が京にはある。

母親の連絡先は依然ブロックしていた。べつに仲が悪いわけでもないのに、だからこそ「しあわせ」になってほしいとけして言葉ではなく表情で伝えてくる両親に、居たたまれない思いがあったから。

しかし田名橋は京の喫煙習慣が自分に起因するものとは思っていないらしく、昨年の繁忙期に一本の煙草を京に与えたことすら忘れているようだった。ボーナスで買ったという最新の小型布団乾燥機に煙を吹きかけると、景色がけぶって記憶みたいになる。まぎれもない現在進行中のいまなのに、昔の景色みたいに。

「ねえ、怒ってる?」

田名橋はベッドに腰かけて両手を組み、祈るような姿勢でそういった。目が怯《おび》えているのがわかる。

「怒ってないけど、そう言ったって君、信じないでしょう」

「ウン。ごめん。嫌わないで」

「真のいうようにあのメールはたしかに軽率だったし」

「でもあんな言い方」

「嫌わないよ。真は真剣に生きてるだけだって知ってる」

上司とはいえ四歳年下の田名橋はことし二十八歳で、チームのなかの先輩でもあり年嵩《としかさ》の京を威圧することで自身の立場を良く見せようとしているのは明白だった。それはまったく逆効果で、結果チームのメンバーにはしっかり舐《な》められているのだったが、しかし京だけは社内で怒りを露わにする田名橋が真剣に怖かった。こうしてセックスはするが恋人ではない相手として一ヶ月に数回会っていて、自室ではまったく別人のように甘えてくる田名橋を知っていても、むしろ知っているからこそ、社内の恫喝《どうかつ》めいた態度にいちいち身がこわばり震えがくる。

「もう十一時半か」

その台詞《せりふ》をきっかけのようにしてキスをされ一人よがりの性行為を受けていると、今日は金曜日なのだと思いだす。決まってどこかの金曜日で京は田名橋から説教を受け、その約半分の確率で部屋に呼ばれる。

「学生時代のツレと飲み会」などがある日はそもそも怒られないから、田名橋の予定いかんで京は怒られたり怒られなかったりする。〝煙草を吸う人にオススメのアロマ五選〟で試された香りのうちもっとも京がくさいと思っている匂いが焚《た》かれており、加湿機能つきのディフューザーから漂う白い湯気を眺めても、そこには記憶の気配を感じない。

行為のあとでシャワーを借りる。京にはわからない仕組みで壁にくっつき浮いているボトルからシャンプーをとり、がしがし洗っていった。他人の家で頭を洗うとなぜかしら自由な気持ちになる。「恋愛」よりよそでする洗髪のほうがよほど好きなのかもしれなかった。大人になった、大人になりたいわけではなかったのに、という感覚がきざし、ふしぎと自由で清潔なエネルギーが身体中に満ちていく。

田名橋はモノを増やすことに快感をおぼえるタイプで、訪れるごとに増える新商品はよそよそしく、へんに愛着をおぼえずにすんで都合がよかった。持ち歩いているポーチにストックしておいた睡眠薬を口に含み、シャワーの湯で飲み下した。

昼に「お前ってほんと雑な女だよな」と言われ、夜には「そういうとこが好き」と言われる。ようするに昼には恫喝される原因が夜に甘える要件になる。こうしたろくでもない関係にしかし奇妙な気楽さをおぼえる京は、田名橋の二面性を真剣におそれているからこそ、現実に向き合わずいられる。結果として、比較的まともな恋愛関係にあった相手より余程、長い関係が保たれていた。

田名橋の私服を借りてベッドに戻ると、「さめてない？」とすでに眠たそうな田名橋は言った。

京はわかる。感染対策として、また喫煙習慣の副産物としてあけはなたれた窓から吹き込む冷気にあてられ、湯冷めしていないかとたずねられている。それと同等に、田名橋が聞きたいのは京がさっき口にした「嫌わないよ」という気持ちが、セックスを終えたことにより醒めていないかということだった。しかしどちらにせよそこにどれほどの真剣があるというのか。互いに臆病という以上に、思いや言葉に対して雑すぎている。つねに言葉が自分にしか向いていない、田名橋はそういう人間で、男のそうした雑な執着や恫喝を、一貫性のあるそれよりよほど怖いものだと京は思う。

「さめてない。服ありがとう」

「こっちきて」

しかし田名橋といる時間は楽だった。それは田名橋が自己愛のかたまりのような男であるゆえにまったく京に関心がないからだ。ほどなくして田名橋は眠りにおち、意識のない身体の起きているときにはありえない姿勢をベッドに預け、潰《つぶ》れたうすい頰の肉を眺めていると、思うことがある。

男にはずっと寝ていてほしい。

女の子にはずっと起きていてほしくて、一晩中でもずっと、語り合っていたいというのに。

じょじょに薬が利いて緊張がゆるんでいく、すると田名橋の寝息だけが聞こえる世界がけぶるようにしろくなっていき、思考があらぬ方向へさまよいだす。やがて京は意識を手放した。

目をひらくと、すぐ前に土のくちがあった。

鼻にあたる、スー……ハァとくりかえされる土の寝息。春の日のことだった。

くさい、けど、そんなにでもない、でもくさい、まあ、そんなにでもない。

よくおぼえている。春休みには宿題ないから各自受験にむけて必要とおもう勉強をしろー、って担任はいってたのに、ふつうにグラマーと数学の先生は宿題をだした。二年の終業式直前の、午前中のことだったとおもう。

「ぜったい仲わるいよね」

ってあすとわたしは、いいあった。

「うん。担任、ほかの教師にきらわれてて、わざとウチのクラスだけ宿題だされてたりして」

それで笑いあってたら、しきと土がまざってきて、「宿題、手分けしようぜ」っていってきた。春休み目前の、浮ついたわたしたちの教室。

あのころって、もう三年生になるわたしたちは、受験にむけて真剣に塾にいく子、音楽に夢中でバンドを組んだりラジオを聞いたりしてる子、オシャレにめざめて北千住や上野じゃなく原宿や下北沢にいく子、自分の可能性を信じて絵を描いたり小説を書いたりしてる子、いろいろいたけどわたしたちにはなにもなかった。すきなものも、夢も目標もなにもなくて、勉強もろくにしてなくて、ただ毎日がすぎる。それでもいま考えたらずっとしあわせだったよ。

「手分けって?」

「しきんちで、おれら宿題手分けしてやって写しあうから」

「え、バレるじゃん」

「そこは、コツがあんのよ。伝授したる」

「しきんちって、親とかだいじょうぶな家？」

「母親いるけど、それでもいいならいい」

それで春休みに入った初日にしきん家に集合！って、いま考えたらわたしたち、ただ集まりたかっただけだよね。

しきの部屋は想像していたより狭く、学習机とベッドで部屋の半分が占拠されていて、「キツー」っていいあって笑った。

「うるせえな」

けどしきも笑ってた。ちいさなテーブルにわたしとあすが向かいあってクッションに座ってプリントにかきこんでいって、机に座ってるしきが椅子をさげるとわたしの肩にぶつかるから「ちょっとー、さげないで椅子」っていった。

「ゴメン」

それで限界まで椅子を引くと、しきはほとんど椅子と机にお腹を挟まれているみたいに、窮屈な姿勢で座った。土は画板をもってきた。ベッドに座って、小学生のころ写生大会でつかっていたみたいな、首にほそいゴムをまわして、金具で紙を固定しなにかをかく、ほとんど忘れかけてたいにしえの道具をつかってプリントに答えをかきこんでいく。

「それめっちゃなつい。物持ちいいんだね」

「金具のとこ、すごでっかい音が鳴るヤツね。指挟むとめっちゃ痛いの」

わたしとあすがいう。

「いんや、弟の」

「弟いるんだ」

「コイツ、すげえ大家族よ。テレビに出れるぐらい」

「え？　じゃ、十人とかいるってこと？　きょうだい」

「妹ふたり、弟ひとり、兄ちゃん三人、姉ちゃんひとりだから、十人はいないよ」

「え、でもすご」

ただし、土は家のことはあまりいわなかった。その日も、すこし恥ずかしそうにしていた、とおもう。

さいしょに寝たのは土だった。おぼえてる。採光のいい窓から春の陽射しが粒子になって土の額に注《そそ》いでて、いつの間にか横になっていた土はすぐに寝ちゃった。

しきが、「コイツ、寝やがった」といい、椅子をさげた。わたしの肩にぶつかり、「ちょっとー」と文句をいうと、「ゴメン、でも土がわるい」といった。

「起こしたろ」

そうして、三人でシャーペンで頬をつついたり、消しゴムで腕を擦《こす》ったりしたが、起きなかった。わたしたちも、宿題を放りだしてベッドにのった。しきは他人がベッドに乗っても平気なたちなんだ。わたしはそうおもった。そういうのって、じっさいに部屋にいかないとわかんない。

それで、わたしたち土を囲うテトリスみたいになって、いつの間にか自分たちも寝入っていた。春の休日の、午後二時ぐらいの時間。

目をさましたのは、わたしが二番目で、さいしょはあすだった。あすはベッドのしたのクッションに戻ってて、宿題をやってた。男子ふたりはまだ眠っていて、時計を見ると午後四時だった。

部屋にさしこむひかりが赤くなっていた。

目のまえの土の口のなかをマジマジみた。それで、なにか異星にめざめたような寝ぼけかたをして、歯と、歯のあいだの、くろくてあかい闇。ハッ、ひとの口、なんだ土か……ってわれにかえる。土の顔から自分の顔を離してあすのほうをみると、あすはちいさくふふって笑った。

わたしも、へらって笑った。声にださず口の動きだけで、「ねちゃった」っていった。

「おこして」

あすが男子を指さしていった。わたしは土に近づいて、ズボンの膝を男の子の腰のあたりに押しつけて、揺らした。

「フー……」

みたいな声をだして、土はぜんぜん起きない。

二ヶ月前、わたしは土を振った。

それから、すこしのあいだわたしたちは気まずくなったけど、「おれたち四人が、元に戻れるように、する」と学食と体育館のあいだのしめった、渡り廊下の裏のスペースでわたしが「ごめん」っていったときに、土はつよい意思のこもった声でいった。それでわたしは土を信じて、つとめて土から距離をとりすぎないようにがんばった。すごく恥ずかしかったけど。でも、「すき」っていってくれたのはうれしかったし、でも、だれかと特別な関係になると、ほかのひととの境界が生まれる。わたしはそれがすごくこわかった。ただたんに、まだ子どもで、恥ずかしくて、ひとの思いに応えられるような素養が、なかっただけなのだとおもう。

「あのふたり、付き合ってるんだー」

って、だれかにいわれるのを想像すると、すごくこわくていやだった。しきやあすに、「カップル」としてあつかわれるのも、わからなすぎて、こわかった。いまおもうと、それってほんと男子ってウザってただ思ってる小学生みたいだったのかな。

こうして眠っている土をみていると、男の子が一日に二十時間以上寝なきゃいけない生態をもっていたらよかったのにって、そんなことをおもった。そしたらわたしたち、がんばってバイトして、男の子とつきあう。男の子は他のだれかと会って社会を築くよゆうなんてない。わたししかしらない土。土しかしらないわたし。

「ぜんぜんおきないね」

わたしは笑って、すこしおおきい声をだした。

「しきも、おこしてあげて」

なんで？　はじめてわたしはおもった。なんであすは、わたしに男の子を起こすようにいうの？　いつもとちがった。わたしとあすは、お互いに「こうして」ってぜんぜんいわない。「こうしよ」「こうしよ」って、どっちがどっちのしたいことかいつもわかんなくなる。だけど、このときわたしはふたりに「寝ていてほしい」ってつよくおもっていたのに。

「おこして」

もう一度あすはいった。

わたしはもぞもぞとシングルベッドのうえで正座のまま移動していき、しきに近づいた。どういうわけか、土が首にかけていたはずの画板がしきに移っていた。そのゴム紐が首に巻きついて、画板のかどが頬に食い込んで、くるしそう。なのにしきの顔は、しあわせそうに笑ってた。

わたしは、しずかに衝撃をうけていた。しきって、いつもどちらかというと無表情で、他人に感情や興奮をさとられる場面がすくない。なのに、こんなしあわせそうに笑うんだって。

それで首に巻きついたゴム紐をほどこうとするも、うまくいかない。よけい画板の角が口に近づいて、「うぇー……」のような声をしきはだした。そして、激怒しているようなシワが眉間によって、歯をくいしばり、またもやみたことのないしきの顔。

それで、途方にくれているとやがてしきはふたたび、ニコーッとわらった。それで、口から大量の涎《よだれ》を垂らして、どうじに目からぼろっと、涙をこぼした。

それは、あまりにもな量だった。涎は口に水でもふくんでいたのかというほどの滝だったし、涙も目薬でもさした？ってくらい、連続でボロボロッて。

「みてみて」

わたしはあすを呼んだ。

それで、声をころしてわらいあった。

「すご」

「すごいね」

わたしたちは、しきって夢のなかできっと、すごく情感ゆたかなヒトなんだろうなって想像した。それは、わたしたちもそうだったから。あすとわたしがよく話していたこと。夢のなかでわたしたちは、現実の五倍ぐらいよく怒り、よく笑う。しきもそうなんだって、どんな夢をみてるんだろうねって、いいあって、わたしたちはしきを挟むようにもう一度ベッドに横になった。

足をたたんで、わたしは服の袖でしきの涎を拭った。あすはおなじように涙を拭った。ふたりの袖がしめると、しきを挟んでわたしとあすは手をつないで、しきのからだのどこに触れているかはわからない、けどふたりで輪っかになってしきを包んで抱きしめている、みたいなかたちになってわらいあった。

せまいベッドの足のほうで。それでふたたびウトウトしはじめると、わたしたちの頭のさきにいた土がいつの間にかからだを起こしていて、正座の寝ぼけまなこでじっとわたしたち三人をながめていた。

8

話がちがうじゃん。

っておもっちゃった。

しきんちのせまいベッドのうえ。寝ているしきを、起きているあすと京が、抱きしめている？　いや、そうじゃない。しきが顔に食い込ませながら抱きかかえている、画板ごとあすと京はつつんで、輪っかになっている。でも、脚とか腕、肩とか脇腹、すこしずつ身体はふれあってて、なにより、顔が。

京の顔が。恋の顔になってた。

それはちがうじゃん。

どんだけおれがこの二ヶ月、必死で、恋をころそうとおもって、だって、年明けてすぐのそのころ、あすやしきにはおれの恋がうつったことがわかった。いっしゅん、恋の顔になってた。それはみるひとがちがえば性の顔だったかもしれない。だけど、京だけは一回もそんな顔にならなかったじゃん。

でもそんなとこもすきで。

恋にならない京がすきだった。だったらおれがころそう。おれの恋を、もう、言葉と身体の関係のなかで、翻訳家だったおばあちゃんがいってた必殺技みたいな「文体」のなかでくっついちゃったような、恋をころす。たとえばなにげなくみる風景が、恋をしたせいでキラキラしちゃって、それをだれかにつたえたい言葉が火照っていく。ありきたりな、どこにでもある言葉がまるでおれのためのあつらえ、特注のオーダーメイドみたいに似合っていく。恋の身体にくっついて。そういういちいちの特殊状態を、ぜんぶころす。

するとついでにすこしずつ死んでいく〝おれ〟。

でも、だれかのために死んでいくのだってわるくなかったよ。

京とあすがこっちをみている。しきはまだ寝ている。恥ずかしいよ。恋の顔でみられてる。でもおれの恋、もう死んじゃったはずなんだよ。だから、みられるべき恋の顔がもうおれのなかにない。

だったら、〝おれ〟をみてるものはなに？

だれかがいった。たぶんあすだ。京は顔を伏せた。しきの布団のしきのにおい。

「こっちくる？」

だめだ！

やめろ、やめろやめろやめろやめろおおおおお！

って、おれは叫んでふざけようとした。いつもだったらそうやって、ヘンな磁場になるのを防ぐ、とくに京に振られてからのおれは。なのに、くちが、なにもいえなくて、モゾモゾと下半身が、正座のままで三人に近づいていく。自分が自分じゃないみたいで。

溶けあうみたいで。京の顔。京の恋の身体。寝ぼけているような、醒めすぎているような茫洋で、緊張してるけどリラックス、リラックスしてるけど緊張の両方で、この瞬間だけきざす直観がまるでサッカーで点決められるシュート打つその瞬間みたいな直で身体にくるひらめき。

京。京と仲いいあすとしき。おれと仲いいしきに触れてるあすと京。みんなすきだ。四人でいっしょになりたい。おなじ身体で、おなじ言葉で、ひとつのなにかになりたいよ。それを恋と呼びたいって、そのときだけおもった。いまならわかる。あのときがおれの人生のいちばん恋だったときだなって。

すると寝ているしきが「うへー……」っていった。

それで起きた。バッと身体を起こそうとする。

あすと京の腕にぶつかった。すぐにその輪っかはほどかれたから、しきにはなにがなんだかわかんない。

「え？　えっ？」

戸惑うしきにみんな黙っていると、つよい西陽がさした。

「寝ちゃってた？　おれ、てか、みんな」

それで、しきは笑ってた。京もあすも恋の顔を止めて「ね、ウケる」「ごめんね」といいあって、「いいけど、すげえ狭かったよね。なんか恥ずいなあ」としきがいう。

「おれ帰るわ」

それだけいって、おれは急ぎ仕度してしきの部屋をでた。寝ぼけてたしきは、「え、あ、うん。また」といった。

帰りにしきのお母さんに「おじゃましました」って声をかけた。部屋じゅうが夕方で眩《まぶ》しすぎて、表情どころかかえってくる声もかき消されたみたいに聞こえない。


おれがどれだけ。おれがどれだけ。

かえりみち。ひとりきりで春休み。叫びだしそうになりながらあるいた。京がにくかった。あすも。しきもにくかった。しきになんの思惑もないことはしっていた。きっとあすにも、京にも。だけど、おれがどれだけ苦労して、京への恋をころそうとして。

じっさい、ころしちゃった。おれは、おれの恋をころして、死体で生きよう。仲よくしよう。みんなのために。なにより、おれのためにっておもってたのに。春のにおい。しきに京がすきだっていった、大晦日に嗅いだ冬のにおい。あの日からつながる毎日の、朝のにおい。

夜のにおい。毎晩きいた、しきの声。京に振られてからおれは、毎晩、ほんとに毎晩しきに電話をかけた。家電の子機で、うちの貧しさに気をつかっていつもしきがかけ直してくれてた。お互い、ずっと寝るまで、おれたち共通の話題なんて別にないから、沈黙はめずらしくない。だけど、黙ってても繋げて、「くるぶし、かゆ」とか、「ねむい？」「んー半々」「おれも」「腹がゲリ」とか、めちゃくちゃどうでもいいことで時間を埋めて。それはおれがそうしなきゃとてもいらんなかったからだ。〝おれ〟じゃいらんなかった。京に振られて、はじめて孤独をしった。さみしい。だけどずっとさみしかったんだって、これまでのほうがずっと。それをしったからいまはウソのさみしさ。だけど、ホントにさみしいときよりもさみしいのウソだっておもっちゃうときのほうがさみしい。恋をしたときからずっと感情が、身体が、言葉がウソになっちゃってる。だけど、もうホントに戻れない。そんな時期に、毎晩しきにおなじことをべつの言葉でいった。

「なんか、うまくいえん。けど、京をすきなまえのほうがさびしかったのにつらくなくて、いまのほうがさみしくないのにさみしくてつらいのはヘンだ」

「ちょっとわかる」

ってしきはいつもいってくれた。

なんで？

っておれは聞かなかった。なにか隠してるな？　でも、おれだって隠してる。なにを？　わかんない。けどなにかを。あすにもしきにも京にも、隠してる。

画板を忘れた。

その夜、しきに電話しなかった。すると寝るまえに「明日、画板とどけるよ」ってしきからメールがきた。

……えー、いいって

……いや、邪魔すぎる。公園でいい？

……わかった！　いつものベンチで

いつも遊んでる公園。べつになにするワケでもない。ずいぶんあったかくなったから、また公園でダラダラするだけで、ヒマを潰せる。お互い、なにもすることがない。だけど、それでよかった。十七歳にもなりゃみんな好きなもんがある。けどおれとしきには、なんもなかった。京やあすにも。

なんか、人間だけど、種族がちがうみたいだねって、いってたね。「人間、好きなセンないゾク」「人間、夢ないモク」。ノンビリしすぎてて、ただ時間をおくるだけで無為に過ごしても時間がもったいないなんておもわない。部活やバイトや塾で忙しいヤツらに「ほえー」って感心してたけど、じつはあこがれとかもない。

いま考えれば、すごくなにかに守られてた。高校生じゃなくなったおれはすごくダメになった。周囲には逆のことをいわれて、努力しているフリをするようになって「大人になったねー」「マジメだね」とかいわれたけど逆。他人のペースに合わせることができるようになった。それで、自分にも他人にもすごくきびしく、黒いモードで接するようになっちゃった。

あのまま、ずっと四人でいられたら、もっとちがったいまがあったかかな。

四人を解散したあとで別のひとと「恋」をやったのだってそうだ。もうおれの恋は死んでたのに。ふつうにしようとおもって、いっちょまえにできるフリをした。だからいまならもうおれはわかってるんだけど、三人よりすこし早く無理して生きることになっちゃって、つねにゆるく生き急いでいるみたいになってて、そういう澱《おり》みたいなのがすこしずつ溜まってってだからおれはホントにダメになった。あのころは、みんなのなかでも、おれがいちばんノンビリしてたのにね。

もうおれには「いま」なんてない。

「なんで忘れるかね、こんなデケーのをよー」

しきが公園にきた。おれは、「なあ、このあとおれんちくる?」と聞いた。

お母ちゃんがリンゴドーナツを揚げてくれた。弟が羨ましそうにみてる。

「宙《ちゅう》にはあとでね。お客さまが先だよ」

家には中一の美姫《みき》と小四の宙がいた。画板は宙のもので、中三の聖美《きよみ》は出かけてるようでいなかった。なんか友だちとボウリングへいくっていってたかな。しきは居心地わるそうだけど、出されたドーナツを素直に食べた。おれはマジマジと食べているしきの顔をみた。砂糖についたあぶらでベタついた口元。お父ちゃんも家にいて、美姫と宙に「おまえらー、ドーナツ食べたら外へいくぞ、ゲーセンか?」といっている。おれが友だちを家につれてくるなんて初めてのことだったから、気をつかってくれている。

いまはおれが長男みたいな感じ。三人の兄ちゃんのうちふたりは出ていって、もうひとりの兄ちゃんも姉ちゃんも恋人と半同棲?をはじめたみたいで、ほとんどかえってこない。

おれんちはもともと、青森県の弘前《ひろさき》市ってとこでおじいちゃんとリンゴをつくりながら、繁忙期と土日だけ土産物屋で働いてた。あるとき、お父ちゃんが「東京で稼ぐぞ！」っていって、正確には埼玉だけど、親戚の叔父ちゃんの友だちがはじめた釜飯屋の店長として働くっていいだして、家族十人で上京した。おれが小学二年生のころのこと。宙はまだ赤ちゃんで。釜飯屋は繁盛して、四店舗になった。お父ちゃんは店長を兼任して、すると身体がこわれて、つぎに心がこわれた。代わりに、お母ちゃんが働いた。すぐにお母ちゃんの心もこわれた。ふたりは薬をいっぱいのむようになった。

生活保護になった。つつましい生活でぜんぜんいいよ、田舎より埼玉はたのしい。べつに青森の友だちに会いたいともおもわなかった。いまではすごくバカにされていることをしってい る。一攫千金《いっかくせんきん》を夢みて上京して生活保護って、ぜったいみんなしっててバカにしてるって、当時小学生なのにおれはもうわかってた。まんなか兄ちゃんの温《あつし》はグレて一時期家にかえらなくなったけど、おれたちは概《おおむ》ねみんなうけいれてた。だけど、生活保護って、家や車や高価なものは持っちゃだめなのに、そのころはけっこうお金がもらえた。子どもが多かったせいかもしれない。釜飯屋で働いていたときの給料もタンス貯金で隠しもってて、せまい家で、なにも立派なものはかえないのに、焼肉を食べにいったり、旅行にいったり、おれたちはした。

そういうことのおかしさをよくわかってないで、ずっと忙しかった両親といっしょにいれてただうれしかった時期もある。

みじかい夢みたいだったな。

うえの兄ちゃんたちが十八歳で正社員になり、姉ちゃんがパートになり、働きはじめるとすぐにケースワーカーは生活保護打ち切りか控除申請の相談をもちかけた。みんな「わかってたよ」といい、とくに長男の吉《よし》兄ちゃんは生活保護をわるくおもっていたから、一家で保護を抜けることになった。すぐにそれまで住んでいた家を出ていくことになって、いそいで探したアパートは築年数はあたらしいのにすごく狭い、つまり設備はやけに便利だけどほとんど一人か二人暮らし用の物件を吉兄ちゃんの名義で借りた。稼いでくれるようになったきょうだいに、いきなり全員の生活費を分担して頼ることになって、そのころはみんながどことなくイライラしていたし、両親はすごく鬱だったからちゃんとした判断をできる人間がいなかった。弘前から出てきたから生家ってわけでもなかったけど、おれたちきょうだいが育った家はなくなった。

ごめんね、ありがとうね、とうえのきょうだいにお父ちゃんはいった。けど兄ちゃんふたりは、めったに家にかえってこなくなった。もう三年もあっていない。ふたりとも彼女に生活の面倒みてもらってるっていってた。姉ちゃんも、二年前に一度あったきりで、ケンカというほどではないけれど、すごく気まずい感じで一時間も家にいなかったのをおぼえてる。うえの兄ちゃん姉ちゃんたちとものすごく疎遠になったのは「援助」が原因なんだってそうおもう。それに生活保護のときよりずっと、おれたちは貧乏になった。

卵もバターも入ってない、輪切りのリンゴに衣をまとわせたドーナツ。何度もつかった揚げ油とじゃりじゃりするほどまぶされた砂糖の味でいっしゅん脳がドバッとしあわせになる。うちの定番のオヤツだった。したの弟や妹の友だちが集まるとか、なにかお祝いするときにお母ちゃんが好んでつくる。

しきはわりといつも無口でクールぶっているけど、だいじなことは気づかない。天然ってわけでもない鈍感で、物事の機微にすごく疎いとこがある。おれはいつもそれに救われてた。

だって、直接はいわれないけど貧乏で「かわいそう」って、クラスメイトはみんなやさしかったから苛《いじ》められたり皮肉食らったりはしなかったけど、アイツはわかっててアイツはわかってないって、おれがいつもビクビクしていることにぜんぜん気づかない。あんなことが起きて、おれが三人にたいしてへんに遠慮して、さらに事態をおかしくさせちゃったのも、こういうことに起因してるのに。うしろめたいのがあたりまえになっちゃってたから、ヘンなとこで開き直ったり、ヘンなところで誤魔化そうとしちゃう、ちょっとチグハグな自意識がくせになっちゃってた。でも、しきはいつもそういうのぜんぜんわかってなかった。

だからおれがいってあげなきゃって。

「弟が好きなんだ。りんごドーナツ」

食べたらすぐに「行こう」っていって、外にでた。春の夕。きょうもすごく晴れていた。もうだいぶ暮れている空に残る赤さが、それを証している。

「へー！　わざわざ揚げてくれるなんて、お母さんすげえね」

「あのなあー。生活保護のときな、いまよりはお金あって、そんで、たまに寿司とかとるじゃん？　たまたま翌日、ケースワーカーのひとがきて、あ、ケースワーカーって、この家はほんとに生活保護が必要なアレなのか？ってチェックするひとな。まだわかいお姉ちゃん。玄関に洗った寿司桶がおいてあるのをみて、「お寿司ですか、いいですね」って。べつに、皮肉ってわけじゃないんだ。おれもその人とよくしゃべるから、わかる。けど、おれの両親はすごく、恥ずいだろうなぁー」

おれは、はしゃいでたとおもう。春休みの無為な時間。同級生は受験勉強したり盛り場で遊んだり。けどおれたちは小学生みたい。ただ地元であるいてる。おれは跳びはねながらしゃべった。いままでだれにもいえなかったことを、はじめて言葉にしてる。でちゃうよ、おれだけの言葉があたらしい身体、あたらしい認識とぶつかって、はじけてる。おばあちゃん。おばあちゃんも仕事してるとき、こんなパチパチした頭のなかだった？　しきは「ふーん？」って聞いてる。こいつマジでぜんぜんわかってないんだ。しきはふつうだから。父親が会社員で、母親は専業主婦。くりかえす新築ブームの何回目かに乗ってローン組んでギリギリ通勤できる越谷市にマンションを買った。あの当時、おれの周りはそんな友だちばかりだった。

「『土くんはお寿司でなにがすき？』ってきかれて、そのケースワーカーのお姉ちゃんに。おれは、ほんとはアナゴがすき。甘いタレのやつな。だけどそんときは『玉子〜』ってこたえた」

「へえ。アナゴ？　おまえ大人だなあ」

ちげえし。子どもなんだよ。おれたち。

すごい子ども。おれは家族を愛してる。かつてのおれたち家族は国や人の税金によって生かされていた。いまは兄ちゃん姉ちゃんからの「援助」によって生きている。そのせいできょうだいとは疎遠になっちゃった。だけどときほんおれたちは愛しあっている。

だけどそのことに恥。愛しているのに恥。愛を恥じていることに恥。

きょうやあすにはいえない。なぜかって、ふたりはたぶん、家族にじゅうぶん愛されていないかもしれないことを恥とおもっている。おれにはそういうのがすぐにわかった。そんな人間にはいえない。愛されてる、恵まれているほうの恥なんて。このとき、しきにどれだけ救われていただろう。

おれはじぶんの額をさわった。短髪にしてから、それが癖になっていた。なんだか、恥ずかしくて。カフェオレをカーッとのんだときみたいに、身体じゅうが火照って、とてもノンビリあるいてなんかいらんなかった。ピョンピョン跳ねて、ずっと泣きそうだった。

しきは、昨日きょうやあすに抱きしめられていたことをしらない。

おれはしきに抱きついた。整骨院と電柱のあいだにあるちいさな畑のまえ、殺風景な道が夕方で赤いだけの、ただの春。

「おい、やめろよ」

けれどおれは止めなかった。昨日、京とあすが抱きしめてたしきの身体。

しきのにおい。

「離れろって」

重さがある。身体には、重さがあって、質量があって、においがある。生きている。それがいとしくて。おれにもそれがある。京にも。あすにも。

「しきー」

おれはしきを抱きしめて、その首のうしろから後頭部を撫《な》でるようにつかんだ。

「おれ、すき。すきなんだよ。まだまだ、すきなんだよ」

「わかったよ、でもおれは京じゃないぞ」

いや、おまえはきょうだ。

きょうのしきでおれのあすだ。

おれの捻《ねじ》れた文法があらわす体のたいせつだ。発熱だ。温度で混ざってるおれの溶ける文体だ。

おれはおまえがすきだ。

「今夜も、電話していい？」

しきは、すれば、といった。

9

朝起きて一錠。それから缶コーヒーをがぶ飲みして、死ぬ気で起きる。シャワーを浴びる。身体を拭いてもう一錠。待ち合わせ時間まであと一時間半あった。筋弛緩効果、抗不安効果、すこしずつ利いてくる。それで、ようやく家を出ることができた。外に出さえすれば、もうだいじょうぶだ。しきは安心して、自分の恰好のチグハグさに気がつく。上半身はダッフルコートで冬なのに下半身は七分丈で靴下もくるぶしまで包まず春の感じ。表に出るまで外の世界がどうなっているのかを想像することすら億劫《おっくう》で、天気を調べることもしなかった。どうやらあたたかい日で、下半身は丁度よくて上半身は暑い。駅まで十分の道のりを遠回りして四十分ほどあるき、電車に乗る。二十分まえに待ち合わせのロッテリアに辿り着く。

かつて新越谷駅に、ロッテリアが三軒あった。気がついたら一軒なくなり、高校大学のころは残ったふたつのうちのどちらかでよく友だちと喋《しゃべ》った。ふるポテの味で順位をつりあって、エビバーガーとマックのフィレオフィッシュ、どっちが上かということを議論した。そのあと二軒のうちの一軒もなくなり、その最後の一軒で十五年ぶりに今日、〝みんな〟と会う。

カウンターで珈琲《コーヒー》だけを注文し、四人席に座ってマスクを下げひとくち飲むなりしきは、ため息をついた。それでふたたびマスクで口元を覆い、スマホを手に取る。

……あけましておめでとう! 久しぶり。みんなどうしてる?

……あけましておめでとう。おれは元気だよ。みんなは元気?

二ヶ月前のそのやり取りから繋がった今日。あれから、いつか潰《つい》えるだろうと楽観していた京とのメッセージが、かぼそく、しかし堅実につづいていった。青澄とも土とも連絡をとっていないというのに、いつしかしきは〝みんな〟とやり取りしている気になっていた。

寝込んでいるだけの毎日でも、ほんのすこし気持ちが上向くいっしゅんに、京にむけて返信する。〝みんな〟のうちのだれに読まれてもいいような穏当な文章を心がけて。それは京もいっしょだとわかった。つまり、京も自分に向けて、〝みんな〟とのグループチャットのように言葉を送っている。もしこれがもっと明白に一対一のメッセージだったらこんなにつづかなかっただろうと、しきは思う。

一週間も十日も放置されていたメッセージに、ようやく既読をつけることもあった。京からも、すぐに返ってきたり、二週間なにもなかったり、その不安定さが却ってふたりのやりとりを継続させた。

ある日、

……みんなでひさびさに会おうって話になってるけど、しきもこない？

と京からきた。しきは反射的に顔をしかめた。

〝みんな〟ってだれだよ。

だがしきは聞かなかった。

……いいねー！

行くわけがないと思っていたから、いいかげんに返事した。しきは当日をむかえるまで、けして出かけるつもりはなかった。てきとうに理由をつけてドタキャンする。

……ゴメン！　急な事情で行けなくなった。あとであらためて釈明させて！

というメッセージをつくっておいて、起きたら送るだけにしておいた。

しかし、当日起きたら待ち合わせ時間に充分間にあう時間で、気がついたらしきは薬を飲んで、気持ちは「行けたら行く」に変わった。いつから自分がそのつもりだったのかもわからない。つまり、薬を飲んでまで行こうという気持ちに当日なるだなんて。

待ち合わせ時刻が迫ると緊張してしまい、真水でもう一錠飲み下す。最初にあらわれたのは京だった。

「しき！」

京はすごく笑ってた。しきもつられて笑った。

「お待たせしてごめん！　すごいあったかくなって。もう春だねー」

窓のそとをみた。たしかに晴れている。すごい春だ。

そのひかりと京の笑顔を見て、思い出すことがあった。高三になる直前の春休み。おれたちの恋が、死んだとおもった恋がぜんぜん違うかたちで生き返り、身体を乗っ取られるみたいにもう戻れない所までいくきっかけになった瞬間のこと。

それまでまったく想像していなかった。青澄がくれたおれの恋。おもわず手に触れあって、体温をわけあう安心とそうじゃないひとりの孤独をしる。次はもうない。こんな練習みたいにやさしく教えてくれる相手じゃなくて、二回目はほんとに大切にしないといけない覚悟と技術とやさしさが問われるのだろうと、わかってた。

でもその相手がまさか土だなんて、すこしも想像してはいなくて。

しきはおもわず現実の京にたずねる。

「今日、土はくるの？」


おもったよりあたらしいな。

ってておもってた。土の家の外観。ふつうにきれいだし、おおきいマンション。土がすごく「恥ずい」っていって、みせてくれないから、なんでだったの？っておれはポカンとしていたとおもう。

でも中に入るとビックリした。内観もすごくきれい。だけどすごくせまい？というより、だれがどこにいるかすぐにわかる。入った瞬間に土の両親と弟と妹が視界に入ってギョッとした。「子ども部屋」どころか部屋ってなに？っていうぐらい、空間がひとつしかなかった。十人家族？　いまはほとんど五、六人で住んでるっていう。でも、家というより学校の視聴覚室とか、家庭科準備室みたいな印象だった。おれの家とか友だちんちみたいに子どもだけで居られるトコなんてなく、起きてるところ寝てるところもわけられていない、そんな感じ。設備はあたらしいのに、なんかアンバランスな。

そんでドーナツを振る舞われて。

「オレのがばん！」

土がリビングに直おきしていた画板をみて、弟がそういった。

「そうだ。借りてたんだ！　ごめんね」

土がいった。

「いいけどぉ〜」

弟はいい、妹が「おにいって、恋人いるの？」と土じゃなくおれに聞いた。

なんといっていいかわからず黙っていると、「いないよ！」と土が応えた。おれは、「ウンウン」うなずいて、内心きょうだいってのに圧倒されてた。これまでも、とくに小学生のころなんか友だちのきょうだいなんてあたりまえの存在だったし、いっしょに遊ぶことすらあったのにいま声がなんもでない。土もふくめて、すごくちかい。この家ではみんな実際の年齢よりおさなく、全員が五歳みたいにおもえた。それは土の両親もそんな感じで。

「土は子どもんころから、ほんといいこ」

ってお母さんがいって、土は照れてたけどふつうにうれしそうで。

五歳みたいに世界に安心しているなっておもっちゃった。

おれもきょうだいのひとりに加わった、みんなでオヤツを食べていた。

春の日。ただしくは春が終わりかけた日。ここから先はすこし夏混じっちゃう。空気はまだひえひえだけど、ひかりが夏のそれ混じっちゃう。そんな瀬戸際の一日。

「おまえ、よかったなー！　ドーナツ食えて」

って、自分も食ったくせに土はいった。かえりみち。

「おー」

おれはうわの空で、土の家のせまい空間でいやおうなしに土の弟や妹や土自身にちかしかった身体の、さわられたところが発熱しているような気がして、ごくうすい意識で恋のことをおもいだしたりしてた。部屋の狭さゆえにどうしても腕や足の先端じゃない当たっちゃう身体の部分、でも向こうは触れあうことに慣れている身体。しぜん、青澄と腕を絡ませあった先々月の記憶が、そうとわかるまえに呼びさまされていて、おくれて自覚する。そういえば昨日、家に四人で集まってた時も、やけにみんな距離がちかかったよな。

あとは、あんま土がこの日いってたことを、おぼえてない。

おぼえてるのは、おれ土が、なんかこわいっておもったはじめての日だったってこと。

家のなかの印象とかさなった。これまでも土の身体をなんかちかいっておもったことはあった。だけどその日すこし印象が変わっちゃった。なんだか、ちかいのにすごくとおいんだ。家が生活保護だったっていわれた日、京がすきだっていわれた日、とくにそのふたつがあってから、なんか土ってちかいなっておもってた。毎晩の電話とか、ぜんぜんいやじゃなかったけど、声も言葉も、身体もすごくちかい、でも同時になんかとおい。たとえば腕を首に巻きつけておなじ漫画をよんだり、うしろからからだ被せられてふざけあう、高校生だったらまだふつうにしてること。だけど、土はなんかちがう。

きゅうに抱きつかれて。抱きしめられているといってもいい。でもそうじゃないともいえる。からだの正面が、くっついてる。ただそれだけのこと。飛びつかれて。整骨院のよこにあるちいさな空き地。

「重《おめ》えよ」

おれはいった。なかなか離れない土に。そのあとで、土が離れたときに、顔が恋になってたから、すごくおもっちゃった。こわい。おまえ、こええよ。

「こわいよ」のそのきもちで「だいじょうぶか？」っておれはいった。

「今夜も、電話していい？」

こたえになっていない土のこたえ。

ふれられていたからだの正面が、すごくヘンだ。からだの正面がヘンなのは、青澄の腕をさわったあの日のようなヘン。それで、おれは思考が止まっちゃった。

もっと、踏み込めばよかったの？　おれは土の表情になにかを求めた。だけど、きびすかえして土は、もうわかんない。それとも、踏みとどまるべきだった？　しりたいよ。土。教えてほしかった。すくなくとも、土のこたえを。ふたりの記憶の穴を埋めあって、あのときの景色を完全にしたい。けど、もう、時間が経ちすぎちゃったよな。きっと、ふたり合わせても景色は欠けるばっかりで、合わせれば合わせるほど、どんどん足りない。だけど、土、おまえはそもそもずっと、おれの想像力なんてぜんぜん、求めてなかったんじゃないか？

感染症がすこしずつ収まりはじめると、ウクライナに対するロシア軍の侵略が始まり、しきはますますニュースからとおざかった。とくに、かぼそいながらも京と繋がり、その向こうに青澄が、土がいるかもしれない。そう考えると、社会で起きていることのありえなさ、みずからの身にかえってくる愚かさ。それらがよりキツく感じられ、しきは想像力をますます閉じ込めたくなり、薬を自己判断で勝手に減らした。

たとえばすこしだけ気分が上向いたときに兆すロマンチックなかがやき、いわゆる男の夫権的でヒロイックな、そうした生きがいめいたものが誰かをそこなう。勝手に元気になった身体がする想像。かっこよさを夢想するような、くだらない、他者を屈従させることでかがやく部分が自分のなかにもある。生きるちからこそがだれかを脅かすのだったら、もうそんなのなにもなくてよい。

土といっしょにいると、男から男の子に戻れるみたいでうれしかった。ママに叱られることはなんにもできない、あのころのような弱気で。けど、そんなのもぜんぶ、おれらの甘えが呼びさます都合のよい夢物語だったんだよね。

「ううん。土はね、やっぱ既読もつかなくて……」

京はそう応えた。そこに青澄がやってきて「遅れてゴメン！　わたしも飲み物、注文してくる」と言った。そしてまじまじしきを見て、「わぁー……すごく懐かしいね」と、鞄を席におき財布だけ持って、カウンターへ向かった。

「そっか」

京がすぐに青澄を追いかけてなにか声をかけている、だれもいなくなったその隙にしきはそうつぶやき、四個目の錠剤を飲みくだした。

10

鍵を手にとり、出かける間際に声をかけられた。

「姉ちゃん、ちょっといい？」

弟の崇はすっかり休日のような格好で、裸足でリビングの床をあるいてきた。リモート業務といっていたが、上半身すらスウェットを着ており寝ぐせもひどい。

「むり。ごめん。いってたでしょ？　きょう友だちと会うんだって。沙里は？」

「むつみさんのトコいってもらった」

「は？　たーくんと一緒に遊んでもらってるってこと？　そんなのいつ」

「どうしても話したいことがあって。ゴメン」

あのころ、夢のなかで青澄はよく家族に怒鳴り散らしていた。殴ったり、刺したりするところまではいかない。ただ泣きながら、怒鳴っていた。現実にはけして行いえなかった感情の発露。だけど、いまはそういう機会が日常的におとずれ、声を荒らげることもある。

二週間前、友達に会うから土曜の昼、三時間ほど家をあけたいという相談を家族にもちかけた。

両親はともに「その日は沙里ちゃんの面倒は見られない。外に行きたいから」と漠然としたことを言い、家にいることを拒否した。

「外ってなに？　なんか約束でもあるの？」

「だって。土曜日じゃない。お父さんもなんか、あるでしょう？　崇は日月休みなんだし。その約束、日曜にしてもらえないの？」

父親はテレビから目を離さず、そうだなあ、といった。

「みんなが集まれるのはその日だけだから無理なんだって、さっき言ったでしょ？」

〝みんな〟とはいったものの、青澄は京以外のだれが来るのか聞いていない。だが、この日だったらみんなこられるって！と送られてきたメッセージから京以外のだれかも来るのだと察していた。

「あっそう。だいたい、三十二にもなって土曜日に友達と会うだなんて、いつまでたっても子どもみたいなんだから」

「は？　平日だってわたしがほとんど沙里の面倒みてるのに、たまの土日に三時間出かけるだけでなんでそんなこと言われなきゃなんないの？」

「え？　土曜日なんでしょ。日曜じゃなくて」

「うるさい！」

声が尖《とが》っていく。まるであのころ見ていた夢のなかみたいに。

そこでそれまで黙ってた崇が、「いいよ。おれがその時間リモートにするから。ちょうど感染状況もあってそういう空気になってきたから」といった。そもそも父親である崇が沙里といっしょにいるのは当然のはずなのだが、久しぶりに崇の論理だった台詞を聞いた気がした青澄は激昂《げきこう》寸前の感情をしずめ、素直に「ありがとう」といった。

それなのに。いざ当日になって、崇は勝手におなじマンションのおなじ年頃の子をもつ家庭に、沙里を預けてしまった。

「なに勝手なことしてんの？」

青澄は憤り、「こんな急に、あずけられるほうの身になったら理不尽なのわかんない？」と声音がしぜん、とげとげしくなっていく。

「でも、今日しか姉ちゃんに話せる日ないかもっておもって、いつも沙里がいるし、両親もいるし、お互い仕事の時間合わないし」

「そう？　いつもなんも話さないのはあんたのほうでしょ」

「そうやって突っかかってくるから。今日だって話しかけんなオーラ怖すぎて、さっきまで勇気出なかったんだ」

「は？」

青澄はそれで、たしかに自分にもそういうところがあったかもしれないといくぶん冷静になり、「それ、長い話？」とたずねた。

「ウウン。一瞬」

「ちょっと待って、友だちに、すこしおくれるってＬＩＮＥするから」

久しぶりにすこし化粧をして、二〇二〇年のまだ新型コロナウイルスがダイヤモンド・プリンセス号のなかのニュースとしてしか認識できていなかったころに、気に入って買った服を着ていた。けれど感染症のせいでひとに会う機会もなくて、あったとしてもオシャレして出かけるような気分にまったくなれなくて、二年以上クローゼットのなか寝かせるばかりだった服。履いていたスニーカーを脱いでリビングに座り、青澄はバッグをとなりの椅子においた。たしかに、この家で青澄と崇がふたりきりになるのはすごく久しぶりのことだった。

「で、話ってなに？」

「あ、ウン。おれ元奥さんと、月美とやり直すから、来月出ていく。二人目、妊娠してるって。親父たちにももう話してあるから」


キモイ。キモイキモイキモイ。速足で歩きながら、青澄はちいさく口にだしていた。弟が浮気されて離婚し、裁判まで起こした元妻とヨリを戻すという話。口では「あっそう。おめでとう」とだけいって、家を出た。しかし移動中にディテールを整理していくにつれ、

「ほんとムリ」

おもわず青澄は、マスクのなかでなければ人に聞かれそうな声音で口にだした。

新越谷駅に着く。高校時代によく利用していた駅周辺の、風景のひとつひとつに附随するなつかしい記憶を、弟への嫌悪感がおしとどめた。仕事と沙里の面倒と家事とで怒濤《どとう》のようにすぎていく日々のさなか、人の身体を媒介に蔓延するウイルスが大流行している時期に、セックスしていた？　憎しみと金に塗《まみ》れた裁判を経てようやく別れた相手と、沙里の寝かしつけもせずに？

「ロシアの戦争とかもあって……」

とも崇はいっていた。クズすぎる。次に会ったら確実に罵倒してしまうだろう。近所に家族間感染した家もあるというのに。でも味方はいない。両親も崇を咎《とが》めることは一言も口にせず、おそらくは「よかったじゃない」的なことを言う。わかりきっていた。この家で青澄の感情はつねにひとりきりだ。

昂《たかぶ》りきった感情とともに十五年まえと変わらないJR武蔵野線に直結する駅のコンコースを眺めた。土日に京とよく待ち合わせしていた場所だった。記憶がブワッとよみがえってくる。

わたし、いまからみんなと会うの？

着飾ってきた身が急に恥ずかしく思えた。けして自分のクローゼットのなかでとくに明るい服を選んできたわけでもないのに、引き返して着替えたくなった。スマホを取りだす。LINEの画面を見た。

……OK！　ゆっくりで来て。しきと合流したよ〜

十分前にきていたメッセージ。しきがいる。半ば想像していたことではあるけれど、知らされた現実を前に胸が高鳴る。

土もくるのだろうか？　なんとなく聞けずに今日まで、あいまいなままにしておいた。なぜ聞けなかったのだろう？

記憶が疑問を封じた。青澄は立ち尽くす。わたしたちになにがあっただろう？

おもいだす。わたしたち十五年会わずにそれぞれの人生を生きてきた。きっと、京がほんのすこしの気まぐれと勇気を振り絞って、メッセージをくれた。流れ去るばかりの日常に紛れさせ考えないようにしていたことを一挙におもい、ロッテリアの自動ドアが開いた瞬間に青澄は、崇に家を出ることを告げられてから、ここへくる移動の最中に自分がもっとも考えないようにしていた事実に直面した。

わたし、沙里ともう会えなくなるんだ。

毎日抱きあやし、ときには母親みたいな愛情をいだくとともに、疲労のピークにこの子さえいなければとおもわず考えてしまうような人生の最良と最悪。そのふたつが強制的に混ぜ込まれるようなつよい感情。

自分の嫌っていた「愛」そのものの身体で、すべての感情と安心を青澄にあずけてくるちいさな存在。そして沙里といるときだけわたしの身体もいっしゅん「愛」だったなって、そんなことは自分の人生にはぜったい起きえないことだと思っていたのに。

「遅れてゴメン！　わたしも飲み物、注文してくる。わぁー……すごく懐かしいね」

しきと京がそこにいるのを認めて、青澄の口は勝手にそう動いていた。しかし心のなかはぐちゃぐちゃで、きわめて動揺している。やはり、来なければよかった。冷静に考えればすぐに分かるはずのこと。引き返すべきだった。崇とちゃんと、話し合うことを優先して。

でももう遅い。カウンターに並んでいると、涙がこぼれそうになった。感情を押しとどめようと必死に拳を握って放つ、ふかい呼吸をくりかえす。すると、手にあたたかい感触が無防備にふれ、おもわず我に返った。京がいつの間にかよこにいて、「だいじょうぶ?」といった。

それで、青澄はしぜんに京の手を握り、「ウン。ありがとう。だいじょうぶ?」と問い返した。京の手だ。十五年たってもわかる、暗闇で握っていてもきっとわかる、京のやわらかくて強いあの手だった。

おもいだす。

「だいじょうぶ？」

あのころ何度も何度も、わたしたちはそういいあったね。


「だいじょうぶ？」

って、はじめてキスしたあの日にも。だいじょうぶ？ってわたしに？　それとも君に？　それはきょう、あす、土、しき、だれがだれにたいしてもそうだったって、わたしたちはあとでしった。わたしたちはお互いにふれあうときみんな「だいじょうぶ？」っていって、おそるおそるそうした。

しきんちで春休みの宿題をズルしあった日。しきがいつも寝てるせまいシングルベッドで、子どものころからつかってるモノでそんなにデカくならなかったから、新調しなくてすんだ、身長小さいまんまでトクしたなあってしきがいってスベってた。土がかえったあとで。わたしたちも、きゅうに恥ずかしいような、ヘンな、わたしが三ヶ月まえに京に、しきに、土に、順番にふれていった時期のように顔があつくなっちゃって、かえりみち、京に「ゴメンね」っていった。

「なにが？」

わたしは自転車でしきんちにきていたから、わたしだけ自転車をおして、タイヤのチェーンがゆっくりまわっていた。チリリ、チリリって、あのペダルが上むくときとさがるとき、すごくゆっくりあるいてるときにしか割れない音が割れてたのをおぼえてるから、あのときわたしたち、よっぽどバイバイしたくなかったんだね。ペダルがうえに上がるときにチリ、下がるときにリ……って鳴って、なんだかさびしいねってきもちがそのゆっくりさにでちゃってた。

「なんでもない」

「わたし、きょう、すごくたのしかったな」

京がいった。わかるよ。だって、あたらしい京になっちゃったもんね。

それは恋の京？　発熱の京？　わからないけど。わたしはその状態の京にすごくさわりたかったしさわられたかった。

でも忍耐が女の子としてのわたしが親にもらったゆいいつのもので、それを世間は愛と呼ぶのだったからわたしのきらいなわたし。だけどそのことにずいぶん救われもした。なにもいわない。ただそこにいることができる身体。なにもいわないで、三ヶ月前みたいなことにも耐性がついてて、もうわたしも「恋」にはならない。そうきめてた。

黙ってるとそのままずっといとしい。隣にいられることがいつもうれしかった。触れていない体温があたためる空気にくるまれて、いつもちかい位置にある手と手と髪の毛。あるくリズムで跳ねた。短くそろった髪先が首元で、いつもいっしょに。けれど、きょうの歩行は緩慢すぎて毛先も揺れない。

「じゃあ、バイバイ」

駅について、わたしたちどっちがそういったっけ？　ほんとうはもっといっしょにいたいね。けど、それはいつもきりがなかったから、別れると妙にすがすがしい。わたしは自転車に跨《またが》って思いきりペダルを漕いだ。風がきもちよくてさっきのしきみたい。ベッドのうえでぐっすり寝てた。表情をコロコロ変えて。眠りのなかでよっぽど自由そうなしきみたいだなっておもった、わたしは焦れた自転車のチェーンに油を差すみたいにもっともっととスピードをあげていった。

離れてもいっしゅん。わたしたちはあのころ目の前で会話をするようにガラケーでメールをおくりあってたから、身体はバイバイしても心はずっと傍《そば》にいた。

……家ついたー

とか、どうでもいいことだけを報告しあって。

……チャリ暑くなかった？

……めっちゃあつい。汗かいた

……もう春こえて夏だよね！

他愛もない。けれど、捨てちゃっていまはもうないガラケーのログは身体のなかだけにあって、なぜだかすぐに再現できる。こう聞かれたらこう返す。って、身体だけはいまでも返事をおくりあえるわたしたちになって。まばたきするほど楽に、しぜんに、わたしたちはメールを送りあってたから、呼吸より身にしみついてるみたいだった。

それでずっとしきんちのベッドで四人眠ったままの夢のなかみたいに、ヘンな身体感覚で火照ったままで夜になって。

夕食をとって風呂から上がったあたりできゅうに、

……いまから、電話で喋れない？　ちょっとと京にきかれていた。

……むり、ごめん。メールなら何時まででも！

そう応えるのも、考えるまでもなくしぜんにそうしていた。わたしは小学生のころから門限の八時を一分でもすぎると二時間家にいれてもらえず食事も抜きにされていて、そのルールはなぜか電話にも適用されていた。家電でも携帯でも、八時以降に電話をしているとお母さんに「やめなさい」っていわれる。

あのころって、お母さんの「やめなさい」で生きてたなって、いまのわたしならわかる。お母さんの「やめなさい」はいつどこの場所にいても聞こえる。からだはつねに緊張していてこわい。けれど、どこか待ち望んでいたりもする。お母さんの問答無用の「やめなさい」。でもあのときはまだよくわかってなかった。それ以外の世界をしらなかったから。

「やめなさい」

っていわれて、もっとちいさいころの、子どものわたしがなにかいう。要領を得ない、だけどせつじつな子どもながらのいいぶんとか。

「でも、連絡網が回ってきたのがいまで、明日の習字が中止でだからお習字セットは要らないです、かわりに絵の具を持ってきてって。わたしの家は連絡網まだ二番目の順番だよ？」

「うん。やめなさい」

お母さんの「やめなさい」に挟まれた、ときには仕方ない、たとえばそのように連絡網を忘れてた子の埋め合わせだとか、外国のひとに道を聞かれて案内してたから遅れて帰宅したとか、そういう理由のまっとうさや論理はまったく問題とされなかった。やめさせることの中身は関係なかった。お母さんには「やめなさい」しかないから。いまならわかる。たとえば弟はどんなに遅くなっても怒られないけど、それは崇が男の子だからってだけでそれ以上考えなくていい、お母さん自身もおもうことを自分じしんにずっと「やめなさい」っていいきかせてたんだなって。

それで、京からはすぐに

……だよね！　ごめん、ところでテレビ見てる？

って、すぐにいつもどおりになった。けど、わかる、わかるよ。なんだかあついねって、おもいでが身体で現実がおもいでみたいにいれかわってる。昼間の、しきや土と、わたしたちふれあってた身体の記憶が皮膚で、いまのおなじテレビみてメールしてる現実が内臓みたいに、すごく、奇妙な身体の感じ。きっと京もそうなんだなって。

……いいことおもいついた！

だから、わたしは真夜なかに、メールした。寝ている親に起きていることがバレないように息をひそめて、布団にくるまって、だけどまだまだ眠くない。だって、わたしたちしきんちで昼間、あんなに寝ちゃってたしね。

……いいこと!?

京からもすぐにかえってきた。夜の一時。

……朝五時に、会う！

……五時？

……ウン。うちの親おかしくて、夜はダメなのに五時になったらひとりで出かけても怒らな

いから
……あ！　なるほど？
……朝の散歩っていえば、なぜか怒らんない
……あー、そういうこと
……だから、五時に家を出られるから、六時ぐらいに学校で待ち合わせしない？　さすがに、無理すぎるかな？
……最高！　それ最高だよ
……でしょ！　でしょでしょ
……だってわたしも定期あるし、わかった！　始発でいくね！　ぜったい
……ウンウン！　ぜったい！

すごいテンションだった。そこでわたしたち、いったんメールを切りあげたけどお互いねむっていなくて、でもいまは寝たふりをして世界をだましてる。おなじ夜のした、お互いに考えていることがわかる気がした。春の夜は蒸して、風呂であたたまった熱がいつまでもさめない。

すこしだけわたしがふあんになった瞬間に、あすはきた。
「ホントにいた！」
すこし遅くきたあすのほうが自転車に乗ったままそういって、わたしもいまそうおもったよって、あすはもう目のまえにいるのに五時間ぶりにメールしたかったたな。けど口では、「あすが誘ったんじゃん！」っていって、笑ってた。

久伊豆神社の池のまえで待ちあわせして、駅についたときにはまだすこし夜ってかんじ、ちょい暗だったけどいまはもう細くしろいひかりがとおくの空にさしている。山がみえた。秩父のほう？　わかんない。埼玉って自分の住んでるトコ以外わかんないよねってわたしたちいいあって、ふたりで手をつないで、空いてる片手でいっしょにあすの自転車を押してバランスがはじめての感じでむずかしかったからゆっくりゆっくりで、自転車のチェーンが、チ、リ、チ、リ、って昨日の夕方の二分割よりもっと不安定な、四分割ぐらいになってた。

「あれももう、昨日のことなんだね。メールしてたの。信じらんない」

「だね。朝五時に待ち合わせってあすの天才発想出たとき」

「もう六時すぎだけどね。あと昼間からしきんちでねたのも、すごくとおいな」

「めっちゃ昔のことみたい」

「ね。夜中にメールしてたのも、なんかもうなつい」

「メール終わって六時待ち合わせしたあとで、ちょっとだけ寝た」

「それわたしも！　でも不思議、五時ピッタリに、ばちっと目がさめたよ。一応アラームかけてたけど、その直前に」

「わたしは、起きれるって謎の自信あった」

「うそ？　すご。起きた直後にアラーム鳴ったから、起きたのに！って一瞬ビックリしてイラッとしちゃった」

わたしたちは、手を繋いだまま河原について、そこで朝陽をみた。自転車を止めるときだけはなれた手がさみしい。

もう一度手を繋いだときに、あすはまっすぐわたしの目をみて、「ずっときょうにだまってたことある」といった。

「だまってたこと？」

「三ヶ月まえぐらい、きょうが土に告白されたころのことだよ」

それで河原に腰かけて、あすが三ヶ月まえにしきと、土の腕にさわったことを、教えてくれた。順番に、しきとはくさい焼却炉、土とは埃っぽい数学準備室、ぜんぜんきれいな思い出じゃないけど、キラキラじゃないけど、忘れらんないってあすはいった。

「ずっときょうにいえなかった。ゴメンね」

「ウウン。なんか、わかってないけどちょっとわかってた。どっちかというと土としきのあすに対する態度で、なんかヘンだなって。アイツらわかりやすいもんね」

「ホント？　恥ず。いままできょうにいえないことって、なにもなかったからわたし、すごくキツかったな。でもヘンな行動にでてたのはわたしだし、ぜんぶ自分のせい。ゴメンね」

わたしはズボンにくっつく春の、ホトケノザ、シロツメクサ、ハルジオン、オキザリス、チガヤの穂、それらの植物が混ざって雑草と呼ばれているものがチクチク尻にあたっててかゆい、そんな感覚とじょじょに温くなっていく風が髪のしたをさわる、あすのわたしに気をつかうおもいがほんとにうれしい、それと空腹の胃がさみしい、川からにおってくる水の表面が潮のにおい、そういう感度のぜんぶ混ざった身体で、いままで生きてきたなかでいちばんしあわせだった。

「あすがこんな性悪だったなんて、ぜんぜんしらなかった」

笑ってそういったけど、その言葉の「あす」を「きょう」に、あるいは「わたしたち」に、かえてもぜんぜんよかった。風がひくく吹いて植物を揺らし、川のにおいが肺や胃にみちて、とおくの山肌からもどってくる緑のひかり。すごく春だ。

春の朝だ。きれいだな、混ざった気分のなかでわたしたちは、どちらがどちらにそうしたかわからないキスをして、だけどここにはわたしたち、つまりわたしとあすだけじゃなくてしきも土もいるような気がした。すわるやわらかい雑草がしきんちのベッドに繋がってる、十五時間の時を越えて？　そんな想像。うれしくて、あすが「たのしいね。ホントに」といって恥ずかしそうだけど本心からそういっているのがわかる笑顔になった。

「たのしい。みんなといれてしあわせ」

「混ざってる、わたしたち？」

わたしが笑う。それはだれのわたし？ってこのころから、わからなくなってたね、わたしたち。

一瞬のことだった。記憶が身体に満ちてしまうまでは。

「小銭、ある？」

京が青澄にたずねた。財布をもつその手指をじっと見つめている。あの朝、川に誘ってくれた記憶が、その指先に宿っているような気がした。

「うん、だいじょうぶだいじょうぶ」

おなじ身体だ。青澄の。京はなつかしくうれしい。

それで幸福な気分になって、京と青澄はからだを寄せて飲み物を待っている。

青澄はだれかがそばにいてくれるというそのあまりにも遠い実感に溺れそうだった。まだハイハイもできないころの沙里を抱いている、眠りかけの、今度こそほんとうに眠るなという確信を身にやどす、あの最良の瞬間にしか味わえないような、黄金色にひかる。

春の風。ふたりの髪の毛を揺らした。あのころみたいにもう短くはない、お互いの伸ばした毛先がふれあう距離にいる。あのときも、頭をくっつけあうみたいに共有する身体感覚、記憶がたぶんにあった。青澄はいままでは自身の身体のケアなどほとんどなおざりになっている日常で、髪だけは傷まないようできるだけ気をつかってきた。それは自分の身体というより記憶、京と共有するあのころからの記憶をケアしていたのかもしれなかった。

「ごめんねしき、ひとりにしちゃって」

簡素な紙コップに注がれた珈琲を手にもって席に戻ると、青澄は先ほどこの席で再会したときの精神状況、いきなりプールのなかに突き落とされたような気の動転をすっかり手放している自分に気がついた。

しきは首を横にふり、かすかに微笑《ほほえ》んだ。

11

口の中で言葉が消えていく。しきは横にふった首のうえで、「ぜんぜん、ぜんぜん」とか

「気にせず、まったく」とか、そういった言葉の混ざったような息を吐いたが、充分に声になっていなかった。

たったの数分で、京と青澄にながれる時間が十五年前に戻っていることがわかった。自分は？　変わらない。緊張していた。しきは椅子に座る下半身がむずむずし、頻繁に姿勢を変えてはガチガチに固まった首筋を伸ばす。

目の前に隣どうしで座る京と青澄も、当時のようにわずかな時間でもあればお互いの気持ちをつたえあう、おしゃべりに時間がもったいない、というほどの勢いはない。だけど、すこしふれあう肩の感じや、視線の交錯する距離で、ふたりが当時とまったく同じような親密さに復帰しているのがわかった。

土がここにきていたら、おれもすぐにそうなった？

ならないだろう。「男だから」とかたくなになる心がある。それは身体よりあとだ。身に沁みついた習慣が五感を、身体感覚を修正し、直されたあとの知覚でしか世界を見られない。男だから、すぐにだれかと「ちかく」なったりしない。当時だって、しきはそう思っていた。それを最初に破ってくれたのは青澄だったけど、あの繋いだ手と手の感覚さえ、鬱に染まりきった現在の身体はなにも覚えていないみたいだった。

「しきは、元気そうだね」

京にそういわれ、しきは自覚する。カフェインと薬の効果でだいぶ顔色があかるくなっていた。

「ウン。元気元気。元気だよ」

「土も来られたらよかったね。土はしきのことがだいすきだったから」

だけど、かたくなになる自分の認識を、ゼロの身体に戻してくれる。そんなことありえないけど、そんな気にさせてくれる。奇跡をくれるのはいつだって土の身体だったなって、しきはおもいだす。

「そうだったね。土はおれのことがだいすきだった」

身体がますます熱く、赤くなっていくのがわかる。あたたかな日だ。はじめてしきは、二十五度を超える今日の最高気温に思いが至り、足先から火照る温感を皮膚で悟った。京と青澄が微笑んでいる。カフェインも薬も飲み過ぎていて、いまのこの身が抱えるべき以上の記憶を宿してしまう。


土がおれに怒濤の告白をしはじめた、四回目か五回目の夜だった。

「おれ、しきのことがすきだ。だいすきだ」

といった一回目は、ふつうに無視をした。だけれども告白のラッシュがはじまってからのほうが土はおれと距離をとって、ことばではしあわせな、恋のきもち?をすごくぶつけてくるのに身体の距離がとおい。それまでとはまったく逆で身体はとおいのに、心はすごくちかくなっちゃった。

春休みの終盤。毎晩の電話。それどころか土はひんぱんにおれの家に泊まりにくるようになっていた。ある日、ビニール袋にリンゴを下げてあらわれた土は、おれの母親に袋ごとわたし、

「あの、これいちおう、うちのおじいちゃんがつくってるリンゴです。母が、ほんとにお返しとかは、ほんとに、ダメ、というか止めてください。って、あれは本気のときのトーンだったんで、ほんとに、いらないです。おれ、迷惑かけてごめんなさい」といった。

「いいのに！　じゃあ、おことばに甘えるね。べつに、ウチはいつでも泊まってってていいよ」

「いえ、あ、でも……」

ほんとは、土は、毎日おれんちに泊まりたい。四六時中おれといっしょにいたい。でも「二泊はやりすぎだ。さすがのおれでも」といいはり、連泊はしないように気をつけているらしかった。

だけど、リンゴを持ってきた翌日にその禁を破って、「やっぱきょうも泊まりたい」って意を決したようにいってきた土に、おれは「べつにいいよ」っていったし、母親も「もちろんOKだよ」っていった。電話で、すこし母親にしんけんなトーンで土はおこられているようだったけど、途中でおれのお母さんが、ちいさな声で、「おばさんに代わって」って、土にいうと、「あ、しきのおばさんが、はなしたいって」といい、おれたちの母親が土の携帯ではなした。ふたりは初対面だったから、はじめまして、といいあうだけでずいぶん雰囲気がマイルドになって、おれは母親ってなんかすごいなんか母親だなってあたりまえのことをおもった。

そういうわけでたぶん四月に入ってから、一日、三日、四日、六日というスケジュールで泊まっていった土は、そのうちの四日をのぞいた日はぜんぶキチンと正座して、「しき、だいすきだ。おれ、本気だ」ときっかり一回ずつおれに告白した。

二回目は、「ふうん」といった。

三回目は、「それって……」といいかけて止めた。

四回目は、「いいよ。べつに」といった。

「いいよ。べつに」

「え、ほんとに？　じゃあ、おれ、あの、手とか……」

「手とか？」

「つなぐ？」

「そういうのはダメ。だけど、べつにすきでいていいから」

「さわっちゃダメ？」

「ダメじゃないけど、まえもふつうに、手じゃないけどさ……そういうのしてたし。でも、ちがうじゃん？　おれは京じゃないし」

「もちろんわかってるよ」

「というか、いいたかないけど、女の子じゃないし。無理だろ。だって、きもちは、おれも土のことはすきだよ。でも、そういうんじゃないじゃん」

「わかるけど、でもおれは、「そういうの」なんだよ」

「……」

「おれはしきがすきなんだよ。たいせつだ。おれが触れたい」

「やっぱり、「そういうの」はダメ」

「だって、お前明日、いいの？」

とお母さんがいった。夕食の終盤で、その日は土が泊まらないインターバルの日だったから、たぶん四月五日のことだったとおもう。

翌日の六日は親戚の、たしか父方の大叔母の一回忌があるということで、両親が秋田の向こうの家に泊まることになっていた。一ヶ月前にしらされて「しきはくる?」と聞かれ、おれは「いかない」とこたえていた。明日になったらたぶん、土が「泊まっていい?」ってメールできいてくる。おとといい昨日と土が連泊していって、きちんと約束したわけじゃないけど一日あけてまた泊まりにくる、ゲームしていたときにおれか土が「次は勝つ!」っていってた「次」が二日後であることはもうふたりともわかってた。法事の予定を聞かされた一ヶ月前は、まさか土がこんなに頻繁にこの家にいるだなんて想像もしていなかった。

「いいの?ってなにが?」

里芋のはいった味噌汁をすすりながら、苛だたしげにおれはいったとおもう。

「お母さんもお父さんもいないんだよ」

「わかってるけど」

「お前がいいならいいけど」

おれは、純粋に意味がわからず、黙って母親がつくった飯をくっていた。この家にひとりで夜をすごすなんて、中学のころあたりからちょくちょくあったことだった。父親もとなりにいて、「しきももう十八になるし、親の法事についてくって歳でもないかぁ〜」と、一ヶ月前とおなじことをいっていた。

「それに、あの子、土って子も泊まりに来んじゃない? 最近いっつも来てくれてるし。な、友だちづきあいのほうがたのしいよな」

友だち？　そうだ。おれはそうおもってる。だけどその友だちが、友だち以上のことをいってくる。けど、身体はふつうだ。べつにおれをみてあきらかに興奮してるとか、さわってきたりとかしない。だけど、ときどきすごくおれの視線を意識して顔があかくなっていたり、ことばが詰まっていたりはする。そういうの、最初はぜんぜん信じてなかったけど、ただ京に遂げられなかった「すき」のきもちが一時的にヘンになって、土はおかしくなってるんだっておもってたけど、じょじょに、なんというかおれも、そういうんじゃないのかな、ほんとに土はおれのことがすきなのかなって、考えるようになっていた。

ヘンなのはおれのほうかもしれなかった。おれのことをすきな土。土のことをなんともおもわないおれのこともすきな土。土のことをなんともおもわないおれのこともすきな土をなんともおもわないおれ。ぐるぐる回ってる。

「たいせつだ」

「すきで、すきで、すき」

「ずっとそばにおりたい」

「かえりたくない、ずっとしきとふたりでいたい」

といわれて、だんだん、日常の輪郭が破れて、口では平静をたもつ。けど、おれの〝おれ〟の、自分みたいなものの輪郭が、だんだん……。

それで、きゅうに胸がつかえて、「ゴメン、今日もう食べられないかも」とおれはいい、食卓をあとにした。

そのあとで部屋の勉強机に座って、漫画をよんでいた。青澄にかりていた、高校生が恋愛みたいなやつ。

「しき、ちょっといい？」

母親の声におれはあわてて椅子のしたの空間に捨てるように漫画を落として、「あー」というような声をだした。

「風呂はまだいい」

「風呂はいいけど、明日、ほんとにこないの？」

まだ法事のことをいっている。

「しつこ。いかないってば」

おれは反抗期こそ終えていたけれどそのアフターランのような態度でずっといて、一時期ほど母親とコミュニケーションをとらないわけでもないが、いまだにすごくツンツンしていた。

「土くんには伝えてるの？　明日わたしたちがいないこと」

「あー、いってないかな。たぶん。でも、まあいってもいわなくても気にせず泊まりにくるんじゃない？　別にいいでしょ」

「だって、あの子しきのことをすきでしょ？」

おれは、え？とおもって、あわてて立ちあがり母親の背後で開け放しになっていた自室のドアを閉めた。

「お父さんは車のエンジン確かめにいってるからいないよ」

「え？　あっそう……。で？」

「で？じゃなくて。だから、ふたりっきりになっちゃって、だいじょうぶなの？　ほんとに」

「いや、友だちなんだからすきで当たり前だろ」

「そういうすきじゃないでしょ。誤魔化したって無駄」

「は？　そもそも、は？　アイツおかあにいったの？　おれのことをすきって」

「そんなワケないでしょ。だれでもわかるよ。あんなにわかりやすい子いないもん」

「いや、ないない。男だし。おれも土も」

「だけど、土くんはきっと恋愛としてあんたのことすきなんでしょ？」

「待って、待って待って」

おれはベッドにうつり、なんとなく窓をあけた。春の夜風が吹き込んでくる。子どものころからこのマンションに住んでいたから、生きていて地上四階の高さにいる時間がいちばんながい。

記憶がなだれこんでくる。

「なんで？」

母親は立ったまま黙っている。

「なんでわかったの？」

「え、いやだって。母親だったら、息子のことをそういう気持ちで見ている人間なんて見たらわかるよ。男だって女だって関係ないけど、でもあんたの気持ちはどうなの？ってそれだけ聞きたかっただけ」

「じゃあどうすればいいんだよ」

おれは、途方にくれて、つい溢《あふ》れるようなきもちを吐いた。母親なら正解をくれるって、もう何年もずっと逆のことをおもってた。それなのにいまさら、こんなときだけ頼るだなんて死ぬほどダサい。

子どものころはお母さんに聞けばなんでも正しいことを教えてくれるって信じてた。反抗期はその逆で、母親のいう「正しいこと」はただ正しいだけでなんも楽しくないしウザい、おもしろくない、おもしろくない正しさなんてダメだろっておもってた。だけど、いまはその母親のおもしろくない正しさを求めてる。ダサい。ダサすぎる。自分に心底ウンザリしていた。

「は？　知らないし。土くんはいい子だし真剣なのわかるからべつに口だしはしないよ」

「や、でも、おれたち男どうしで」

「だから、そう悩んでるんだったら、親もいない家でふたりっきりにならず素直に法事にきなさいっていってんの。それだったら土くんもヘンにおもわないでしょ。まだ高校生なんだし、べつにいま流されなくてもいいんじゃないっていってるだけ。じゃあした早いし寝るから。おやすみ」

「えっ……」

これから、真剣十代お悩み相談みたいな長い夜になるのかと想像していたおれを突き放すように、母親はあっさりと去った。それで、おれはその日はねむれず、開けっぱなしの窓からあおむけに夜をみていた。案の定、土からの
……あしたも泊まってよい？

というメールがきていた。

……　すまん返事忘れてた。いいよー
と翌朝に返信した。

一晩考えてけっきょく「やっぱ家にいる」と告げた、喪服姿の母親は「あっそう」といっただけだった。

「じゃお金置いてくからこれで土くんとなんか食べて」

そうして慌ただしく出かけていった。

ひとりの家はしずかで、ふだんはおもいださないこの家の柱や窓枠に染みついているような記憶をおもいだす。母親に、昔は抱きしめられて、頭をなでられて、それがふつうで、「しきはほんとに、かわいいね」「しきのことがすごくたいせつ」っていわれるのが日常だったって、忘れていた。おもいだせたことのほうがとても不思議。でもその記憶をおもいだす火種のようなものは土のことあるごとにいう「しきがかわいい」「しきがたいせつ」の似たような言葉だって、きづいてた。おそろしい、恋ってすごく、恋心なんて、あきらかにヘンで、錯覚で、第五の季節にいるみたいにSFだとおもう。けれど、それを現実に、日常にしてしまうヤバイ力をもっていて、身体がずっと反応している。異質な身体感覚で、ふだん忘れている感覚を、記憶を、おぼえていないことをおもいださせる。

おかしいよ。おぼえていないことはおぼえていない。それだけだ。言葉にできないような記憶や五感を、あったためて、さまして、ふくらまして、いろいろして、恋っておもいださせる。

そんなのインチキじゃん？　年末からずっとこんな感覚でいたなら、土がおかしくなるのも当然だ。

　まるであたらしい季節に身をおくみたいに？　あたらしい風、あたらしい温感、あたらしい匂いにつつまれて。そのときはそんなこともあるんだなあ。ってながしてた。けれど感度のあがった身体は知らない感覚を連れてくる。いまならわかる……窓の外で小雨がふっている、湿気の混じった春のにおい。ソファに身を沈めてじょじょに眠気につつまれたおれがかんじる、季節と家にとどこおる記憶がほどけて、たくさんの記憶をどうじにおもいだすように「おかあさん……」とつぶやくと、それがなにかを忘れさせてくれる合図だったみたいにおれは、眠りにおちていった。


「おい」

　つぎに目をさますと、土がいて「すごい寝るな」といっていた。

「え？　あれ、どうやって中に？」

「は？　寝ぼけとんのか。ふつうにピンポンおして、おまえに招き入れられただろうが。すぐに「眠い」っていって寝ちゃって放置か」

　時間はもう夜の七時ごろになっていた。雨はやんでいた。満月がくっきりみえることで、すっかり晴れている夜空だとわかる。

「ていうか、親いないの？」

「あ！」

おれは、そうだった、って気づいた。土にはまだなんもつたえてないんだった。

「そう、いないの。法事で。だから、なんか出前とろうぜ」

「ふーん」

土が、ちょっと緊張しているのがわかった。

「そんで、飯くったら銭湯いかない？」

「銭湯？　ここら辺そんなのあるの？」

「ある。チャリで二十分ぐらい」

「えー。いいけど。それって高校生だけで入ってもいいの？」

「へいき、おれも、家族いがいといくのははじめてだけど、おまえとなら」

土は、さいきんのおれの煮えきらない感じではない態度になにか違和感をおぼえたみたいだった。だけど、それよりもうれしさが勝つ、その感情の変化が手にとるようにわかって、おれはくすぐられているみたいになんだかフワフワした気分。

「なんかこええな。たのしそうだけど！」

といって笑ってた。

それで、出前の中華かなにかを食べて、システムに緊張しながら銭湯にいって、すっかり眠くなった。たのしいな、とおもった。土といっしょにいることがあまりにも当たり前になった。

かえりみち。銭湯であったたまった肌が春の風に冷やされて、感覚がパキッと新鮮になっていく。ずっとはしゃいでいる土。すごく良いヤツ。おれのいやがることを押してまで自分がたのしくなろうとはしない。そんな人間がおれが戸惑いいやがるのをおして、おれのことをすきっていう。

あるとき、青澄とおれがつきあってたらって、妄想した。土が京を「すき」だってずっといっていて、告白したりして、おれたちの関係ごと発熱したようにヘンになっていたから、おれはそれに浮かされて自分も仮に青澄とつきあったらって考えた。けど、ぜんぜんそんなふうにはならなくて、土と京がつとめて「ふつう」にしようとしていたから、なるべくそれを壊さないように、四人がみんなだいじだとおもった。

銭湯からかえって、ゲームをしたりして時間をすごしていると、零時をまわったあたりで土が「じゃっかん眠い」といった。

「じゃあ寝るか」

いつもだったら、土が泊まるときはリビングに母親が敷いてくれた布団におれが寝て、土はおれのベッドで寝ていた。だけどきょうは母親がいないから、「おれも自分のベッドで寝てい い？」と土にきいたんだ。

「え？　いいけど、もちろん、おまえのベッドなんだし、むしろいつもゴメン。おれが寝ちゃって、じゃあ、おれがリビングで寝るけど、布団どこ？」

おれは、「いや、いっしょでいいだろ。べつに。布団しくのめんどい」といった。

「えー？　いいの？　なんか積極しきだなー」

それでベッドのなか、身長のちかいおれたちはおなじだけベッドを持て余す。おれはドキドキしている鼓動がつたわらないようにヘンに緊張しちゃってたけど、それは土もおなじだって知ってたからあんしんした。それで、「なあ、しないの？　きょうは、告白」といった。くらやみのなか背をむいた土の後頭部が藍色に濃くうつっている。

「してもいい？　だけど、しき、きょうはすごくなんか、強引だね」

土は背中をむいたままの身体でこたえた。タオルケットから肩をだしているその背中の生き物に語りかけるような気分で、「ウン、いままでゴメン。ちゃんとこたえてなかったから。おまえのきもちに」とおれはいった。

背中の生き物のまま、土はしばらく黙って、シンと水がはるような時間が、夜闇のなかすうっとつめたく線を引くみたいにはしった。

「そんなんいったら、振られるにきまってるじゃん。たのしかったよ。おれ、だって、きょうはしきやさしくて、ふたりだけでいっしょに出前やったり、風呂はいったり、しあわせすぎた。でも、そういう、なんかさいごのケジメってやつ？　でも、うー、おれたち、もう、友だちには、もう、戻れないのかな。ゴメンな、ずっとヘンなこといって。お前のことすきだなんて、いわなきゃよかったんだ。戻りたいよ、二週間まえに、おれ」

ふるえる背中の生き物は、ウー、ぐうぅと、声をもらして泣いていた。

「いいから、いえよ」

おれは泣いている土の手をとった。タオルケットのなか、土の肩からぶらさがる腰のあたりで、すごく熱い。こんな熱さをずっと、京のときから数えると三ヶ月以上もずっとこらえて、ひとりきりでいたんだなって考えると、なんだかおれは……

「すき……すきなんだよお！　おれは、しきのことが。それだけでいいよ。こたえなんて、くれようとするな」

「おれもすき」

そうつたえると、土はゆっくりコッチをむいて、顔が奇跡になった。

「いままでゴメン。おれもすきだよ、土のことが。その、さわりたいとかそういうのは、まだない、というかわかんない。でも、土のきもちにできるだけこたえたいって、いまはつよくおもうよ」

奇跡の顔をみられる時間はながくなく、しきはおれを抱きしめた。

「死ぬほどしあわせだ」

と土はおれの首筋にいい、泣いていた。


春の海はあたたかく、汗をかいた部位に潮がたまるみたいな風が吹く。たわむれにじぶんの腕をなめると、醤油みたいにしょっぱかった。

大磯《おおいそ》もひとのまばらな平日に、制服でこんなとこにいて、おれたちまるで地元の高校生にみえるかな？　海辺で着替えたのは、水着になるとかじゃなくて、高校生が海で学ランって浮きすぎて補導とかされないかな？って不安だったからシワシワのTシャツ姿になっただけで、でもそんな高校生はおれたち以外にもいっぱいいた。

おれたちは三年生になる始業式を終えたその足で海にきた。

兄貴が彼女と海へいくからいっしょにいこうぜって土に誘われたのはほんの直前、つい昨晩のことで、自分が海にいる現実がまだよくわからず、足が浮いているみたいにソワソワしていた。

「え？　海って？」

「兄貴が明日箱根《はこね》にいくって自慢してきたから、とっさの判断で懇願したんだぞ。ちょうど代わりに大学の課題やってあげてたから、その借りがあったのがでけえなあ」

「課題？　大学の？　成績のわるい土が？」

「失礼な。日本文学の批評をかけっていう課題だから、そういうのはおばあちゃん直伝のアレがあるからちょっとできるだけ。まあ兄貴もたいがいバカ学生だし、埋まってればなんでもいいって。ってそれはそうと、兄貴にめちゃ懇願したら、始業式終わったらそのまま連れ去る形式ならいいよって、時間的に。おれら家に帰る時間ないって。どうかな。さすがに急すぎ？」

「え、でも泊まりとかはさすがに、うちは」

「いや、泊まらんよ？　おれらは二、三時間いて夕方になったら電車で帰ってくるから、だから友だちと遊びにいくって親にいったらいつもとおなじ時間にかえってこれるから怪しまれもしないいっす」

けっきょく、こっそり持ってった代えのシャツとズボンに乾いた潮がついていて、洗濯する母親にあとでバレて電車賃を土のぶんも払うことになるんだけど、おれは「そんならいいよ！」ってこたえて、ワクワクで眠れなかった。

始業式が終わって、京と青澄に「おれたちきょう、海いくんだー」って土が自慢した。

「えー！　いいなあ」

「わたしたちは？」

京のことばに、「ごめんな、兄貴の車四人は乗れんて、おまえらも誘おうっておもってたけど、ごめんな。でもうれしくて自慢しちゃった」と土はいった。

「浮かれてんじゃないよ。シャバ僧《ぞう》が」

京は笑って、青澄と手を繋いでいた。

おれは、あれ? 京と青澄もそういう感じ、なのかなってをもった。距離がちかいのはずっとかわらないけど、青澄より京の顔が、なんだかちがう。目線をあわせると、「おまえも?」ってたずねあう。おれは、土がいつ「おれたちつきあってる!」っていいださないか、ハラハラしていた。京や青澄にならいってもいい。けど、ほかのだれかにバレるのはさすがにちょっと、いやだった。そういう話しあいをおれらすべきだったけど、ずっといっしょに手を繋いで、いっしょのベッドで眠るだけでうすあまくしあわせで、おれはまだ「そういうの」だってわかんないから当然かもしれないけど土も性欲の欠片《かけら》すらみせない。でも、寝ぼけながら「しきー」といって抱きしめられるのはうれしかった。さいしょはすごく抵抗があったけど、そこを越えると感情がまっすぐになっていくみたいで。おれも土の頭を撫でていると、クラスの男子の仲いいやつらどうしがまったりしているときにそういうことをしてたのをおもいだして、これってふつうにきもちいいことなんだなって、身体がかわっていく。いつからかひとの身体にふれることに警戒しすぎていた。社会規範が破れる瞬間に敏感で、だけどいま犬や猫のオスどうしでするように、ほどけていく。子どものころの身体感覚に。

土の兄貴の車のなかで「おれたちも、すきあってるよ」と土がいった。

「そっかー、土のこと、よろしくなー。コイツめっちゃいいやつだから」

と土の兄貴がいった。土のお母さんとおなじようなことをいう。おれははじめてひとに土との関係がひらかれる恥ずかしさとうれしさに、ただモジモジしていた。

「家まで送ってやれんくてゴメンな。帰り」

「いえいえ、こちらこそすいません、せっかくのデートなのに。むしろ駅までわざわざ、彼女さんも」

「ぜんぜんいいよ。わたしたちつきあってないけど」

「え？」

助手席に座っていた、おれが完全に土の兄貴の彼女だとおもっていた女性がいった。突っ込んで聞いていい話かわからずだまっていると、「あ、ゴメン、戸惑わせちゃったね。わたしの好きな女の子が、コイツとつきあってるの。めっちゃカワイイ。その子はバイトがあるから夜から電車で合流する。ちょうど君たちとすれ違いだね」という。つまり、土の兄貴の彼女は夜から電車でくる第二の女性のほうで、その第二の女性をいま助手席に座ってる第一の女性は好き。


え？

おれがなにひとつのみ込めずにだまっていると、土がいった。

「おれらといっしょだな！」

そういって、おれのあたまをかきいだいた。

それから、助手席の女性が、夜にくる彼女がいかに可愛くいとおしい存在なのかということを、えんえん喋った。話のところどころで「あんなにカワイイのにまさかこんな男とつきあうなんて」という女性に、「アハハ」と笑って流す土の兄貴。

あたまのなかで、さっき土がいった「おれらといっしょだな」の言葉がまわっていた。どういうこと？　しばらくしておれの左側でねむった土がシートのうえ、温度をさがすように手を繋いできた。そのときに、きっと正解ではないけれどきざすひとつのこたえが身体に宿り、おれは土の手を握りかえした。そっか。もともと土は京がすき。けどいまはおれがすき。おれたちはみんながみんなすきだから、土の兄貴をはさんで湘南につどう三人の関係にどこか似ている？　そういう「おれらといっしょ」なのかな。じょじょに景色が海の予感をまとう。

「窓、あけてもいいですか？」

高速を抜けてテンションのあがっていたおれがそういうと「いいよー」と、土の兄貴が応える。土の寝ている身体を起こさないように、肩を固定した肘からさきのこまかな動きだけでハンドルを回すと、風がいっぱい潮のにおいした。

「わー……」

ちいさな寝言めいた歓声をおれじゃなくて土があげた。「起きた？」って土にだけ聞こえるように声をかけるとまだ寝てる。起きているおれのきもちがリモコンになって、寝ている土の身体が代わりにあげた声だった。

まだ午後もはやい波打ち際、太陽が潮にひかりを混ぜて反射している。砂浜のうえを這ううすい海水がこまかく紫や黄色を透かして動いた。ふたりで海辺をあるいていて「ぜったい、なか、入ったらさむいよな」っていいあった。土の兄貴たちとわかれて、砂浜をえんえんあるいているだけでたのしかった。海の家とかはなかったけど、海鮮がたべられる小屋みたいなちいさいレストランが、足洗い場をかねた巨大駐車場のおまけみたいなコンビニが、ことごとく「めっちゃ海っぽいよな!」ってよくわかんないノリでおれら、はしゃいでいた。さいしょは聞いているだけで心がじいんと感動している波の音にじょじょに耳がなれていき、着替えが入った学校指定の鞄を背負って裸足であるく足裏の感触がふつうになってく。ちいさな声で歌をうたった。さいきん流行《はや》っている、歌詞もメロディーもところどころあいまいだけど、ふたりでわかんないとこを足してくとちゃんと歌になる。ふたりともわからないところは波音が伴奏になってくれた。

「めっちゃたのしいな」

「めっちゃたのしい」

おれがいい、土がこたえた。それで、土がいきなり「水にはいったらぜったいさむいけどぉー!」って叫ぶなり、ズボンを脱いで水平線のほうへ走っていった。

「うわ」

って、おれはいった。

「しらねぇー!」

って、土は叫んだ。その時にいっしゅん、あ……とおれはおもった。これって土の口癖だな。口癖ってより、身体のくせ? たのしくて、しあわせで、ワケわかんなくなっちゃうようなとき、土は意味も文脈も関係なく「しらねぇー」っていって笑ってた。あがりきった身体がさわいでる、そんな瞬間に口が勝手にいいたい、意味とか文脈じゃない土の言葉だ。まるで音楽みたいな〝文体〟だ。こんなことも、いままでにもざらにあった、土の人生のありふれた瞬間にすぎない。

　だけどおれ、いま土がすきだって、たったそれだけのことでまったくべつの環境で育ってきた他人の、土の身体の癖を発見して、ふるえるほどしあわせになってる。感動しちゃってる。過去に土がいってた「しらねぇー」の場面の、ひとつひとつがぜんぶおもいだせる。だって、ほんとにしあわせそうな土をずっとそばで見てきたから。

　ほんとにおれは土がすきなんだな。

　そうおもった、十メートルの距離で、土がずぶ濡れになった。たぶん、周りからみたらあーあの高校生すごいダサいっておもわれる。けどいまは、まぶしいよ。おれはあたまのなかで、ずっと自分がそうなっている姿を三十分間想像しつづけていたんだっておもう。

　おれの身体が想像して理性が止めたおれに、いつだって土はなってくれた。

　だから「おまえもー！」って誘われなくてもおれもパンツになって、海へ飛び込んだりする、考えるまえにそういうことができるおれになれて、たしかにしあわせだったよ。おれたち、「いま」のなかでかがやけば、思い出のなかでダサくなる。


　水は踝《くるぶし》までふれていたときよりつめたくはなく、タオルも持たずに濡れてしまっても、そこまで寒くなかった。風が吹くと「ひぇー」っていいあったけど、ふるえたりするほどじゃない。

「陽がおちるまえに帰れそうでよかった。三時間もいれんかったけど、ゴメンな」

「いや、めっちゃたのしかった。ずぶ濡れで恥ずいけど」

「ほんとだな」

波打ち際に座って、陽があかくなっていくのをみていた。おれはしぜんに意を決して、きょういいたいとおもっていたことを、波の音と夕焼けに紛れさせるつもりで「あのさあ」と切りだした。

「いいたいことある」

「なに？」

「おれらのこと」

「おう」

「おれらのこと、土はどれぐらい周りにいいたい？　じっさい、おれのおかあはもうしってる。ゴメン、無断で。いってしまった。すでにバレてたから。けど、おれは正直あんましられたくない。父親もだけど、友だちとか、土の家族はいいけど口止めしてほしいかな。さっきの、土の兄貴の彼女さん……じゃなくて、彼女さんのことを好きな人？とかはギリ……、わかんない。どうしても、そこんとこ開き直れないから、おれ、ちょっと、話しあいたい」

「そっかー……」

土は夕陽に染まる口元でいった。その土をおれはみた。夕空のぐあいで口だけあかく浮かびあがりそれ以外はまっくろとまっしろを往来して表情がない土の顔は、なんだか怪物みたいだなっておもった。実際、この話どっかヤバいなってそのときにはもうわかってたんだとおもう。

「おれのせいで、いらん心配かけちゃったな。ほんとゴメン。おれ、しきのこと、すごい困らせちゃってる」

「や、そんなことない。うれしいよ。しあわせな悩みだよ」

「わかってたんだよね。おれは自分がどうしたいかより、しきがそういうのいやがるって、先にしってた。しっててこうしたんだ。すげえ、わるいよね」

「土はわるくないよ、むしろおれのほうが……けど」

「けど、だいじょうぶよ。おれ、青澄とつきあうから」

土がそのひとつ前の台詞からひとつづきでそういうのを、おれは声すらあげずに聞いた。その沈黙を、波の音と十五メートル間隔で座っていただれかの携帯からながれる着メロが埋めた。

「もう、秋やんとかべんちゃんにはいったから。あれな、「ぜったいにだれにもいうなよ！いうなよ！」って、押すなよ押すなよスタイルでちゃんといったから、もうクラスの一部はしってるんじゃないかな？　だから、そこんとこ心配ないぞ。青澄も京のこと、めっちゃすきらしい。たいせつなんだって。すげえわかる。おれもしきのこと、めっちゃだいじだもん。すげえいとしいもん。おまえの人生の邪魔はおれ、できない。ぜったいしたくないよ」

「あー……」

それで、おれは、なんか、悟っちゃった。

ずっとそういうことだったんだ。おかしいとおもった。おれは妙に物わかりよくなって、得心しちゃってた。土がなに考えてるかはわかんない。おれのことをどう考えていて、これからどうなっていきたいか、そういう土の内側のことはしらない。だけど、「つきあう」とか「恋人になる」とかのどうのこうのって、たしかに土は一度も口にしなかった。「おまえがいちばんたいせつ」といって、土にとっては目のまえの人間がつねにいちばんなだけなんだ。そうじゃないだれもいないひとりきりの土が青澄や京やおれのことをどうおもっているのかはわからない。

きっと、一生わからない。

ここのところずっと戸惑っていた思考が研ぎ澄まされて、心のなかでぜんぶ勝手に繋がった。かなしい洗練を経た感情でさとった。おれは土が憎い。だけど、もうたいせつでいとしくて発熱しちゃってる。初恋しちゃってる。人生ではじめて、本気でひとが憎かった。

なぜか、心のなかでお母さんゴメン。ゴメン。って謝った。ゴメン、お母さん。こんなヤツをすきになってゴメン。でも思いかえすだに、おれがほんとうに土をすきになったのはこの瞬間だった。土の口のなかをみながら心のなかでお母さんに謝った、この瞬間。「裏切り」にあってはじめてわかる、人生で一度の「すき」のきもち。

「うわーっ」

おれは叫びながらたちあがり、岩場に座っていた土の腰のあたりをぐっと引いた。

「おっ」

という声とともに土も笑って立ちあがり、砂浜でおれを押しかえした。夕陽に叫ぶ男子高校生、ただじゃれあっているだけのつもりだっただろう。

去年の二学期にあった柔道の授業中に、おれは土の身体のしくみを理解した。土は襟をもたずに腰のあたりを押しかえさせてから股を刈ると受け身もとれず肩からズドンとスッ転ぶ。それに気づいたときに、ちょっと危ないかもとおもってもうやらなくなったから本人はきっとおぼえてない。

「ぐわっ」

と声をだし、おれの身体ごと浜に倒れこむと、砂でなければ危険な背中の打ちつけかたをして、「いてぇー」といっしゅん、土は泣きそうな声をだした。でも泣いたのはおれだ。

「だいじょうぶ？」

それを誤魔化すように土の首にかぶさってつぶやき、その皮膚に舌を這わせた。

「うん、おわー……こしょばい」

猫みたいに自分で舌の先のほうを嚙んでいた、わずかも動かない固定されたおれのベロの先端で触れた土の喉仏が薄荷《はっか》を塗ったようにひやっとして、もう二度とこんな混ざりかたはしないって誓った。

海に着いたときに舐めた自分の腕とおなじ味がした。けれどたぶん、そのときにはおれの味のほうがもう、変わってしまっていたんだろう。


「おれも、だいすきだった。土のことが」

珈琲の味で誤魔化すように舌を苦くした。しきは十七歳だったら泣いている感情で笑った。

あのころ当たり前にいた母親も父親も、もういない。

土は？

「わたしも」

「うん、わたしもわたしも」

それぞれの記憶をたしかめあう、そんな勇気に十五年の時が要ったのかな。けれど、身体がきっと保たない。全身を覆うあきらめがしきの身体をめぐって、いまだけは丁度よく記憶に無防備になれている。

12

ほんとバカだったなっておもうよ。おれは自分の行動が、あんなにしきを傷つけてたなんて、しらないままで生きていた。あの日、海でおれを押し倒したしきに首筋をなめられたとき、流入してくるきもちすら、誤作動で。

「おいしい、しき、うれしいんだな」

って、交換する味覚すら馬鹿舌なおれ。だったなって、恥ずかしいばかりの人生だったよ。おれはもともといっしょにいる相手が機嫌わるくても、元気なくても、それに引っ張られない性格で、かえりみち、しきが言葉すくなでも「うれしいんだな、うれしいな」って、自分のものなのかしきのものなのかわからない感動で、間違って混ざってた。だからおれも無言がちで、しあわせな惰眠《だみん》を挟みながらひたすら在来線を乗り継いでかえった。

「バイバイ」

って、最寄りの駅について先に降りていくしきのほうからいった。そのこえに、乗せられていた無限感情。ぜんぜん気づかずにおれは、「ウン、またあしたな！」って、おもいだすだにあんなにかなしげなしきの表情ってなかったなって、いまならおもうけど、それもあとからおれが捏造《ねつぞう》する再演のようなしきにすぎないのかな？

おれは自分の感情のちからがだれかの感情を覆い隠すほどデカすぎて、それそのものが暴力なんだって、まるで気づかずにいた。

だれもが世界に感動してるわけじゃない。

その前日に起きたことがぜんぶのはじまりだ。
両親のいなかった日にしきの家に泊まって告白をオッケーしてもらった直後、いっしょに海にいくあの始業式の前日に、おれはしあわせにはち切れそうなからだをもてあましてた。しきがおれのことすきっていった、いっしょに寝ていた体温がしきの恋のオリジナルのそれだった、からだがムズムズしてとてもじっとしてらんない、そんな状態にたまらないおれは言葉を求めた。宛先のないメール画面に、
……　しきがおれのことすきだって！　うわー！！！
とかいて、消して、
……　しきが、すきだって、おれのことを？？？　うううううおおおおお
とかいて、消す。おなじような言葉ばっかり。もっとも情緒が昂った人生の絶頂に、あてはまる言葉ってなんてとぼしいの？って、おばあちゃんに心がきいていた。
それでふつうに家で叫びそうになって、でも宙も聖美も美姫も両親もいて、叫べない。いっしょに夕飯を食っていても、口をひらけば叫びたい心がおれを黙らせた。
「おにいはー？」

と美姫に話をふられて、コロッケの配分を聞かれている。

「なにコロッケとなにコロッケとる？」

それで、口をひらこうにも言葉が詰まる。わーーーーーっ！！ていっちゃいそう。お母ちゃんが「土はカニクリームとカレーでいいかな？」という。

「お兄ちゃんだから、遠慮してくれてるんだよ」

すると宙と聖美は「ありがとー」「おにいやさしいーっ」といっている、見当ちがいな感謝をうけたうえ好物ももらえて泣きそうになっちゃってた。お母ちゃんが揚げたコロッケ。

そこに、三番目兄が帰宅してき、「おー、めずらしい。たけとはコロッケいる？」とお父ちゃんに聞かれ、「いらんー。あと明日おれ泊まり」といっている。

「あらー、どこ泊まり？　気をつけてよー」

「箱根」

そこで、おれはピン！となった。

「おれもおれもおれも！」

これだ、とおもって、きゅうに騒いで、武兄《たけ》にむりやりついていくことを提案した。

「べつにいいけど、でも、海いきたいだけだったら手前でおりる感じじゃないか」

「もちろん、海だったらどこでも。ねえいいっしょ？　こないだ課題やってあげたじゃん」

「あー。おれはべつにいいけど、おとうとおかあはいいの？」

お母ちゃんとお父ちゃんが顔を見合わせ、「土、あのな」と本格的に説教するモードに声がなる。その瞬間に「待って！　ごめんなさい。でも行きたいんです。すごく。しきに電話して聞いてみるから、それでしきが行くっていったら、いいでしょ？」って。押し通す。この手はいつでもつかえるわけじゃない。きほん、両親におれは、「我慢しがちなお兄ちゃん」のイメージを植えつけていたから、勝手に溜まっていた子どもポイントをこの機会につかっただけだ。

果たして電話で無理やりしきを説得して、同意を得たあとで食事にもどると、家族全員が呆《あき》れながらもうどうでもいい雰囲気になってもいて、お父ちゃんに「土くんちょっと変じゃない？　テンション高いねえ」っていわれても、もう「行っていい」って感じに落ち着いてた。

「土兄、なんかあったん？」

「なんもないよ！」

うそ。ほんとは世界中にいいたい。だいすきな相手にだいすきっていわれましたって。けど、こんなしあわせ、人類みんなくりかえしてる？　ふと風呂にはいってて冷静になったあたまで考えると、すこしずつ、こわくなってくる。

いつもそうだった。遠足やゲームの発売日やおばあちゃんちに行く、その前日、たのしみのピークにおとずれる「まえぶれ」って呼んでるきもちの落ち込み。湯船にしずんでおれは「まえぶれー」っていう声を泡にした。みんな、こんなふうにしあわせな日と、反面さいあく不幸な日を、くりかえし、歴史になってる？　こわすぎだろ。それはいつかしきに嫌われるかもとか、いつかこのしあわせも薄れていくんだとかっていう、冷静なヤツじゃない。ただ、しあわせであることがこわい。絶頂に転落の予感きざしちゃってるとかそういうんでもない、ただただしあわせがこわいんだ。

こっそりだぞ、とおもっておれはハラハラ泣いた。風呂をでたらだれにも泣いてるところをみせてはいけない。だって、しあわせなんだから。意味がわかんないだろ。しあわせなのに泣いてちゃ、しあわせじゃないひとに失礼だって、よくわからない意地。
メールに気づいたのは、その風呂あがりだった。
……うそ。やば！　おめでとう！！！
ビックリした。送ったつもりのないメール。それが青澄にとどいていて、返事がきちゃってた。いままでもあれってなんだったんだろうっておもう。宛先に青澄のアドレスを入れたおぼえなんてない。まして、寝ぼけてもいないのに送っちゃってたメールに返事がきて、まるで夢のなかみたいだった。確認すると、たしかに送信済ボックスにある、
……しきが、おれのことをすきだって！！！　うおーーーーーーー
っていうメール。そもそも、青澄にそんな恋の相談したかなっていう、おぼえもない。でも、すごくすごくうれしかった。言葉をつたえて、言葉がかえってくる、当たり前とおもっていたことがきわめて限定状況だったことをわかって、からだから言葉が勝手に出ちゃう。青澄というからだにであって、ぶつかってはじめて出ちゃう、そんな言葉なんだよなって、なんだかおれは、すごく……
……マジでマジで。ウワー！　すき。めっちゃすき。
……うんうん！　よかったー！　うわ、ほんとほんと、よかったねー！！！
……ありがとー！！！　そんな風に祝福してくれるならおれ、おれ、めっちゃ救われちゃってヤバイよ
……じつはわたしたちも、わたしと京もね、おんなじ感じ、っていうか、いまの土としきみ

たいに、こないだ、なった
……え？　てことは、すきだって？　お互いが？
……そう、すごいよね。うん、すごい。すごいしかいえない
……わかる！！！　このすごさ、ふつう？　だって、いままで観てきた映画とか漫画とか小説にも、こんなにすごいって書いてなかった。教えといてくれたらなあ
……なにそれ？　書いてあったし、てかむしろめっちゃあったっしょ
……そう？　おれはこんなにすごいならすごいってもっとちゃんといってほしかったなあ
……むしろ、映画とかのほうがすごすぎじゃない？　好きなひとすぐ死んじゃうとか
……だから、すごすぎて違うっていうか、あんなんじゃすごすぎてすごくないんだよ、恋そのものがぜんぜん
……むずい。ちょっとわかんないかも
……わからん？　でも、そんな感じなの
……うーん。わたしたちが、変わっちゃったんじゃない？　なんか、わかる体になってた、っていうか
……それはなんか、わかる。すげーわかる。わーーーーーー！　じゃあ、おれたち、超ハッピーじゃね？？？
それでいったん途絶えた、メールでは頂点まで浮かれてた。けど胸にひろがる「まえぶれ」は濃くなるばかり、中心にわだかまる強度がどんどん増すばかりで、身体の隅々までひろがって、指先がふれたい。ふれたいよ、しきの身体に。これが、恋ってことなのか？　ひろがる不

穏に、指先が勝手にさわっちゃう。求めちゃう。こんな身体の、衝動の永遠みたいな、息のみじかい奇跡と不安の高速回転。

それでおもわずしきに、メールしてた。

……あした、晴れるかなー

って、しきだからこそ送れる、どうでもよすぎるメール。それなのに、返事こい、返事こい返事こい返事こい、ってガラケーを握りしめて絨毯《じゅうたん》に丸まって、一秒を一時間にしておれは耐えらんない。宙と聖美がまとわりついて、「おにいお腹いたい？」って、なぜかあかるくいい募っていて、「いたくないけどいたい」っておれはいった。気がついたらおれは、

……いまから、会えないかな？

青澄にそうおくってた。自分でも支離滅裂なメール。もちろん返事はない。

さっきまでしあわせ頂上！　だったからこそ、おれはまるで犯罪をおかしちゃったかのような不安につつまれはじめた。おれ、しきに迷惑かけちゃってる？　しきの人生の、すごい邪魔になっちゃってないかな？　だれかいますぐにでも否定してほしい。けど、こんなこと、だれにでも話していいことじゃないよね？　わからない。いきなりこんなことをおもいついたわけじゃなくて、ずっとこのことは考えつづけてた。しきはおれみたいに、普通をはぐれて生きていくタイプじゃないって、勝手におもってて。けど、おれはすごいエゴイスティックに、ただしきに告白したかっただけなんだ。ほんとうは、しきがずっと笑ってくれるだけでよかった。そうしたらおれは「すき」っていいつづけられる。しきの言葉なんて、身体なんて求めてなくて、ただおれはしきがすきですきに「すき」っていいたいだけで、すごいズルかった。

衝動で突き進んでは、常識に立ち止まって、からだが変になっちゃう。だって、過去に生活保護でいまは貧乏、しかも恋人が男って、ふたつ以上コソコソいわれることになるって、ようやく真剣におもいつめたんだ。実際はコソコソいわれたりなんてしない。出会うひとみんな優しかった。ずっと、しあわせなだけの人生だった。だけど、現実にはいなかった悪いひとに、いつもなんかいわれるかもしれないっておもっちゃう。それだけで、なんでこんなにからだが変になっちゃう？　恥ずかしいよ。おれはときに大胆に、叶えたいことを叶えることができた人生で、ゆいいつ堂々としていることだけができなかった。

しき、青澄、返事くれ、返事くれよ。

いまだけでいい、もう一生、おれのメールに返事くれなくていい、一方的におくるだけで一生満足するからさ、いまだけでいい。どうか返事くれ。

携帯を握りしめて十五分ほど、ずっとさむくてふるえるような身体感覚で、耐えきれずにおれは家を飛びだした。

その瞬間にしきから届いた、

……　晴れるっぽいぞ。ちゃんと寝ろよ

っていうメールが、飛びだしたおれの手のなかでバイブした。

どうしてそれに気づかない？

おれはちゃんとだいじな言葉を握りしめていたのに。

いまこの瞬間、年が明けたのだと、土にはわかった。

握りしめていたスマホがポワンと光り、メッセージを灯した。

この周辺でいちばん高いビルの屋上から見下ろす、窓のいくつかがこぼす明るさと混ざって、画面に文字が現れる。

今度はちゃんと手の中でふるえたことがわかった、土はスマホを見る前に空へ飛び出した。

……　あけましておめでとう！　久しぶり。みんなどうしてる？

地上九階、約三十メートルの高さを着地した、右肩のつぎに打ちつけた頭部が弾《はじ》けた。痛みもない、知覚もない、ただ「死ぬ」というたったひとつの真実がまるで言葉みたいに、文字みたいに土の身体感覚をゼロからイチにして、それ以外はなにもない。

やっと死ねる、ちゃんと死ねる。

土にははっきり、それがわかった。

頭部からの失血が致死量に達するその直前、たしかに土は京からのメッセージを読んだ。

約十五年ぶりの連絡だった。

京に心配をかけたくない一心で、どうにか既読をつけたい。

既読をつけたい。

それが土の三十二年の生涯の、最後の意識のちからとなり、かなわず土の身体は空《から》になった。

未練は身体をもたない状態で、三人のわたしたちを借り、もう一度過去を語りはじめる。

ウワアン、という反響が鳴っていた。準急列車で二駅、乗り継いでおれは、青澄の家のインターフォンの、固まっていて押すとやや煤《すす》けた黒いボタンがちいさくパキッて鳴ってから押し込まれ、おくれてどこかとおい国で鳴るようなピンポンの音に、耳を澄ます。家のなかで音が鳴って、やがてドアから漏れてくる。応答機能のない呼び鈴だったから、やがてお母さんが出てきて、「どちらさまですか?」といった。

「クラスメイトの者です。夜分にごめんなさい。青澄さんいますか?」

「いますけど……」

「ちょっと話があるんです。ごめんなさい」

お母さんが青澄を呼んだ、その声にわずかな怒りがふくまれていて、しばらくするとそのうしろに青澄があらわれて、みたことない怯えた顔をしてた。

ちょうど八時をまわったところだった。青澄は立ち尽くしたまま黙っている。青澄のお母さんは、「ごめんなさいね、もう遅いから、また明日でもいい?」って、やわらかい表情でいって、でも、青澄がぜんぜんいつもとちがう。まるで、べつの動物みたいに小さくなってて、それでも、「士、ごめんね。また明日、始業式で、ね」といった、その声がおれをますますおかしくさせた。

おれは勝手に青澄の家の玄関に入り込んで、危うく青澄のお母さんのからだをつきとばすところだった。大袈裟に避《よ》けたお母さんが、「なんなの? まったく、いったい、なんなのよ、もう」と、ここにいきなりおれと青澄がいなくなったみたいに、ひとりでつぶやいてた。

玄関土間のギリギリで立って、上がり框《かまち》の角が脛《すね》にあたっていた。そこに体重をあずけて前のめりに、「青澄、いこう」っておれはいった。他人の家のにおいが、かえっておれの勇気のメーターをぶっ壊れさせてい、怯えて後ずさる青澄に懇願するような目で。

「いこう」

ていった。ヒーロー気取りで。おれは強引に手を伸ばして、青澄の手をとった。

「やめて」

青澄はいった。

「いくの？　あなた。何時だとおもってるの。何時だとおもってるのよ。やめなさい、やめなさい」

青澄のお母さんはおれでなく、青澄にむかいそういった。

「やめない。おれは、青澄は、やめないです。青澄を閉じ込めないでください」

それで無理矢理、青澄の手を引っ張って、つんのめった青澄の足がギリギリのタイミングでサンダルを探りあてて履いた。それから無言で、おれたちふたりとも怖くてふりかえんない、黙って近くの公園に足を向けて、一歩ごとに後悔でいっぱいで。おれってほんとに、嫌なヤツ。悪魔みたいだったよねって、勝手に自分の行動でかなしくなった。


「どうしたの、土。かえろうよ」

青澄はくりかえした。夜の公園。太陽がないせいか風とにおいが昼間より植物の気配で濃い。だれもいないベンチに腰かけると虫が皮膚を咬《か》んで、ごめん、ごめん、ってそればかりおれはおもう。だけど人生、ほんとうにごめんっておもうときに「ごめん」って口にだすのはズルすぎる。青澄はおれに従わないしるしみたいに、なんど促してもベンチに座らず立ったままで、座ったおれを落ちつかなくさせている。

「お願いだから、座って、な」

「何分ぐらい？　それって」

「ううん……三十分？」

「十五分にして」

「ちゃんと家におくって、お母さんにいっしょに謝るから」

「それだけは止《や》めて。それしたら、絶交だから。十五分」

青澄は、口調では怒っているいっぽうで、からだの波動は柔らかかった。まるで、怒っていることに、あんしんしているみたいだった。だから、おれもそれほどきもちが追い詰められなかった。ここでようやく、謝ったら許してくれるだろうという甘えが生じた。人生でおれがひとに謝ることができたのは、そのひとがきっと許してくれるっていう甘えがあるときだけで、ぜんぶがぜんぶその甘えにつけこんでしていた口だけのものにすぎない。

「ごめん、おれ、怖くて。なにが？って、わかんない。けど、どうしてもじっとしてらんなかった」

すこし雨がふったのかもしれなかった。湿った夜気が皮膚をフヨフヨ冷やして、きっと汗がにおってる。ここへくるまで、すごく熱かったから。首すじにまで蟻《あり》がのぼってくるのを、わかっていたけど払うこともせずに、自分のきもちに言葉が、知覚が、集中しちゃってる。おれはいつもそうだ。いつだって自分にばっかり集中する。

「なにが？　よかったじゃん。しきと、しあわせにやりなよ」

「けど、おれたち、なんていうか……」

「わたしと京は変わらないよ。ずっと仲いい。ずっと仲いいだけ。これからもずっと」

「そんなのずるい」

「は？」

青澄はこんどこそ、ほんとうに怒っていた。からだがかたくなり、いつでもおれを置いてかえる体勢になったのがわかる。

「ずるいって、なにが？」

口にだしてはじめてわかる。ずるいのはおれだ。しきが嫌がるだろうって、しきは迷惑だろうって、ほんとに嫌がってて迷惑なのはいつだっておれ。おれは愛嬌があって拘《こだわ》りがない男子のキャラを演じて、目のまえのだれかの恥や迷惑をいつだって勝手にあてがって、「おまえが嫌だろうから、止めるよ」って、善人ぶって笑ってた。けどぜんぶ、おれがおれがおれが、おれ自身が嫌だったことを、先回りして「止めたげた」。それってほんとこの世の悪だよねって、わかっててももう止められない。

しきがおれと「つきあってる」だなんてしられたら、迷惑だろう、嫌だろうって、気遣いをしているつもりのおれ自身が、いちばん、みんなや世間におれたちの恋を、揶揄《やゆ》されてなにかいわれることをおそれて、怯えて、いてもたってもいられなくなっちゃってたって気づいた。だからいままでどおりでいられる青澄と京を「ずるい」っていった。

ほんとに、悪だよなっておもう。けど、止められない。おれは悪が身にしみつきすぎていた。

ずっとやさしくて生ぬるいひとたちに囲われて、やさしくぬるく育った悪だ。物心ついたときにはすでにおれは悪だったなって、いまならわかる。死んでからようやくわかることなんてかなしい。

生きてるときにはなんとなく。

目を背けて暮らしていた。おれはちいさいころから周りのやさしいひとがわかって、自分がどのようにいえば、どのように振る舞えば、相手が気をよくしたままおれに奉仕してくれるかわかった。だからおれもふくめてみんな平和。やさしいまんまで、おれは他人をおれの意のままに動かしてたんだ。

「ごめん。聞かして、青澄と京のこと」

悪だからできること。それはおれ自身の意思を相手の意思かのようにおもわせること。おれがしたいとおもったこと、そうであってほしいと願ったことを、相手に先回りしていってもらう。やってもらう。目のまえの人間の主体を奪うということ。それまでもおれは友だちや家族の意思をコントロールして、自分の意に沿うように、まるで相手が勝手にそうしてくれたかのように振る舞った。こうして振りかえるだにおれは、おれがおれである前にどこか悪だった。しきに「すき」といわれたのだっておれがそうさせた。事実はわからない。人間って多くの場面で厳密にはだれがだれの意思ってわからないままに意思決定して、なんとなく日々が過ぎ去っていく。けれどおれ自身はそうおもってる。しきに無理やり「すき」をいわせてしまった、「すき」をおもわせてしまったと。たとえそれがしきの本心だったとしても、おれはしきにそれすらおもわせてしまっている。

これが自分の「本意」なんだと。

このときはただ相槌をうっているだけだった。青澄が京とすごしたとうとい時間のこと。仲のいいふたり、手を繋いで、河原でキスをした。それをただ聞いているだけ、だけどいつしか青澄はおれの手を握って、おれはじっと青澄をみつめた。

青澄にはきこえていた。

「やめない。おれは、青澄は、やめないです。青澄を閉じ込めないでください」

時間差でひびく、おれのこえ。青澄のお母さんにいい放った、その反抗の原体験がいまさら青澄を襲う。その後の青澄の人生の、反抗のモデルとなったおれの言葉。それまでの青澄のからだがしらなかった、しりたかった言葉。おれはしっていた。他人のからだに欠けている、いわれたらどこか懐かしい。そんな言葉を。だれかの話をしんけんに聞いていればすぐにわかる、そのひとに欠けていて、心から探している言葉。ずっとそれを探してたって、子どものころに遊んだおもちゃに再会したみたいな気持ちになる、人間のそれぞれのからだにしまわれたそれは秘密の言葉だ。

「だいじょうぶ?」

それで、顔を近づけて、においも汚れもなにもいとわない。引け目のないおれの顔。青澄にひびく、反抗のこえ。

くちびるがそっとふれあうと、青澄は、「土はなんでそんなに孤独?」といった。

いくぶん虚をつかれて、おれはきわめて懐かしいような本心をいう。おもいかえせば、だれもが特別だった。出会ったすべての人間が、かがやいてみえて、眩しくて目をつむりつづけてたみたいだった。

「わかんない。生まれつき、悪いから、おれ、すげー……。悪い子だから、みんな、めっちゃかわいいし、かっこよすぎて、かがやき、すごくてあこがれちゃう。ハハ……つまりひとのせい。ぜんぶ」

青澄はそれで、すこし黙って「わたしたち、つきあわない？」っていった。


青澄はじぶんの家がみえてくるとこわばり、手をほどいた。玄関に近づくとパッとあかく明るくなり、照らされるおれたちは手を繋いでいたら通報される国の犯罪者みたいだった。

「こんど、おれんちにもきて」

おれはいった。青澄は黙ったまま頷《うなず》いた。

それでしばらく、繋げる距離で離れた手が、繋げるかたちでかたまったまま、時間が凍っていた。いまだからわかることだけど、門限を破った青澄は二時間家に入れてもらえない。それを覚悟して青澄の身体はかたくなっていた。だけど、ときどきお母さんの機嫌とも関係なく、スンナリ入れてもらえる日がある。結果的にこの日はそっちで、「なんなのよ、もう」っていう言葉だけで家に入れてもらえた青澄はお母さんの寛容のほうがかえって怖い。そのときの気分で、かんたんに二時間放置されたりされなかったりするということ。

あかるく照らされた玄関前、青澄が目尻から涙をこぼして、それがみたくておれは距離を縮めた。だって、泣いていないみたいな顔で泣いていたから。

「土、わたしの味方でいてくれる？　わたしの、わたしたちの、味方でずっといる？」

青澄はすこし笑ってさえいるのだった。

「いるよ。青澄も、おれの、おれたちの味方でおって」

「うん、約束する」

それでその場にしゃがんだ。青澄の家の表札の、明朝体《みんちょうたい》で刻まれた黒くほそい名字を鼠色《ねずみいろ》の石がかこう、それから隠れるみたいに屈《かが》んで、ふたりとも脹脛《ふくらはぎ》がカエルになって膨らんだ。不自然な姿勢でお互いに凭《もた》れる、首からうえの泳ぐ体重をかたむけあうみたいにキスをして、抱きしめた。

青澄のみじかい髪の毛先が、汗ばんだおれの首筋でとまった。

かえりみち。その感触を反芻《はんすう》して、有頂天になりながらおれは、しきからのメールにようやく気づく。あっそうだ、あした、しきと海にいくんだった！って一気におもいだしておれは、……晴れるに決まってるよな！　じゃ、おやすー
って返信した、あのときのなんの曇りもないはれやかなきもち、どうおもうよ？　もっと、はやくわかっていれば、わかってもらえればよかった。おれは悪で、悪は死んでもなおらない。生涯でたくさんのひとに「土はやさしいね」っていわせた。やさしいからひとにやさしいっていう。奪ってた。おれは、ひとのやさしさを、奪ってただけの生涯だった。

なぜ。一度だって「やさしいって、いわないで」って、いわなかった。いえばよかったよ。どうしても。人にそういわせるまでおれはやめなかった。

なにを？

おれでいることをだ。

「やさしいね」

　っていわれないためにひとにいう、そんなやさしくてかなしいひとを増やすまえに、もっと早く死んじゃうべきだった、おれは。

13

「しきに、謝んなきゃいけないことある」

　と青澄は言った。東武伊勢崎線のホーム上、京が上りの電車で帰っていくのを見送った、その直後。

「謝んなきゃいけない？」

「思いだしたの。当時、うまく言葉にできなかったことも」

　あのとき、青澄は土と付き合いはじめた、その顚末《てんまつ》をしきにうまく説明することができなかった。

　なんでだったろう。しきが土とそうと分からないほど微妙な節度で距離をおいて、前とおなじようでいて違う、その視線の送りかたや触れかたによってしきが傷ついているのは知っていた。それがある程度、自分のせいであるということも。だけど、あのころの毎日の、進んでいく時間の奔流にのまれるように、自分でもなんでこうなっているのか分からず、また整理する心の余裕もなく、戸惑いつづけていた。

「いいよ。べつに。もう、当時のことなんて」

「そうかもしれない。これはわたしの我儘《わがまま》だよね。でも、いま謝りたい。だって」

青澄は口ごもる。

わたしたち、もう二度と会わないかもしれないもんね。

十五年前だったら、そんなことは絶対に思わない。友達と次も会うというだけのことがこんなにも不確かで、なにかの偶然でも利用しなければわたしたち「会おう」って、思うことすらできない。感染症の蔓延《まんえん》はそれがはっきりかたちになったものにすぎず、「会う」ということはつねに当たり前のことじゃない。今回は京が勇気ときっかけをくれた。それが次も続くかは分からないし、何度もそれに甘えるわけにはいかない。

青澄は、身の内にきざしたそうした思いを、穏当な言葉に変換してしきに伝えた。

「だって、みんな忙しいし、しきだって、ほんとはそんなに元気じゃないでしょう？」

かしこまった表現こそないが、当時使っていた、自分の身体の内側にある思いや驚きをそのまま言葉にしたような会話には程遠く、それぞれの身体に合ったそれぞれの言葉で話すっていうそれだけのことに、復帰するのが照れくさかった。それが大人ってことだよなって、妙にさみしい気持ちが胸にひろがる。

「京だって。自分のことはなんにも話さなかった。けど、そんなに元気じゃないことはわかるよ。それはわたしだってそう」

「そんなことないよ。すくなくともおれは、元気っちゃ元気だよ」

「べつにいいよ。なにか事情を根掘り葉掘り聞きたいわけじゃない」

「時間あるよ。正直、おれいま、働いてないし。ニートだし。だから、暇だよ」

真実を言っているのに嘘《うそ》を吐《つ》いているような、よく分からない罪悪感を覚えながらしきは、自虐的に笑った。

「もうすこし喋《しゃべ》ろう。もし青澄が時間あるのなら」

「もちろん。じゃ、行こう。わたしたち！」

青澄は意識を無理やり明るくして、先ほど入場したばかりの新越谷駅の改札を出た。まだまだわたしたち、思いださなきゃいけないことがある。


わたしたち。

春から梅雨にいく季節のなかで、じょじょに水の輪郭が破けて同期するみたいに、かたちが変わっていった。

毎日は平和だった。あたたかい陽気につつまれて、わたしたちは四人でいつもいっしょにいる。それはかわらない。みんなよく笑ってた。それは、全員がどこか「わたしたち、いま平和なんです」って周囲に、なによりわたしたち自身に、アピールしていたようにもおもえる。だけど心のなかできっと京としきは、それぞれべつのやり方で、わたしたちと距離をとっていた。

京はやわらかで伸び縮みするつよい素材みたいに嫉妬してた。三年生になってもいっしょに下校しつづけているわたしたちに、あたらしい習慣ができた。河原で三十分、その日の気分によっては一時間、座って、手を繋《つな》いでしゃべる。人がいないときには、おそるおそるキスをする。

笑いあう。

風が混ざる。どちらかの肌でジュワッと蒸発する汗の玉が景色とはじける。そこにときどき混ざる土。京は表面上はニコニコしている。わたしにもなにもいわない。けど、つなぐ手と手の感覚で、京は嫉妬してるってわたしにはわかった。土はわかってない。

「だいじょうぶ？」

わたしの左手を土が右手、わたしの右手を京が左手。三人で、まんなかのわたしに情報があつまる。京は右手が空いていてさびしいし、土も左手が空いていてさびしい。その空いた手をしきが握ってまるくなれたらどんなにいいかっておもう。でもしきは河原にこない。京は土にきてほしくはない。

わたしは？

わたしはズルかった。京がわたしとふたりでいたい、土がしきもいれた四人でいたい、その両方の願いのあいだにいて、なにも願わなくていい、願うべきではないことに、あんしんしていた。だって、わたしが土の願いに同調したら京が傷つくし、わたしが京の願いに同調したら土が傷つく。その板挟みでいることにどこか、スリルを伴って居心地よく「天気いいね〜」とかいって、場を誤魔化して長引かせることに、集中してた。

「な、めっちゃ空、抜けてるー。あ、おれ、しきんとこいってくる！」

土はいつも、十分ぐらいしゃべってすぐどっかにいった。

土がいったあとにいつも京は、にっこり笑い。

「土、忙しいね」

その声というよりそういいたい動機に、京の嫉妬が混ざっていた。でも、わたしには京のその嫉妬すらいとしかったから、かわいくてしかたなかったから、おなじように笑顔かえしてた。

「ウン。土はしきのことも、すごくすきだから、もちろん京のことも。土は忙しいね」

「あすも?」

「え?」

「あすも、土も、しきも、わたしのことも、ぜんぶすき?」

「京がいちばん。わたしは、ぜったい、いつだって」

京はわらって、「ずるいね、でも、考えてみたらそれでこそ青澄っていうか、さいしょから青澄ってそうだったよね」って、甘言をいっているのか皮肉をいっているのかわからない、そんな微笑《ほほえ》みだった。

わたしはただ、しあわせだった。

しきは、やたらベタベタしてくる土にたいし表面上、以前とかわらず接していた。でも明らかに、ちがった。だって顔がかなしいし。自分から土に触れにいくことはない、以前だったら気にしてなかったふいに腕がぶつかるとかもない、注意ぶかく接触を避けて、距離がとおくなった。だけど、土って自分からすぐ距離を縮めるから、あんまわかってない。わたしは痛いほどわかっていたのに、わからないふりをしてた。しきは土がすきだ。だからさわらないようにしてる。

さわったら、感動しちゃうからだ。

それで、感動してることに、いちいち傷ついちゃうからだ。

けど、それでなにか不自然な空気がながれるとかはないし、表面上はわたしたち、クラスメイトが呆《あき》れちゃうぐらい、いつもいっしょにいた。だれにもなにも聞かれなかったけど、もし聞かれたら、「土と青澄がつきあってる」って答えようって、べつに一度もそんな機会おとずれなかったけどね。だけどあきらかに、わたしたちの全員がどこか、その設定に安心していた。傷つきながら、安心していた。

三年からのクラス担任は「おばあちゃん」とか「大正《たいしょう》」って呼ばれてる女子にも男子にも人気のたかいご婦人で、ある日大正に「あなたたちはいつも四人でベッタリね」といわれ、その翌日に、「ほら、早く離れて発表のグループになりなさい、ベッタリヨン」っていわれて、爆笑された。

そこでクラスのみんなの、イジメとか極端な無視はないけど、けしてポジティブではないわたしたちのあつかいが、ちょっとあかるい方向にかわって、「ベッタリヨンは、しょうがないよね」っていう感じになった。

しきはそれをすごくいやがってた。でもわたしたち、ようやくクラスのみんなにうけいれてもらえて、調子に乗ってたよね。わたしたちから「ベッタリヨンはね――」とかいって乗っかって、自虐なのか自慢なのかわかんない、へんな自称でうまくクラスに溶け込もうとしてた。

でもそれも、長くはつづかなくて。


きっかけは、六月にあった体育祭。

わたしたちって、全員、学校行事に積極的じゃなくて、こういう時期はしっかりハブられてた。普段はやさしくて仲よくしてくれるクラスメイトも、ベッタリヨンには相談しなくてよくない？　声かけなくていいよ。先帰ってもらってその後でみんなでやろって、文化祭とか合唱祭のたびに若干気まずかったけど、わたしたちは素直に「助かったね！」って心からそのハブを歓迎してた。そのころにはベッタリヨンって、ほとんど嫌な意味じゃなくただわたしたち呼ばれるときにあかるくいわれるようになっていた。そのころにはベッタリョンって発音されるようになって。

「ベッタリョンはべつに、いいよね？」

「ベッタリョンでなんかわかんないことあったらいつでも聞いて？」

って、気を利かせてクラスの動向を教えてくれる子もいた。

「ありがとー。ゴメンね。わたしたち。土としきにもいっとく」

「そうしてもらえると助かる。ベッタリョンになんか知らせたいときは青澄にいえばいいか」

そんなふうに。

それで、いつの間にかわたしが十九走者、京が第四走者、しきが三十走者、土が二十二走者にきまってた体育祭の全員リレーで起きたちょっとしたわたしたちの事件。

体育祭当日はうすく曇っていて、ときどき小雨がふった。盛り上がるクラスのなかでわたしたちは野球部のバックネット裏でずっとかたまって過ごしていて、自分たちからこういう日こそベッタリョンの本領発揮だねっていいあってた。なんのこだわりもなく笑って。しきだけは、無言がちでときどき苦い顔をしていたけど、それはここのところじょじょに、シールを一枚一枚剝《は》がすようなわずかずつでうつろっていった変化だったから、わたしたち、わからない、わからないふりをギリギリしてたんだろうね。四人でかたまってお弁当を食べて、土はわたしにあまえてきながら、しきにもベタベタしていて、さりげなくしきはそれをかわして、京はしなやかな嫉妬。

「ゴボウ天、あすのために入れてもらったヤツ！」

といって、わたしの弁当箱におかずを入れた土が、「しきにはこれな」といって分けたミニハンバーグを、しきは黙って土の弁当箱に戻して、「そんな食えんし」。その日はいつも塩にぎりと日替わりの卵料理となにか一品野菜だけの土の弁当がやたら豪華だったから、とくべつにしてもらったんだろうってわたしたちはすぐにわかったけど黙ってた。

京はわたしの手を握って、それを草のうえにやわらく押しつけるようにおいた。

「片手で食べづらいな」

微笑んで、でも離してはくれなかった。京はいつも昼はパンだったから。体操服から伸びるわたしたちのヒザが、ゴツゴツとときどき当たった。わたしが京や土と距離をちぢめたから、しぜん他のそれぞれ、べつのわたしたちも距離が縮まっていて、ぶつかる肌と肌。わたしと土と京、土としきがちかくなったことで、しぜん土と京、京としきにも影響するちかさ。わたしたち、よっつの身体でおなじように汗をかいて、陽射しそのものがわたしたちの身体のなかの水分と混ざるように、ジメジメしている日に。

「オーイ、全員リレー十分ぐらいはやまりまーす。聞こえたら回してくださーい。三年全員リレー十分はやまるってー」

っていって回るクラスメイトのなかに、「ベッタリョンもー」っていってくれてるひとがいた。午後は雨があがった。校庭はしめってるけど、肩からうえだけ渇いた感じする。水色の陽光が首のあたりに溜まっているみたいだった。

「全員リレー、だるいね」

わたしたちのだれかがいった。それで「またね」っていってわかれて、それぞれの順番に並んだ。

わたしは十九番目だったから、順位をそれほど左右しない位置で走ることができて、プレッシャーなくてよかった。そうおもってたけど、総合一位争いをしているらしいうちのクラスが奇跡の二位でずっとバトンを回していて、えっダルい、本気で走らなきゃなんないじゃんって焦った。校庭の内側で待っているとき、二十二走者だった土も近くにいて、「ヤバイヤバイ」っていいあった。

「あすが走りおえたら、ちょうどおれ反対側にいって準備しなきゃだなー」

って、半周百メートルずつを交代するリレーの、校舎側からスタートする土がくりかえしいってたから、緊張してるなってわかった。わたしは首を揉《も》んであげて、「土の足、速くも遅くもないんだから、だれも期待してないぞ～」っていった。

「おまえもな！」

土はわらって、わたしの頭にふくらませたかたちで手をおいた。

ちいさな土の手、だけどわたしよりはすこしだけでかい。指と指のあいだで、髪の毛にふくまれる空気をかきわけるように。さわっているかいないかわからないぐらいの触感で、ポップコーンをつまむみたいに軽く。

それですこしニコニコしあって、入場門側からのスタートだったわたしが土とわかれて、リラックスした状態でスタート位置についたらしくじった。バトンをもらった直後、一位でバトンを渡して走り終えてた前のクラスの走者にぶつかりそうになって、わたしだけ激しく転《こ》けた。

「三組の生徒が転倒しました。四組と七組の生徒が抜いていきます。三組がんばってください」

放送されて、応援されてる。恥ず。抜かれてく。でも、もう走るどころじゃない？　わたしの身体。それぐらいやばい、派手に転倒しちゃったな。

でも、あれ？

ぜったいあちこち擦りむいてて、足首か手首を捻《ひね》ってて、痛すぎ……って起きて、おそるおそる走り出したら痛みは嘘で、まったく痛くない。嘘？　おそるおそる駆けだして、すぐに全力疾走できて、むしろいつもより速いぐらいだったから四位からギリギリ三位に復帰した。

「三組の生徒が七組の生徒を抜きました。七組がんばってください」

夢中で出番を終えて、あらためて身体を確認してみても、やっぱりどこも痛くない。体操服も皮膚も砂まみれで、口のなかがにがくておもわず唾を吐くと黒くてギョッとしたし、ヒザの外側のあたりをちょっと打ったのか赤くなっていて押すとちょっといたいけど、ふつうにしていればまったく無事だった。

「あせったー……」

わたしはおもわずつぶやいた。いちおう、かたちだけでも医務室いっとこ、けっきょく二位だったバトン繫げなかったし、クラスのみんなにも謝らなきゃな……とおもってたら、いつのまにか目の前に、「だいじょうぶか！」って、みたことのない顔の土がいた。

「え？　あーだいじょうぶだいじょうぶ。奇跡的にどこも怪我してないから」

「ほんとうか？」

土はわたしを負ぶおうとしゃがんだ。

「いや、マジでマジで。みてよ。どっこも擦りむいてないし、捻ってもなくて」

「いいから」

土の迫力にながされて、背中に上半身の前側をくっつけた。わたしたち、体操服ごしにすごく汗をかいてて、くさくないかなって気になって、それで、おそるおそる両脇のあたりの体重をしゃがまれた肩にあずけてブワッと足が浮くと、すごい、土のにおいがした。パニックで、うれしいとかありがたいとかそういうのより照れくさいってのがおおきくて、土の後頭部に自分の額をくっつけて隠れようとしてた。

それで、負ぶわれて医務室にむかっているときに、やっと気づいた。

「土、リレーは？」

「は？　そんなもん棄権だ」

わたしの、次の次の次の走者だった土がここにいる。すこし高くなった視界からふりかえった。走っているのは六クラスだけ。実況も、不測の事態をつたえる語彙《ごい》をもちあわせていないみたいで、なにが起こっているのかが告げられず、クラスのみんながどういう感情でいてリレーがいまどうなっているのかわからない。わたしは、「嘘でしょ。ほんとにどっこも怪我してないのに、リレー、ダメにしちゃったの？」っていった。

「そんなん、いまどうでもいいだろ」

「だって、ほんとにどこも痛くないんだもん」

「まじか？」

「めちゃくちゃまじ」

「じゃあ、痛いふりしろ。ほら、痛いぞー。痛いの痛いの、飛んで来いーって」

そういうことにして、負ぶさったままのわたしが医務室に運ばれたとき、すでに第四走者として走り終えてた京がやってきた。

あとで京に聞いたんだけど、土はわたしが転んだ瞬間に、半周離れた校舎側のスタートラインからわたしの転倒位置までダッシュして、追いつきそうになったころにわたしがリレーに復帰したから急カーブを切ってわたしを追いかけていっしょにゴールまで全力疾走してて、だから実際二百メートルちかく走ったってことになるしすごく目だってたって。わたしがほんとに無事だったことがわかると三人でわらって、「こんなことある？」って保健の先生もいっしょに。

「いちおう、あとで痛みがでてくるってこともあるから、あんまり無理しないでね」

って担任のおばあちゃんも駆けつけてくれてそういってくれたけど、けっきょく最後までまったく痛くならなかった。

「青澄、じつはすげえからだ柔らかいとか、なんか運動神経すごいんじゃね？」

「そんなことないし。あとでクラスの皆に謝らないと。あー、でもいまだけはわらっとこ」

「はー、青澄が転んで土がリレー棄権しちゃうて知ってたらあんなに真剣に走らなかったのに。すっごい疲れちゃった。教えといてよ」

それで、みんなでひとしきりわらったあと、京は土の手を握って、「でもありがとう。すぐに青澄を助けにいってくれて」って微笑んで、「土、ゴメンね。だいすきよ」っていった。

土はハッとしたような顔で、京の顔をまじまじみて、はじめて京に告白した日から五ヶ月、終わってた恋がぜんぶ遂げられたかたちで不意にもどってきた。ハラハラ泣いた。涙が皮膚の泥を吸って消えて、また目から追加される、土石流のようになって顎《あご》に溜まっていき、ポタと垂れるまでのながい時間、ひかりと水と砂とで銀色に濃くかがやいた。

不味《まず》そうな涙。

ってておもったわたしが、「わたしも、土、ありがとう」といい、それで三人で抱きあって、笑いあって、土はずっと泣いてた。

そこにしきはいなくて。

このとき、決定的にわたしたちとしきの温度はかわっちゃってた。

しきは、このときどこにいて、なにを考えてた？

あのときすぐに聞けなかったわたしたちは、すでにしきのことを疎外して、みえないバリア張っちゃってたよねって、いまなら認められるけどあのときのわたしたちはわたしたちの暴力、わたしたちの恋がうんだわたしたちの排除に、ちゃんと向きあうことができなかった。

土のリレーボイコット事件は、一部の女子のあいだで「あいつ、やるじゃん？」って感じになり、一部の男子のあいだで「あいつ、なんなの？」って感じになった。その変化は体育祭の日からわたしたちとしきのあいだに隔たった決定的な温度差と似たかたちで、じょじょにわたしたちをくるしめた。だって、いままではなんとなく醒めた感じでゆるくハブられてたわたしたちが、いい感じで注目されたり悪い感じで注目されたり、どっちにしたってそういう温度差こそがわたしたちをより奇異にさせるって、あとでしったから。

「わたしたち、あのときしきの気持ちをどこか分かって、どこか分かろうとしなかった。さっきロッテリアでお茶していたときに、わたしたちそれほど当時のことを語り合ったわけじゃない。なのにそのころのことをすごく思いだしてた。わたし、土や京にもらった恋にすごく浮かれてて、しきの気持ちなんてぜんぜん、考えない、それどころかしきの気持ちを封じてた。表現させないようにしてた。それって、すごい暴力だよね。いまさらだけど、いまさらすぎるけど、あのときはほんと、ごめんなさい」

青澄の胸中にきざしたこうした記憶と謝罪の念は、ロッテリアでしきがポツポツと発する相《あい》槌《づち》ばかりの声と、これから離れ離れになる沙里の喃語《なんご》めいた声とがなぜだか重なる、ふたつの声の隙間にあらわれたような気がしていた。

あのとき、わたし、しきをこんなに傷つけてたんだって、わたしたち、しきを自分たちから、わたしたちから疎外しようと頑張ってたんだって、はっきり気づいた。

ただ幸せだからっていうそれだけの理由で。

あのころと変わらない元荒川の風景。開発も増強もなく、伸びるままになっている雑草たち。

はじめて京とキスをした。はじめて土と三人で座りあって手を繋いだ。十五年後のいまガードレールの手前で立ち尽くしたまま、川面を眺めている。そこにわたしたちの亡霊がいる気がして。

「いや、ぜんぜん。おれが、子どもだっただけだから」

しきは言った。薬効は抜けかけていたが、気分はいくぶんマシになっていた。しき自身も気づいていないが、それは青澄がしきの体調を「そんなに元気じゃない」と言い当てたせいだ。いざ具合が悪くなったらすぐにそのまま「具合が悪い」と言えそうな、その言葉と身体に距離を感じさせない青澄の存在感によって。

「そんなことない。ごめん。ごめんね」

「でも、さっきの話だと、土が青澄にいわせたんだろ？　つきあおうって。わかるよ。土にはたしかにそんなとこがあった」

「それも自信なくて、ここに着くまでに話したあれはわたしが勝手に考えていることと、あとで土がわたしに話してくれたことを合わせた、あくまでわたしの偏った記憶にすぎないから。でも事実として、土が私を家から連れ出したあの日に、「つきあわない？」って言い出したのはわたしだし、わたしは知ってたもん。土はしきがすきで、しきもきっと土がすきなんだろうって。土の話しぶりから、その真実味はつたわってた」

午後も暮れかけてき、やや冷たくなった風が皮膚の表面を滑った。水面からのぼってくる、潮のにおいと草いきれの混ざる、ふたりにとってはあのころのにおい、高校生活のにおい。なつかしい風だった。

「ねえ。土のこと、気にならない？　いまどうしてるのかな」

「気に……、うーん。なるかなあ。元気かどうかは知りたいかもだけど、おれ正直いまめっちゃ鬱だから、思考がボーッとしちゃって……。気になるか気にならないかもよくわかんないな」

「そうなんだ。話してくれてありがとね」

「あ、うん。でもやっぱり……、青澄は土がどうしてるかは知りたいのね」

「うん。知りたいな。でもべつに話したいとかはそこまで。だって、京のメッセージに返信はなかったわけだから。息災だったらべつにもういいじゃん、って気分」

「あ、それはそうかな。うん……。おれもそれはそうだ。息災ならＯＫ」

するとＡ澄はスマホをとりだし、「こうなりゃ自棄《やけ》よ」と呟《つぶや》いた。しきが訝《いぶか》しんでいると、どうやらTwitterやInstagramやFacebook。あらゆるＳＮＳで連絡先を同期する手続きを踏んでいるらしかった。

「わたしたち、あのとき、地元のぜんぶの友だちから嫌われちゃった。というか、無いものみたいにされちゃったじゃん？　わたしも、同級生の連絡先なんて一個もない。だけど、わたし最近すっごく嫌なこと、というかついさっきのことなんだけど、めっちゃ最悪なことが起きて、いま、逆に無敵な気分なんだよね。この最低な世界で、むしろなんでもやってやるぞ！って気分だからマジ最強でしょ」

沙里ちゃん。青澄は自分の声が叫ぶ名前を無視しようとつとめている。押しとどめている感情がつよい行動を促す。

土。

ほんとうに探したいものはなんなのか。考えないでいるためには、なにかを探しつづけるしかないような気がしていた。

14

ぜんぶ土のせい。

そうはっきり、言葉として思った。その瞬間に、ボロボロと涙がこぼれた。数日風呂に入れていない。皮膚に浮くあぶらにとまりながら、目から追ってくる水分と同期して、ようやく顎にたどり着く。雨みたいにきたない、涙が布団にボタボタおちた。

京と青澄と会った、あの日からずいぶん時間が経った。すこしずつ、梅雨から盛夏に近づく気配が外気に混ざっていた。あの直後に身体がグッタリとオフになり、なにもできない、起きあがることすらできない日々がつづくと、しきは減らしていた薬を元に戻した。医師に推奨されている、いまのしきの状況に適した薬量に増やすと、数日はさらにグッタリしたが、じょじょに体力が戻ってきた。

よく眠れた朝。めずらしい、風呂に入らなきゃと思う直前に、検索窓をワンクリックするだけで上位にあがってくる、「コロナ　越谷」「ロシア　ウクライナ」その組み合わせをエンターする。すると気づいた。その組み合わせの検索に引っかかる情報が、だいぶ薄い。おなじような熱量のおなじようなアカウントが、一週間前にも見たような情報をシェアしてくれている。

それは無関心の温度だとわかった。しき自身も、以前のように毎日かならずする検索ではなくなっている。

その瞬間だった、ある一連の記憶とともにきざした、「ぜんぶ土のせい」。

泣きながら醒めていく。それは言いすぎだろ。あのころの「おれ」から地続きにある現在の「おれ」、その不遇や不調が「ぜんぶ土のせい」って、だけど、その瞬間まで自分は「土のせい」という認識をぜんぶ封印してたんだって、逆にわかった。一気に振りきった責任の「ぜんぶ」を否定し、打ち消すことでようやく浮かび上がるほんとうの「土のせい」、その言葉の真実を、わかることができる。そんな気がして。

コロナ　越谷　ロシア　ウクライナ

その検索ワードにまたがるすべての思い。すべての善意。すべての正義。すべての悪意。たとえばそのぜんぶを、ありえないことだけどいったん「ぜんぶ土のせい」ってことにしてみる。酷《ひど》いことだけど、だけど、だけど土は……

「そうだ、ぜんぶおれのような者のせいだ」

って、なぜか言いそうな気がして。

その想像をすることで、はじめてできる検索があった。ずっとすべきだと身体のどこかで叫びつづけている、その封印を「ぜんぶ土のせい」という言葉の想像力が、解いてくれた。

履歴にない、あたらしい検索。「しょうがいしゃこよう」の十文字の、漢字変換すらおぼつかない情緒でしきは、おそるおそるエンターする。そうしてはじめて思いだせる、靴のしたに地面がないようなフワフワした不安に足を踏み入れた、あのころの記憶がブワッとよみがえる。

あたまがおかしくなっちゃったんだとおもってた。

ナナ先輩のことをじっとみる。

一度目があう。

ナナ先輩のことをじっとみる。

二度目に目があう。ナナ先輩は廊下で飲んでいたミルク珈琲《コーヒー》の紙パックを直《じか》において、つかつか寄ってき、おれのことをつよくはたいた。

昼休みの、だいたい飯を食い終えてつぎの授業にそなえてる、そんな頃合いだったかとおもう。あたまがじいんとして、目がなにをみているのかわからない。午後の窓側の、斜めに陽がさしこんで、くろいスラックスが腿《もも》のしたあたりから切りとられたような。窓につながる鼠《ねずみ》色の壁に黒い染みが混じる、そんな面をみていた。ナナ先輩はおれを殴ったあと一言も発さず、もとの位置にもどってミルク珈琲をもちあげた。

しばらくして、ナナ先輩のよこにカケ先輩がきた。カケ先輩のほんとの名字は家《か》掲《けい》っていった。ふたりはたぶんつきあっている。

ナナカケ先輩はほんとうに先輩というわけではなく、すでに最上級生となっていたおれたちの、ただの同級生だった。留年したとかそういうことでもない、親が離婚とか不倫とか精神障害とか貧困とかでグレて、理由もなく教師に全力で怒鳴りつづける、それも三十分間、のようなことがあり、野球部の男子をボコり試合に出れなくさせて鬱にしたとか、同級生にオナニーさせてそれを撮ったものを六千円で売ってるとか、そういう噂《うわさ》がいろいろあって誰も近寄らなくなり陰で先輩と呼ばれているだけだった。

おれはなおも、ナナカケ先輩をじっとみる。

ナナ先輩がカケ先輩になにかいう。それで、カケ先輩がおれのほうを見て、こっちにくる。

こっちにくる。

その瞬間、おれは異常に興奮して、どうじにきわめて萎縮《いしゅく》しながら、下半身にギューッと血があつまる、そんな感覚にふるえていた。

「おまえ、なんなの？　ガンつけてんな」

カケ先輩がいった。

おれは応えず、しかしなるべく目をそらさない。するとカケ先輩はおれの頬に手首の骨をふりおろす、釘を打つような掌底を入れ、ギリギリ倒れなかったおれの腹に上履きの爪先をいれた。

声にならない息をもらし、蹲《うずくま》りそうになったおれの首に手をまわし、教師や周りにバレないように起こす。現実にはバレているのだが、日常が破れない範疇《はんちゅう》の暴力というのをふたりはよくわかっているようだった。周囲には歓談している生徒らが数人いて、しかしだれもコチラをみないよう細心の注意をはらって、平和そうな学校生活を装う。

咳《せき》をして息のできなさをととのえ、「なあ、なんなの？って、きいてるんだけど」というカケ先輩に、おれは「みてないです」といった。

「へえ」

カケ先輩はいった。

「いい度胸だね」

ナナ先輩はおれの喉仏の窪みに親指を押し入れ、あらん限りの力で下方向に押した。くるしく、それ以上に口のなかが渇ききったかのように痛く、喉のおくでカ、カッと機械が擦《こす》れるような声が鳴る。

「おまえ、三組のしきだよね？　放課後迎えいくね」

指を抜かれると、おもわずへたりこみ、その瞬間にチャイムが鳴った。床をみつめて呼吸に必死すぎる時間をこえ顔をあげると、何事もなかったかのようにだれもいない廊下で、おれもすぐにクラスに復帰したからまだ教師は着いていず問題なく席についた。

「おそいぞー。ウンコ？」

土がすばやくやってきてそういい、肩に腕を回そうとしてきたのを振りほどくと、すぐに先生が「席つけー」っていいながら入ってきたので土は自分の席に戻った。

ずっと窓の外をみていた。

快晴で、その青に放心しているうちに、なんの科目だったかもおぼえていない授業はあっという間におわった。帰りのホームルームも。

それで、おわった瞬間ナナカケ先輩はきて、「しき、待ったー？」といった。

土と京とあすが、一斉におれをみた。

おれはすぐにクラスをでる準備をしていたから、一瞬でカバンをつかみ引きずられるように教室をでる瞬間、土をみた。土はなにかをいおうとして、だけど声がでない。カケ先輩とナナ先輩、それとおれがこわいんだな？

一瞬目があって、おれはざまあみろっておもった。


カケ先輩の家を一目みて、これは土の家だ、っておもった。

赤茶色に錆《さ》びきった階段から剝げる金属の皮。二階に上り、手前の家はドアが開けっぱなしなのにだれかが住んでいてなかに人がいるのがわかる。そういう気配がする。奥にもう一部屋ある、三つ並ぶ真ん中がカケ先輩の家。鍵はあいていて、カケ先輩ではなくナナ先輩がノブをまわし、中にはいった瞬間に「てめえ、ゴミ捨てとけっていったろ」とカケ先輩に怒鳴った。

カケ先輩はニヤニヤしていた。

「真夏になったら最悪だぞ。おい、おまえゴミをベランダに移しとけ」

背中をつよく押されて、おれは弁当の空箱や菓子類、それと二年次の教科書などが詰まっていたポリ袋をふたつ、ベランダに放った。ガラス窓の奥にある網戸が外れてしまい、焦っているとカケ先輩が背後から無言で支え、動かなくなった網戸の隙間からなんとか膨らんだゴミ袋を放った。ベランダにはあと三袋同様のゴミ袋があった。

モノが散乱しきっていて、だけど大人のいるような粘り気やしけった汚れなどのない、かわいた空気の部屋だった。はじめに土が「おれんち、貧乏だから」って恥ずかしそうにいった、あのときおれが想像していたのはこんな部屋だったなって、なぜか懐かしいようなきもらになった。

ふしぎだった。土はもういないんだなって、現実にはふつうにいるのに、それはどこか「居すぎる」みたいな感じがしていた。もうすこし土がいないほうがよかった。そんな想像は、現実にはなにもしていないのに、現実以上にひどいことをしているような、後ろめたいきもち。

ここへくる道すがら、カケ先輩はおれの首に腕をまわし、全体重をかける勢いでもたれてきた。そのせいできわめて緩慢なスピードであゆんでいるときに、「おまえ、いつも四人でつるんでたやつだろ、ハブ？」とカケ先輩がいった。

おれと土よりすこしだけ背のたかい、しかしめちゃくちゃでかいというわけではない、カケ先輩の腕の筋肉でときどき首がしまった。筋張っている。ふにゃふにゃしているおれや土の腕とは違う、すこしだけ大人のような腕だった。それで話しかけてくる、他のひとより口と口の位置がちかい。

おれが黙っていると、反対側を歩いているナナ先輩は「教えてよ～」といった。昼に殴られたときより、ずっと親密な雰囲気。

「京と青澄、あとだれだっけあの男子」

「あんたたち、異様な空気醸しだしてたじゃん。ちょっと、わたしたち切羽詰まってます。他のひと入れません、みたいな。さいきん、とくにそうだったよね」

おれは感動していた。やっぱ、わかるひとにはわかるんだ。

「おまえ、黙ってたらきょう長いぞ」

カケ先輩がいった。

ゴミを放ったあとで、「あっつい」といったカケ先輩は上半身を脱いでパンイチになり、ナナ先輩もショーツとタンクトップになった。ふたりは髪を染めておらず、自由な校風のこの高校で黒髪のままなのはむしろ少数派だった。着崩しもせず姿勢よく立っていれば優等生のようにも見えるふたりなのだがだれもそんな勘違いはしない。

散乱した部屋のなかから的確に煙草《たばこ》を探しあて、ガスコンロで火を点《つ》けたナナ先輩はふかい息とともに煙を吐いた。カケ先輩は台所のしたからラベルのない液体の入った小ぶりの瓶のようなものをとりだした。

「おまえものむ?」

シンクに置きっぱなしだったきたないグラスに注《そそ》がれた、酒くさい透明な液体。拒否すると、ゆっくりシャツのなかに液体をながされた。胸から腹にながれた水分が下半身に溜まっていき、カアッと焼けるようにあつい。

「で? しきちゃん。なんなの? 急に、いつもやべー、って感じで目そらしてたじゃん。わたしたちみて。なに、なんか勘違いしちゃった?」

というナナ先輩が、おれの髪の毛をぐっとつかんで持ちあげた。目が吊れていき、眉間にぐっと力を入れて抵抗するとさらにつよく髪の毛を押しあげられる。吸っていた煙草をおれの口に咥《くわ》えさせ、咽《む》せそうになると頬をつかまれた。

「まだおはなししてくれないの?」

すこし離れた位置でなにか飲んでいるカケ先輩の裸の胸が内側から赤くなっていた。おなじ液体の注がれたおれの胸や腹が部屋の熱気にさらされてジリジリ乾いていき、シャツのうえから扇風機の風を浴びてヒンヤリする。ナナ先輩が煙草をじぶんの口に戻して立ちあがり、壁に背中をつけて座っているおれが伸ばしている膝のあたりを踏んだ。

「ねーえ。しきちゃーん。なんかおしゃべりしてよ。お友だちと喧嘩《けんか》しちゃった？」

膝の皿が歪《ゆが》んだかたちで重力とともにおしつけられる、子どものころからしてきた遊びや運動の事故ではけしてありえなかった痛みにあえぐと、そのついでのようにおれは「友だちじゃない」といった。

「ほう」

カケ先輩はそういうと、ゆっくりおれに近づき、「はじめてお友だちと喧嘩しちゃったのかな？　しきくん。かなしいね」といった。

「友だちじゃない」

「じゃあなに？」

「恋人。あいつら、全員恋人。おれも。四人とも恋人。すきなんだ」

「恋人？　だれが？　ツーペアってこと？」

「ちがう。おれは土がすき。土はおれと京とあすがすき。あすは京と土がすき。京はわかんない」

「へー」

関心があるのかないのかわからないような返事をした、ナナ先輩が壁におしつけられたおれの胸に膝を押し当てて、なんか飲んだ。ナナ先輩の飲み物には黄色い油のようなものが浮いていて、スポイトから吸いとった化学の実験でつかう薬品のような小瓶から吸いとったそれを、カケ先輩のグラスにも垂らして、透明の液体におちていくその毛羽立つような変化を、痛みとともにボンヤリ眺めた。

「めっちゃおもしろいじゃん。あんたたち、変態なんだ」

「変態じゃない」

「おまえたち、それでいいぞ」

おれは、ナナカケ先輩がときどき、だれか第三者を自分たちの部屋に連れ込んでセックスしているという噂をしっていた。三組のアイツ、五組のアイツ、新任教師のアイツ、それは女だったり男だったりした。

「かわいいね」

ナナ先輩はそういって、おれにキスをした。すごい煙のにおいがした。それで、ゲラゲラ笑っている。異様なテンションだったが、おれはうれしかった。

「待て待て、きたねえな」

カケ先輩はすごいスピードで台所にたち、白タオルを濡らして絞り、それでゴシゴシおれのくちびるを拭いたあと、自分のくちびるをおしつけた。それでナナ先輩がおれのシャツのボタンを外し、勃起したおれの下半身とはだかの腹を、自分の鞄からだした赤オレンジの花柄がついた四角いハンドタオルでゆっくり拭いていくと、やがて「しき、きょうは帰りな」といい、カバンとともに尻を何度も蹴られて、追い出された。

帰り際、アパートの裏手から部屋を仰ぎみた。異常な昂揚《こうよう》がからだじゅうをつらぬくように、青空に引っ張られているみたいに神経があがった。202号室の窓からふたりがヒラヒラと手をふっているのがみえた。

あのときに振り絞った勇気に比べたら、としきは思う。身体を清潔にして久しぶりに通院した、診察室にて。

職員室の先生たちが使っていたような鼠色のデスクに、書類やパソコン、珈琲キャンディなどが転がっている。「どうですか?」からはじまる、漠然とした会話。いつもとおなじ診察に、いつもとおなじ緊張をする。

「薬を飲むと、なんというか、やりたいことをやろうとか、健康になりたいとか、音楽を流して楽しいみたいな気分になるときがあって、そういう気分になってはじめて、ふだんは鬱なんだって、気づいて。だけどどうしても、薬でこうなってるんだってのが空しいです」

「なるほど。最近は運動などはされてますか?」

「してないです」

じつは今も服薬していた。しきはずっと言いあぐねていたひとことを言うために薬を飲んだ。

「すいません、障害者手帳の申請を考えてるんですけど」

なぜだかカケ先輩があの日いっていた、「おまえたち、それでいいぞ」という声が、ひどい頭痛をかきわけて、しきの頭の中で響いていた。

15

田名橋から送られてきた軽薄なスタンプを、ほこらしげな気分とともに京は無視した。

インターフォンが鳴り、顔がにやけそうになりながらドアへと向かう。

「お疲れー」

華やいだ声を出した青澄を迎え入れ、「外、雨降ってない？」と聞く。

「ギリ降ってないって感じかなー。傘おいてくればよかった」

天気の話からでも、スムーズにくつろいでいる、京は青澄の存在に憩う。ふたりとも、世界のすべてに緊張してしまうような部分があるからこそ、お互いの存在により安心できた。

京は着ているスウェットの二箇所になにかのソース、たぶんここ数日テイクアウトして夕食にしているサンドウィッチにつかわれているそれの汚れがついた状態で言う。

「見て見て。めっちゃ汚部屋」

その台詞《せりふ》に、返ってくる否定をまったく期待せずにいた。

「でも、なんか居心地いいー。やっぱ京の部屋って感じだね」

「よかったー。ピザとる？」

「とるとるー」

背負ってきたリュックを下ろす、その腕にかかる負荷のかるさ。青澄も泊まる先が京の部屋だというだけで減っていく荷物に、心がとても安らいだ。荷造りしているときにも、これがホテルやほかの誰かの家に泊まる準備だったらゆうにこの二倍の荷物が要るだろうと考え、果たして自分の人生にそれほどの荷物がふさわしいだろうかと反問する。

この日の数日前、新越谷駅のロッテリアで再会したその二週間後にふたりは通話していた。

「この時間に電話するって、なんか、わたしたちめっちゃ大人になったって感じするね！」

学生時代、メールだけじゃなくよく電話もした。まだ携帯は通話料金が高すぎたから、あのころはほんと用件だけ。それも夜の八時までのことで、京は青澄の言葉を聞いてしみじみ「ほんとだね」と言いながら感動した。青澄がいまだ家族の束縛から逃れることはできていないにせよ、思考だけは充分な距離がとれるようになったのだと実感して。

あのころはそれとなく青澄の家族のちょっとした異常さを指摘しても、青澄じしんの思考がそこから離れられていない印象だったから、「そんなことよりさ」とそれとなく話題を逸らされた。

そこに踏み込んでいいのは土だけだった。

いまでもそれが、よかったのか悪かったのか、京にはわからない。自分がそこに踏み込めなかったこと、土がそこに踏み込んでしまったこと、その両方に対して。

それで、その日の通話で交わされる内容のほとんども青澄の家の事情、弟が再婚するために子どもを連れて出ていき、両親とふたたび三人になって元の日常に戻るだけかと思いきや、弟と両親への苛だちが爆発しそうになってひどい頭痛をおぼえたり、育てていた姪の温《ぬく》もりをふと思いだしてつらくなったりしてだいぶキツい。心は毎秒のように家出したいが、一人暮らしをするような金銭的余裕はない。青澄がそんな京に甘えているがゆえの愚痴を吐いているときに、「じゃあ、ウチに泊まりにきちゃえば？　土日だけでも」と京はいった。

「ほんと、図々しいね。そう言ってくれたからってほんとに泊まりにくるだなんて。でも、マジで家にいるの苦痛すぎて、そういう配慮とか迷惑とかより家にいるストレスが完全に上回っちゃったんだよね。ごめん」

京に借りた寝巻でピザを食べながら、青澄は言った。あのころもだいたいこんな風だったとふたりは思う。圧倒的に怠惰《たいだ》で忘れ物が多いのは京のほうだったのに、青澄はよく京に物を借りた。服、制汗剤、日焼け止め、ソックタッチ、そういったこまごましたあのころならではのあれこれ。青澄はそれらをわざと借りて、「京といっしょだ」って言う、その台詞がいつもうれしいのだったから、物を貸していても代わりになにかを借りているのだと、当時から京はそう思っていた。たとえば安らぎ。

たとえば初恋。

「で、さっき土の消息についてなんか進展あったってくれたメッセージ。あれなんだったの？」

京は冷蔵庫からとりだした牛乳を断りなく青澄のコップに継ぎ足し、「ありがとー」と青澄は喉を鳴らして飲んだ。

「そうそう。めっちゃ意外だったんだけど、ナナ先輩を名乗るインスタからＤＭきたの。それで、数日前からやりとりしてる。おぼえてる？　ナナ先輩」

「ナナ先輩！　おぼえてるよ。忘れるわけないじゃん」

「だよね。ナナ先輩、有益《あります》っていう苗字だったよね、まあここはナナ先輩として話すと、やっぱわたしたち、地元でめっちゃハブにされて、キモがられてたじゃん？　あんなことがあったから。だからナナ先輩も、なんか歯切れが悪いというか、土のことを聞いても「知らないの？ほんとに？」っていうの。だから、教えてください！って、ありえないぐらいしつこく頼んでるんだけど、なんかもったいつけられてるのかな？　迷惑なのわかってるけど、もう引き下がれなくなっちゃって。だって、いまナナ先輩しかわたしたち繋がれる同級生いないから」

「だよね。ありがとう。わたしも青澄とおなじ気持ちだよ」

「ほんと？　よかった。わたしだけじゃないなら、心強いよ。ようやくさっき、「メッセじゃなんて伝えていいか、ちょっとむずいから、直接会う？」って、ナナ先輩からＤＭきた」

「え、そうなんだ。けど、ナナ先輩ってだいじょうぶ？　うちらめっちゃ迷惑かけたじゃん」

「うん、そう。そうなんだけど、やっぱわたし土に会いたい。いま家が最悪の状況だから、半ば自暴自棄になってるのは自覚してる。そういう見切り発車ではじめちゃってた土捜索だけど、やっぱ普通に会いたいなって。最近すごくおもうの。会ってどうするのかって、いまでもぜんぜんわかってないし、土は迷惑がる可能性高いのはわかってるけど」

「ナナ先輩は、いまどんな感じなの？」

「たぶん、子どもが二人ぐらいいて、上の子が小学校で、下の子が三歳とか。働いているとも思う。忙しいだろうけど、メッセの感じだと時間はつくってくれそうだよ。ほんとありがたいよ」

「わたしもいっしょに行こうか？」

青澄は京の瞳を覗《のぞ》きこみ、すこし言い淀む。

食べ終えたピザの箱を無為に折りながら、感情の乗らない声で「ダメ元で、聞いてみる？　あのころナナカケ先輩にわたしたち、めっちゃ迷惑かけた。わたしたち三人で会いにいきますって。しきも、きたくないかもしれないけど誘ってみる？」と言った。

京はそれに応えるまえに、「ねえ、珈琲飲んじゃう？　もう日付変わるところだけど」と、あかるい声を出した。

「いいねいいね。そんで、夜更かししちゃおっか。眠くなるまで寝なくていいよね」

「うん。で、めっちゃ喋ろう。この時間、お酒より珈琲のほうがなんか背徳的だよね。つらつらの社会人にとってはさ」

「わかる！　酒よりカフェインだよね、味方になってくれるのは。わたしたち、なんか無敵だね」

「無敵よ。そうしよう。三人でナナ先輩に会いにいこう。しきさえよければ。ナナ先輩さえ、青澄さえよければ」

　そして京は台所にたち、電気ケトルで沸かした湯をインスタント珈琲に注ぐ、その背後に青澄が寄ってきて、背中に被さる。

　わたしたちのうしろ毛と前髪が重なって、ふんわり反発したあとに吸い込まれるような感触が、たしかに懐かしい。あのころは毎日こうだったな、とふだんおもいだすものよりつよく
「おもいだす」。そんな強度の記憶がわたしたち間《かん》で共有されていた。

「ありがとう。京。わたし、ひとりでは正直不安だった。土に、なんて言えばいい？　謝ればいい？　怒ればいい？　大人になっても、自分の感情すら、決められないあのころのままだよ」

「わたしもだよ。わからないよ。もしも会えたら、土の顔を見てきめよう。わたしたち、土に対してどう思うべきか、わからないまま長い時間が経っちゃったね」

「うん。京、すきだよ。あんなことがあって、会えなくなってからも、ずっとすきだった」

「わたしもよ。すき。大すき。それが聞けてうれしい」

「うん」

ふたりは微笑みながら体温を寄せた。こんな完璧な再会ができるだなんて、お正月にＬＩＮＥを送ったあの瞬間には、けして想像だにしなかった。

あのときに奇跡は起きた。十五年のかたまった記憶がほどける一瞬の好機がおもいを溶かす。特殊な磁場がわたしたちに広がって、十五年離れたままの身体をもう一度会わせてくれた。

「あのときじゃなかったら、絶対にダメだった。メッセージがつたわって、ほんとうによかった」

「ありがとう。よかった。わたしたち、また会えたんだよね」

「うん。青澄も、土も、しきも、ずっとずっとすき。一生すきだよ。死んでも。ずっと」

珈琲のにおいが、なつかしいわたしたちのにおいと混ざりあった。

「わたしも。幽霊になっても？」

「幽霊になっても」

それで、正面をむき抱き合って笑う、珈琲カップをふたつ持つ、首筋におく顔の輪郭がくっつき吸い込まれていく、肩に互いの顔の重さがすこしずつ乗る。そんな感覚は十五年の時なんてなかったみたいにそのままだった。

肩にのる土の顔はじゅうぶんにコントロールされたかるさ。

「きょう、青澄いなくてさみしいな」

といわれ、背中をすこし叩《たた》かれた。片頰をくっつけあうネコみたいに触れあったが、実際に接触しているのはわずかな部分にすぎなくて。

「ただの風邪だって。メールしてるし」

「だいじょうぶ？」

といわれたとき、どういうふうに応えれば土に触られるか、触られないか、わたしたちにはわかっていた。青澄だったらいつでもいいその接触が、土やしきではやはりそうではない。明確に触られたくない場面があった。

「だいじょうぶ」といい視線をそらすなり数センチでも距離をおくなりすれば土はけして触ってこなかった。だからその日、わたしはそうした小さな拒絶をしなかったことになる。それで、土は「だいじょうぶ？」という言葉を身体にして、視線にして、おそるおそる手を伸ばし、わたしの肩に顎をついて、背中をポンポンと叩いた。

ほんの数秒、わずか頰と頰がふれあって、ふたりのあぶらが吸いつくみたいな感触を瞬間おぼえて、すぐに離れた。土の触りかたはいつもこんなふうだった。触れたとおもったら離れている。おもえば土という人間がずっとそんな調子だった。

おもえばこのころのわたしたち、すでに大胆で、おかしかったとおもう。

夏休みに、わたしたちは三人で毎日いっしょにいた。土が家族で親戚の家に遊びにいくといった日以外はほとんどぜんぶ。すこしずつ、わたしはわたしを許していく。青澄を経由して触れていた土に直に触れると、まるでもっと青澄に触れてるみたいって、そんな触りかたで人と触れあってよかったのかな？　なにも考えられず、わからないまま太陽の下で汗を混ぜ合うみたいに手や頬で土に触れた。公園や川沿いの道や児童館やカラオケボックスで、普通のカップルみたいに三人。たぶん、周囲のひとからみたら土とわたしたちのどちらかがつきあってると思うだろうけどそうじゃない。すくなくとも、わたしたちの認識ではそうじゃなかった。

わたしは周囲のひとをそう騙すことに、なぜかしら興奮してしまっていた。そんなのだれもたしかめない、しんじつ誰が誰に騙されてるなんて明らかにしようもないことだけど、わたしのなかで、世界ぜんぶを騙してるってきもちになって、あのときほど晴れやか清々しい気分で生きていたことなんてほかにない。

だから新学期になって、教室でもこうした触りかたをしてしまっていた。周囲とわたしたちとの距離は余計離れて、これ幸いみたいにわたしたちは隙あらばからだの末端をくっつけて。自分のからだだけじゃいつも足りない、まるでいまスマホに依存するわたしたちみたいに、お互いを探しあててくっついていた。

だけどわたしたちにはもう、しきが教室のどこにいるのかわからなかった。あるいは、しきはもうどこにもいなかった。心も、からだも、わたしたちじゃなくなっていて、その欠損を埋めるかのようにわたしたちはよけい、お互いの体温を求めてしまって。

「だいじょうぶだよ。お昼いく?」

土はわらって「いく!」といった。

青澄がいなくてさみしいのはどちらかというと土のほうだ。さみしいというより、いつもよりずっと不安定であやうい身体で、空気のなかでなにか探すみたいに視線が泳ぎがちになる。しきを探しているのかもしれない。青澄のなかにいるしきも今日はいない。ふたりだけでは、すごく景色が足りない気がして、だからなんらかの重さを探しちゃう。それはわたしと土、ふたりの〝わたしたち〟がそんなふうにあやうかったのかなって、いまだったらおもう。青澄と、しきがいないと、わたしたちどこまでも頼りない、そんなふたりだったのかもしれないね。

「髪のびたね」

わたしは土の前髪を触った。ふ、ふという声を漏らすか漏らさないぐらいの顔で、黙っている。いとおしそうになっている。わたしはかつて土の額のかたちを褒めた、つい十ヶ月まえのやりとりをおもいだす。

「のばしてるの」

土はあぶない。そんな他愛ない台詞にすら、わたしをすきだというおもいが雪崩《なだ》れ込んでくる。いまでは、青澄のほうから土に「つきあわない？」っていってくれたことに、感謝すらしていた。わたしがわたしのまま土のあやうさに気づいてしまっていたら、その瞬間にもっと吸い込まれていた。お互いだけじゃ、お互いすらも足りない。そんなふたりだったから、一対一で恋なんてしなくて、ほんとよかったね。

わたしたちはピロティにある人気ベンチを避けた日陰のあたり、夏休みが明けた今時分ギリギリいられて、雨がふってもだいじょうぶ。そんな位置でお昼を食べていた。だいたいの生徒はクラスか、学食か、部室か、ピロティと繫がる原っぱ広場で食べている。寒くない時期にわたしたちがいつもいるのはなんとも名前のつかない、広すぎるただの「通路」ってかんじの場所の、かなり端のほう。通行人の邪魔にはならないし、梅雨時期に雨がふっているともっと根性あるひとたちに場所をとられちゃうけど、きょうみたいに陽射しがきびしい日ならへいき。

「しきがあんな連中といるようになったのは、おれのせいだから」

土はいった。

「あんな連中」

そうだろうか、とわたしはおもう。きっとナナカケ先輩をさしている土の台詞。青澄がめずらしく学校を休んでいて、どうやら風邪らしいけどひっきりなしにメールのやり取りはしていたからたぶんそんなにひどいわけじゃない。土とふたりでいる場面はあの体育祭のあとからすこしずつ増え、いまではほとんど緊張しなくなっていた。告白されてもう半年以上たつ。

いま、わたしはいちばん土をすきだとおもう。

その口が、声を発し弁当をたべる。生きている。それがしあわせ。土が生きているならわたしも、わたしたちも生きているとおもう。ただそれだけのことがたのしい。土が弁当に入ったスクランブルエッグを嚙《か》んでいる、そのながすぎる咀嚼《そしゃく》の隙をついて手と手を繫いで、安心している。夏の終わりも近づいて、土の肌はますます熱い。

土は卵がすき。土の弁当は貧しいけれど、毎日違う卵料理が入っている。おにぎりには海苔も具もない、だけどすごく等しい三角形にみっつ握られていてきれい。

すごく愛されてるな。

っておもう。たいせつにされた土のからだに触れているとわかることがたくさんある。

たしかにしきとナナカケ先輩がいっしょにいる場面をよくみるようになった。わたしたち三人でずっと一緒にいた夏休みのあいだじゅう、しきとの連絡はとれなかった。土は、「忙しいんじゃない？ いちおう受験生だし、おれら」っていってたけど、あきらかにみんなわかってていた。しきはナナカケ先輩とずっといっしょにいる。

わたしたちみたいに。

一学期が修了するころには、当初のようにナナカケ先輩に向けてこわばっていたしきの表情はすでになく、わたしたちにみせる笑顔以上に無防備にわらっていた。

嫉妬のきもち。だけど燃えるようなその感情が自分のものじゃないことぐらいわたしにもわかった。これは土のきもちだ。皮膚に触れることで心に触れる。

うつっていく。

じっさい夏休みを明けるとしきとナナカケ先輩との目撃情報はあいついで、噂では三人で女の子に売春させてるとか、へんなクスリを売って儲《もう》けた金でマンションの一室を買ったんだとか、しきを奴隷にして全裸で岩槻《いわつき》のあたりを散歩させているんだとか、いわれるようになった。

「おれが助けないと、おれが、しきを助けないと」

わたしは土の背中のシャツのしたに手をいれて、すこし湿ったそのあたりを撫《な》でていた。片手にパンを持ったままで、青澄からのメールをつねに気にしながら、土の背中の熱をかんじる。

土は正義感がつよいけど、それってぜんぶ土自身のもの、土自身のためだよねっておもった。

わたしは土の正義がこわかった。このことはずっと青澄に話すことはできなかった。だって、青澄は土の正義に救われてる。

「土があの夜、やり方はまったくただしくない、暴力的で滑稽ですらある、だけどあんなふうに無理矢理わたしをあの家から外に連れだしてくれたから、やっぱりあの家って牢屋《ろうや》だったんだなって、けしてネガティブじゃなくポジティブにそうおもえるようになった」

青澄はある日、わたしにそういっていた。

たしかにわたしにはそんなことできないね。

って告げると、青澄はかなしそうな顔をして、「そんなことない」ってキスをした。けど、
青澄や土がことさらそういう、恋っぽいことをするときって嘘を吐いてるときなんだなって、
わたしはおもっちゃった。だって、ぜったい、「そんなことない」ことないじゃん。体温に誤魔化されて、もうそれ以上聞けない。

「うん。しきには、土が必要だもんね」

わたしは土の背中から取り出した手を頰にもっていき、ゆるく撫でた。

ひとは嘘を吐くために恋をする。

「ありがとう、京」

土はそういった。わたしも、なにかをつよく誤魔化したかったんだとおもう。

お昼の時間を終えて、授業をふたつこなしてもそこにいないしきと青澄に、あらぬ方向をみつめている土。きっと、正義の空を眺めている。それってどんな色？　しきと青澄がいなくてさみしい。わたしはすごくそうおもった。

放課後になって「かえろう」と土にいうと、土は「おう」といって笑った。

だけど土の目がわたしをみていない。

わたしは土を抱きしめた。嘘を吐きたくて、いまいちばん、土に恋をしていた。しきはいま限定的にわたしたちから離れていっちゃっただけで、すぐ元どおりになる、なにも土のせいじゃない、土がなんとかする必要なんてない、って、いいたかったけどそれを言葉でいうことは

どうしてもできなくて。だって、ある部分でしきがもうわたしたちに帰ってこられないのはわかりきっていたから。

すごく大胆に、まだ生徒のいっぱいいる教室でわたしは土と抱きあった。

「どした？」

そういって戸惑う土に、わたしたちだけをみてほしいって、いおうとした。けど、どうしてもいえなかった。

それでつい天気の話？　紫がかった空のところどころにひとすじ混ざる夏、十六時まえのうすい水色。おなじ空をみてるよって嘘を吐くために体温を繋いで、だけど、土の目にうつる正義の空がほんとはどんな色をしてるのかってわたしたちは、わかろうとはしなかった。

「すごいね、夕焼け」

二年の一時期、まだわたしと青澄がふたりでつねにいっしょにいて、土としきのこともわたしたち以外って、そんなふうにしかみえてなかったころ。わたしたちはナナ先輩と一瞬だけ仲良くしていた。

「私も、いっしょに、いい？」

かえりぎわ、下校するわたしたちにナナ先輩が昇降口で声をかけてきて、わたしたちはなにもいわずにピンときた。ナナ先輩、カケ先輩とうまくいってないんだなって。わたしたち、喧嘩したり倦怠期《けんたいき》だったりして恋人といっしょにいられない女の子はひとりでいるとすごく怖いってしってたから、すぐに笑顔うけいれ感を演出して、なにも変わったことなんて起きてませんって顔で「いいよー」っていった。ひとりでいると、コソコソなにかいわれたり、すくなくともいわれてる気になって緊張しすぎちゃったり、あと別れた男の子に嫌がらせされたり、気持ち悪い噂をながされたりして怖いから。絶対だれかといっしょにいるべきだよねっておもってたわたしたちはもちろんなにも聞かずに「いっしょにかえろ」ってわらって、できる限り非日常感をださないようにした。

「わたしたち、お揃《そろ》じゃん」

この時期、たまたまショートカットにしていたナナ先輩じしんが、「だけど、べつにあいつと別れたわけじゃないから」っていってたのを、よくおぼえてる。そのあとからはずっと髪を伸ばして、それからきっと一度も切っていないから、メインの記憶でのナナ先輩はいつも背中のどこかまで髪をおろしていた。

「ふたりは越谷？　北越？」

校門をでたあたりでナナ先輩がきいた。

「わたしは越谷で、京は北越だけど、まあどっちでも」

「有益さんは？」

「ナナでいいよ！　わたしはこのへんなの。橋のとこで曲がらずに、まっすぐ線路向こうまでいく」

「じゃあちょうどいいね」

その程度の会話を交わしただけで、久伊豆神社の鳥居まできたあたりで「純登《じゅんと》がさあ……」とナナ先輩はいいはじめ、わたしと青澄はいっしょにかんぜん相槌モードになったとおもう。

なにも否定しないで話を聞く、持久走のあとで呼吸をととのえるみたいに、相槌をうつことに徹する、そのためだけの時間。あ、カケ先輩の名前って純登っていうんだって、そのときにわたしたちははじめてしった。

「ごめんね。いつも純登といっしょにいて、だけどあいつふつうに殴ってくるから、やっぱ嫌だなって……。わかってるけど。たぶんまたすぐに元に戻るって。けど、こんなふうにときどき、絶対にもうあんなやつと過ごさないって信じたいとき、あるんだ」

元荒川の水がときどき生き物にぶつかってバシャッと鳴るみたいに「うわ」「うんうん」「最低」「あー」「うんうん」って、わたしたちふたりで完璧な相槌。流れをなにも邪魔しないように、ナナ先輩の意識をわずかも淀ませないように。

「家掲くんって、なにげ優しいもんね」

殴ってるやつが優しいわけはないけれど、「そう、そうなんだよね。じつは、けっこやさしい」とナナ先輩がいう。

「キモいこといわないし。女の子に変なちょっかいかけないし」

「うん……やっぱそう思う？　けっこう女子に嫌われてるとおもうんだけどね」

「わたしたちは、ほら、ちょっと違うから」

わたしはいった。カケ先輩はハブにされているわたしたちに変なからかいの目をむけず、かといって見えない振りをしてるって感じでもなかったから、わたしたちは他の子よりもすこしカケ先輩のことが「だいじょうぶ」だった。

一日目はそれぐらい話したところで橋にたどり着いて、バイバイした。

「そっか。あんたたちは最強だからね。わたしは弱いよ。あいつも弱い。純登は殴ってくるんだけど、わたしがそれ以上に殴り返すと、ブルブル震えて、怯《おび》えちゃうの。これ内緒ね。知られたってバレると逆上しそうだから。あいつの親父がたぶん、物心つく前後まであいつを殴ってて、四歳とか五歳かな、あいつがそれなりの力を持つようになってからは殴らなくなったって、そんなふうに昔いってた。だからあいつも、記憶があいまいで、ほんとに暴力をふるわれたかどうか、わかってないらしいんだよね。母親も死んじゃったし。たぶん、お父さんはあいつの母親のことはそんなに殴んなかったのかもね。だって、五歳児の反撃がこわくて殴れなくなる虐待ってそうとう弱いじゃん？　笑わせるよ。だから純登って、自分からオラついて、殴ってきたりするくせに、じつは殴り返されたら泣きそうになっちゃうぐらい、弱いんだよね。しかもそれがバレないかいつもビビってて、必死でオラついてんの」

これを聞いたのは、たぶんナナカケ先輩といっしょに下校するようになった二回目か三回目の放課後。たしかその翌週にはナナカケ先輩は元のふたりに戻ってて、周囲を威圧するような元通りに落ち着いて、わたしたちですらそれは例外じゃなかったから、実質「わたしたちとナナ」だったのはこの二、三日だけだった。だけど、だからこそ、わたしたちはよくしっていた。周りの子や先生たちがおもうほど、ナナカケ先輩は悪いことをしていないし、すごくふつうなんだって。

だけど、わたしたちはどうしても、それをうまく土につたえられなかった。

あの事件のあとで、土は、「おれは悪だから。すごい悪だから、恥ずいよ……」といって泣いた。だけど、わたしたちの認識では土はずっと正義のひとだった。ある種の絶望があった。正義感に汚れたような土の目。おなじように世界を共有できない。言葉が、どんどん強く、厚くなる。とどかない。わたしたちがなにをいっても、それは土にとってナナカケ先輩と自分を悪者にするための養分にしかならないって、それがなによりかなしかった。

これは正義の濁りだ。

土がカケ先輩を殴ったとき、カケ先輩はいっさい殴り返してこなかったという。それでさらに逆上した土は、「なんで？　なんでなんだよ」と叫び散らすようにどんどんカケ先輩の顔を殴り、背後から二度三度飛びついたナナ先輩が土の頸動脈を絞めおとすまで、それはつづいたという。

わたしはあの日、目のまえにひろがる廊下や窓、三年生のクラスの窓にもベッタリ付着したカケ先輩の血とナナ先輩のうるさいほどの呼吸の音、起きているときにはありえない姿勢で、首の皮膚を床につけそこにいちばん重心を傾けるかたちで横たわる土、口の周りの血溜りでドクロのようになったカケ先輩の泣いている顔、それらの身体を放心したような、すこし笑顔にかたまったような目で見おろすしき、それらを囲うわたしたち身体がつくる円の半周を、とても直視できなくて、目をつむって、一歩も踏み出すことができなかった。はやくこの現実が過去へと処理されるのを待つ、たよりなく弱い群衆のなかのひとりでしかなかった。

おもえば土に告白されたときからわたしは。

目のまえの現実にひたすらつよく目をつむりつづけているだけだった。

目をあける。

そこに青澄の身体があった。

昨夜ちゃんとベッドに寝かせたはずの青澄が、床に直寝をしている京のよこで、眠っている。布団代わりにしていたバスタオルを巻き込んで、青澄は無防備な額を京の方向にむけ、熟睡しているようだった。青澄を起こさないよう上半身だけを伸ばして、ベッドからタオルケットを引き抜き、青澄にかける。

朝のひかりのなかで、青澄の前髪をかきあげるようにさわった。

さっきまで見ていた記憶のなかのことみたいに、なかったらいい傷痕がたしかにある。

周囲に数ミリ髪の毛が生えるのを遠慮するような、しかしゆたかな青澄の毛髪に隠れてふだんはまったく気にならない、額の右側からジグザグに頭頂部の手前まで縫われた手術痕。

「夢みてた……」

すると青澄は起きていて、うっすら微笑んでわたしの手を握った。春の小川の水流みたいに身を任せていたいちからで、青澄は自身のTシャツの胸部に京の手をもっていった。

ドキドキしている。自分の鼓動と相手の鼓動とを、取り違えるように。シャツの上からでもわかる鼓動に手のひらを沿わせながら京は、「どんな夢？」と聞いた。

「土が、しきを、守ろうとして、それで……具体的な場面じゃないけど、なんかそういう、土がしきを守らなきゃっていう強迫観念のような、そういう、感情イメージだけのような夢」

京もおなじ夢を見た。青澄がいうように、具体的な場面などなにもない、土の感情と抽象的な色彩だけをくり返し味わうような夢。京と青澄、そして土としき、四人の夢を合わせなければ、おそろしくて具体的な場面ひとつおもいだせないのかもしれなかった。

ではしきは、土は、いったいどんな夢をみてるのだろう。

「なんか、やっと、思いだせそう。あの日、ほんとうにはなにがあったか」

京はそういって、青澄の額を撫でた。

青澄は京を抱きしめ、そのあとで両手をふくらませて、京の頬のあたり、あかるいなかでよく目を凝らさなければ見えない二センチほどの、やや皮膚が骨のほうへと陥没している痕跡を探りあてた。

「よく覚えてるね。私の傷の場所」

「もちろん。しきのも覚えてるよ。あの日のことはめったに、おもいださなかったのにね。みんながどこを手術してどんなリハビリをしてたのか、それだけははっきりおもいだしたの」

「私も。おもいだせるよ」

それで、しばらく抱き合ってから「さあ、朝食をつくるよ。スーパー行こ」と半身を起こした、青澄がいった。

「うそ、つくってくれるの？」

「もちろん。泊めてもらってるんだし。十年以上、呪われた家族の朝食をつくりつづけた腕を、見せてあげよう」

あかるく笑う、青澄の寝ぐせの隙間を光がとおった。

16

「今日、スーツなんだ」

と京が言った。せんげん台駅のロータリー。ケンタッキーフライドチキンの横にあるエスカレーター乗降エリアで落ち合う。暑いなか、だれもマスクを取ることはせず、その薄い布ごしのくぐもったそれぞれの声にも、もうだいぶ慣れた。

「うん。ちょっと、さすがに再就職しなきゃ、なんも、ね……」

「似合ってる。かっこいいよ」

「うん。いいじゃんいいじゃん」

京はしきが仕事をしていない事情などなにも知らず、青澄もくわしく聞いたわけではない。けれど、前回会った時よりしきがいくぶん前向きになっているのは分かった。そうした内実は、有益那奈《なな》との待ち合わせ場所に赴く道中にて聞いた。

「というか、いろんな障害を持つひととか、すぐ再就職するのは難しいひとが行く就労施設なんだけど。給料はもらえるし、勤怠が問題なければ、再就職に有利になる。だから今日も、午後半休とってきた」

せんげん台駅の周囲に立ち並ぶいくつものパチンコ屋を抜け、美容室や銀行ATM、カワチや建っては潰《つぶ》れるいくつものファミレス、そんな無個性なエリアを歩いて抜けていった。そして断続的にあらわれる自転車置場。

しきにとっては普段から住んでいる馴染みの街だが、青澄と京にとっては高校のころにたまに降りたことがあるだけの駅だから懐かしい。それこそ、しきの家を訪ねるために降りたりもした。しきの家の小さいベッドで勉強し、いっしょに昼寝をしたあの懐かしい思い出。ありふれた駅周辺が記憶に塗り潰されていく。

「そっか。うちの会社もチャレンジド採用ってのやってるけど、すぐ辞めちゃうな。それは応募者が悪いんじゃなくて完全にうちの問題。会社の何人かだけすごい学んでやる気ある人いるんだけど、ようするに人事と現場に数人ずつぐらい。けっきょく、一部の人以外はぜんぜん理解しようとしてないからって、ゴメン、完全に私もそのひとりなんだけどね」

京が言った。その手を、自然に青澄が繋いだ。平日休みであるという有益那奈に合わせて、火曜の午後に集まっている。京と青澄も有給を取ってせんげん台に来た。

ほんとうはしきは、今日は行かないつもりだった。ようやく再就職に向け数年来固まった石をどかすような重さを引きずって歩き始める、そんな時期にまた知りたくない情報を知ったりして、また鬱の急性期のような状態に逆戻りしてしまったらと考えると、怖かった。

一度正直に、

……ゴメン、保留にさせてもらっていい？

と返した青澄のＬＩＮＥに、しかししきはこの二日前の日曜に、

……やっぱ火曜日おれも行く。場所や日時の共有お願いしていい？

と送った。

「もうすぐ土に、会えるかな？　わたしたち」

いま考えれば、呑気《のんき》すぎる〝わたしたち〟。あのころからずっとそうだったなって思いだす。

「うーん、会える……、やっぱなんかちょっと不安だなあ」

そうつぶやく、しきにはしかしある期待があった。

こんなふうに不安になる、その重たさ怖さごと、あらわれる土の身体に一瞬でかき消されるんじゃないかって、それはあのころとまったく同じ期待。


まっすぐな道を徒歩で十五分ほどいくと、ようやく有益那奈との待ち合わせ場所に着いた。

「ゴメンね、わざわざ来てもらっちゃって！　わ、懐かしいっす。青澄と、京、あと、しきも来てくれたんだね」

イオンのなかに入っているマクドナルドの、四人掛けの席で先に待っていた有益那奈は立ち上がって三人をむかえた。

「こちらこそお休みの日にすいません。ほんとに、大丈夫でしたか、お家のかたとか」

「あーうん。夫に子ども見てもらってるから、だいじょうぶだよ。すごいお待たせしちゃってごめんね。夫と休みが合う日が今日しかなくて」

「いえいえ、ありがとうございます。なんか、すごいいきなり変なご連絡しちゃったうえ、お時間いただいて。申し訳ないです」

しきは青澄の台詞に合わせるように頭を下げながら、あのころ、ただ土や京や青澄とのいわゆるベッタリヨンの関係に疎外感を感じて、なんとなくナナカケ先輩と過ごす時間が長くなっていた、当時の気分をすこしずつ思い出していた。

北越谷と大袋駅のあいだにあるカケ先輩のアパートで酒を飲んで煙草を吸って、ときどき互いの身体を触ったりキスしたりしていた。でもそれだけ。噂ではひどく過激な内容をさも真実のように言われていたが、カケ先輩とナナ先輩ですら、本格的な性交に発展することはありえなかった。

「久しぶり、です」

珈琲をそれぞれカウンターで求めて、ふたたび席に着いたしきは那奈にそう言った。緊張してかるい頭痛がしていた。

「しき。久しぶりだね。元気？」

「元気、ではないけど、まあまあ。うん。ななちゃんも、元気そうだね」

「元気元気。しきはあんまり変わらないね。私はすっかりおばさんになっちゃったでしょ？」

しきは一拍、クッと言葉に詰まった。結婚をしたりずっと会社員であったりする大人はわりとこうした自虐を言う。そんなことないよ、という嘘と、自分はずっと働いてこず眠ってばかりであるせいか、やけに見た目が若いままだという引け目、そうした意識に挟まれて、たいした時間ではないが数秒、返答に詰まってしまうのだった。

「そんなことないです。ななちゃん、あの時はすごい迷惑をかけちゃって。ちゃんと謝る機会がなくて、ごめんなさい」

しきは気を張り言った。マクドナルド特有の、あぶらがしみついた匂いに記憶がバグるようなノイズを感じる。まるで高校生に戻ったような。

「ううん」

那奈はすこし楽しげに笑顔を浮かべていた。家族以外の人間と喋れることが純粋にうれしいのかもな、と青澄は思った。

「迷惑をかけられたのはしきにじゃないし、コッチもすごい悪かったよ。しきが土や青澄や京とうまくやって、そっちに戻りたがってるのはしってた。私と純登はそういう、ちゃんとした道に戻りたがってるのにこっちにきちゃう、そんなあんたの弱みにつけこんで、連れまわしてたよね。そう考えたら、純登が土を怒らせて殴られたのも、まあ、どっちもどっちというか」

しきは覚えている。あの日、土がカケ先輩を殴った。血だるまになっているカケ先輩と落とされた土の顔を見下ろしている。何故こんなことになっているのか分からなかったのに、確実にこうなったのは自分のせいなのだと知っていた。

それなのに、どこか幸福な気持ちが身体にきざしたのをしきは覚えてる。

「わたしたちも、すごい意地張ってたんです。あのとき、なんか、すごい恋、というかそういう気持ちで、身体とか考えが変になっちゃってて。しきを仲間に入れることがどうしてもできなかった。謝りたくて。有益さんにも、しきにも、土にも。わたしたちみんな、変だった。ごめんなさい」

京がそう言うと、青澄も頭を下げ、「ごめんなさい」と謝った。那奈はちいさく首を振り、

「いいの、そういうのはもう。けっきょくわたしたちも、あのことがあってよかったって、いまでは思ってるんだよ」と言った。

「あ、あの、純登くんとは？」

しきが聞いた。すこし勇気を出した。きょうはなんとしても土のことまで聞く。そう決めて

きたから。

「ああ、高校を卒業してちょっとしたころに別れたよ。やっぱ一種の腐れ縁みたいな？　言い方違うかもだけどそんな感じだったんだろうね。純登はあれですごく変わっちゃったし。あの事件がきっかけで学校が関係してる弁護士の人と連絡をとるようになって、純登の面倒をすごいよく見てくれて、純登のお父さんともよく話し合ってくれたから、土も警察送りにならなくて済んだって。このあたりのことはおぼえてる？」

「あ、中村《なかむら》さん？　弁護士の。中村弁護士」

しきが言うと、「うん。そうそう、そうだった。中村って名前だったよね」と那奈は応えた。

「くわしい経緯は知らなかったけど、けっきょく土が家族といっしょに純登くんとお父さんに謝りにいって、中村弁護士と学校側に同席してもらって、それで示談と停学で済んだって、あとで聞きました。学校は当初、土も純登くんも退学にさせようとしてたって、これは噂でしかないけど」

しきはカフェインが利いてきて一時的に記憶の調子がよくなっていることを自覚した。思いだす。当時の学校の、殺伐とした空気からすこしずつ問題といっしょに緊張がほどけていくような、そんな日々があった。

「うん。最初は純登をすごい悪者にしたがったんだよね。煙草を持ち込んでたこともあったから。それで自暴自棄みたいになって、入院したときはもうどうなってもいいって感じだった。あの弁護士さんに会わなかったらマジ危なかった。それで、治療費とかの交渉をすすめてくれて、土は、泣きながら純登に謝った。だからね、わたしたちは、よかったよね。一部の先生とかが、すごい嫌な目で見てくるようになって、しんどかったけど、わたしとか純登は親身になってくれる人がいたから。あの事件がきっかけで変われた。わたしはね、でもまだ意地があって、純登とああいう、不良みたいなこと続けたい気持ちがあったんだけど、純登はほんとふつうの高校生みたいになっちゃって、あの落差、いま回想したらおもしろいけど、当時はやっぱしばらく受け容《い》れらんなくて、なんか、男はいいなあみたいに思っちゃったよ」

「男は、っていうのは?」

「だって、なんか自分さえしっかりすれば自立できるって信じてるんだなぁとかって、妙に気持ちが醒めちゃってね。それが羨ましいっていうか、嫉妬してたのかもね。あっさり足抜けできる環境があっていいよね、みたいな。うちとは違って純登のお父さんはアル中から抜けようとしてすぐに就職できてたしね。純登は今はどうしているか知らないけど、たぶんふつうに就職してるとか、大方そういう線だと思う。すごく、ああコイツはもとからそういうやつだったなって……、なんていうんだろう……」

それでもすきだったな。

って。話しながらわたしはおもいだす。

別れるとき、純登はすごくやさしいからこそやさしくない演技をしていた。純登が「おまえといるとおれが、おかしくなるだろ。おまえのせいでおれ、まっとうになれないだろ。真面目になれないだろ」といった。

わたしは口では、「ダサ。なんなの？　ぜんぶわたしのせい？」といった。だけど、ほんとは嘘をいわせてゴメン。純登のことをすきでゴメン。とそうおもっていた。

「しつこいな。マジで、おまえのことなんてべつに、さいしょからすきとかじゃなかった。惰《だ》性《せい》でいっしょにいただけじゃん？」

「こっちの台詞だし。あーマジで、こんなのと付き合ってただなんてほんっと汚点」

もっともっと、わたしが悪者にならなくちゃとおもっているのに、声がふるえうわずる。

「二度と近寄んなよ。おまえ、ダセえんだよ、マジで。不良ぶってていまさら真人間みたいな顔したって、わたしはずっと、認めないよ。ダサいのがうつるから、マジでわたしの前から消えて」

もうさわれない、純登の手をじっとみていた。子どものころからすごく傷ついてきた手なのに触れるときはやさしい。

それきりだまっちゃった純登の目をわたしはじっとみた。もうこれでさいごだから。

「それは、すこしわかります。わたしも……。まあ自分の話はさておいて、那奈の言う通りだと思う」

京が言うと、「そうね……」と那奈はつぶやき、「ゴメンゴメン、土のことだよね」と話を戻そうとする。

「でも、すこし安心してしまった。ほんとうはずっと気になってたから。すごく迷惑かけてしまって、ななちゃんと純登くん、ふたりの人生を捻《ね》じ曲げてしまったんじゃないかな、とかって。それこそ傲慢《ごうまん》なことだけど」

しきはそうして珈琲をガブッと飲み、決意を固めるようにして言った。

「土はね、あのとき、退学になればよかったってずっと言ってた。おれが悪いんだから、退学になって、ちゃんとした形でみんなの前から消えたかったって。でもあれは、いま考えたら、そういう風に土は思い込みたかったんだと思う。でもあのとき、そういうことちゃんとわかってやれなくて、おれたちは、土がちょうどひとりになりたがっていくのにあまえて土を孤独にさせてた。だから、わかんない。ほんとうは、あのとき、どうしてやれば、どうなってればよかったのか。ななちゃん、土は、いまどうしてるか知っていますか？」

「そのことだけど、あんたたち、ほんとに知らないの？」

「知らないんです。けっきょくわたしたち、卒業式をぶち壊しちゃったみたいな、すくなくともそんな空気になってたから、当時の知り合いとかぜんぜんいなくて。同級生のひとりの近況も、まったく知らない状態で」

青澄が応えると、那奈はそれまでのどことなく楽しそうな波動から一変した。水をクッと飲み、胸のうちにある言葉のかたまりを溶かして吐き出すような準備に一拍かけて、張り詰めた表情になった。

「……私の口からはすごい、言いにくいことなんだけど、でも……」

「お願いします。余計なご負担をおかけしちゃって申し訳ないとは思っています。でもほんとに、知りたいんです。那奈から聞いたということは誰にも言いません、みんなにも土にもけして迷惑をかけないつもりで」

「土は、もういないの。だから、あなたたち、土に迷惑をかけるとかはもう、考えなくていいんだよ」


土がいない。道をあるいていてボロボロと泣いている。どこかきもちが悲劇のヒロインみたいになっているのはわかっていた。よく晴れた日で、赤トンボのつがいが視界の端に飛び、その残映が夕焼けとかさなった。エノコログサにとまる、よくみえないけれど草の根元に昨夜ふった小雨の溜まる水場があるのかもしれなかった。

「意味があって停学にしてるんだから、無駄に会いに行ったりしちゃだめだぞ」

と学年主任の小暮《こぐれ》にはいわれていて、おれはその言葉にイヤイヤしたがっていたのか、それともきもちのどこかではホッとしてしまっていたのか、わからない。けれどこの日の面談にて、はじめて中村弁護士の同席をうけてきゅうに「会いに行ってあげてほしい」といわれた。中村弁護士が学校側を説得してくれているのだとわかった。けれど、おれはそれにどこか怯え、恐怖じみた負担をかんじている。にもかかわらず放課後、ほとんどなにも考えない無感情の果てにすぐに土の家へ足をむけた。それで泣いている。自分でも自分の情緒がどうなっているのかわからなかった。

昨日純登くんに、「おまえはもう来んな」といわれた。友だちだとおもっていた。すくなくとも、しばらくはこっちにいてもいい、そんな居場所だとおもっていた。

「おまえといると、おまえも、おれたちも、変になる。土がこわいんだ。おまえのことも、前みたいにおもえない。前は前でおかしかった。おれたち、おまえのことをどこかパシリみたいに、奴隷みたいにあつかって。那奈とも、別れようと思ってる。おまえもあいつもおれみたいのと関わらないほうが、絶対いいんだ。ごめんな。もうおれたちには関わんな」

純登くんの見舞いにいけなくなっては、なにをしていいかわからない。時間をもてあましていた。ようやく口の周りの包帯がとれて、すこし喋れるようになっていたのに。まだまだ食事を自力でできないことで、退院まではすこしかかるということだった。京とも、青澄とも、なな ちゃんとも、まえみたいにうまく喋れない。両親にも学校の全員にもすべてバレて、もうどこにいけばいいのか、というよりどこに居ればいいのかわからなかった。だから入院している、一時的に社会の外にいるような純登くんと居るのがいちばんらくだった。それで純登くんの病室に入り浸っていて、純登くんのお父さんともすこしだけ話すようになった。病室ですごす時間のなかで、純登くんとお父さんがすこしずつ「まとも」になっていくのが、すごくよくわかった。だから、純登くんがもうほんとうはおれにきてほしくないってことは、とっくにわかってたよ。

みんなおれが邪魔なんだな。

だったら、いくべき場所はもう一個しかないっておもった。

土の家のインターフォンをおす。すごく懐かしい。ここへは数ヶ月まえにきた。まだ土がおれに「すき」とかいわないころ、おれも土をそういう意味で「すき」ではなかったころ。

土といっしょにドーナツを食べた。

戻りたい。

あの日に戻ってだれかが、おれたちのなかのだれかがもっとシャキッとして、なんかうまいこと導いてくれたら、おれたち、こんなふうになってなかったかなっておもう。クラスメイトに虫をみるような目でみられたり、聞こえるか聞こえないぐらいの音で耳に入ってくる「キモい」「変態」という言葉の意味のかけら。だけど、もしかしたら幻聴だったのかもしれない。だれもいない場所でも、そういう声は聞こえてたから。

「こんにちは」

おかあさんがでてきた。

「いらっしゃい」

心なしか笑顔がこわばっている気がしたけど、見まちがえだったかもしれない。相かわらず、ドアさえ開けば家の中身がぜんぶ見えちゃうような家だ。土の心のなかみたいだなって、まえはおもってたけど、いまはもう自信がない。土に会うのは二週間ぶりだった。

「よう」

土は、夏休みの子どもみたいだった。ととのえられた室温のなかで、半袖にスポーツブランドの短パンを穿《は》いて、わらっている。なぜかじっと、剝《む》きだしになっている土の腕をみた。この拳が純登くんを全治二ヶ月にした。

「おう」

上がらせてもらうと、きょうだいたちが土に相かわらずまとわりつく。美姫が「おにいって、恋人いるの？」という数ヶ月まえとまったくおなじ質問を、おなじようにしきにむかってした。

それにはこたえず、土はわらって「しき、ごめんな。すげえ迷惑かけたな。あんなこと二度としないよ。ほんとに、ごめんなさい」といった。おれはずっとだまっていた。麦茶をだしてもらうなり、おかあさんのほうをみあげて、「ごめんなさい、土くんとふたりにしてもらうことはできますか？」といった。

「ごめんね、しきちゃん、それはできないよ。宙、美姫、お兄ちゃんたちお話してるから、遊ばないよ」

それで、きょうだいは台所で洗い物をしているおかあさんのほうにまとわりつく。しかしすべての会話が聞かれているのはあきらかだった。

土とテーブルを挟んでおれはふたたびだまった。土は周りにどう説明してるかわからない。けれど、おれたちが四人ともお互いに恋してて、それで土は「嫉妬」して純登くんを殴ったっていう、そういうふうな物語が主流なのはしっていた。土のおかあさんがどうおもっているのかもわからない。けれど、いま土をひとりで外にだすことは避けているのだとわかった。外でふたりになることはできないし、停学があけるまであと二週間あった。

土はずっと謝ってくる。

「ほんと申し訳ないとおもってる。うん、ほんと、何回謝っても、謝りきれない。しきもほんと、ごめんな。おれ、どうやったらしきに許してもらえるかな？」

土の謝罪はこわかった。おれはまだこの事件において自分がなにをして、なにをしなかったのかがわからない。なにがわるくて、なにがわるくなかったのかわからない。それなのに純登くんにも土にもずっと謝られている。

それで、五分ほど宙と美姫の声いがいはなくなった。

「ちょっとスーパーいこっか？」

土のおかあさんが宙と美姫にむかっていった。

「えー、何分？」

宙がそういった。それほど乗り気ではなさそうな声だった。

「ちょっとだけ。十五分ぐらい」

「じゃあいいよ」

「みきちゃんも。いこ」

「えー、うーん」

子どもたちがグズグズしているうちに、おかあさんはすぐに準備して、土やおれにはなんにもいわずに宙と美姫を連れて出ていった。

こうしてこの家にふたりきりになる。

ドアがしまった瞬間に、土がすこしリラックスしたのがわかった。足を片方のばし、対面であぐらをかいているおれの膝に届き、親指だけ制服ごしにふれた。

おれは、それで妙に感動した。

「しき、おれのことすきか？」

土はさっき謝罪していたのとはぜんぜんちがう声でいった。

おれは、その言葉でからだがあやつられたみたいになった。これが恋なのか？ しあわせで、しあわせで、なんでこんなにしあわせなのかわからなかった。ただしあわせだった。うれしいとか、たのしいとか、そういうのと似て非なる、恋のしあわせだった。だけどこれって、嘘なのか？　錯覚なのか？　すぐにまた泣きだしてしまって、飛びつくように土のからだをだきしめた。

「すきだ」

それで、口がというよりからだがそういってしまって、物語がまるごと変わっちゃった。ここに来るにいたったおれのなかのストーリー。青澄や京や土になんとなく馴染めなくなって、ナナカケ先輩とただ仲よくしてただけだったのに、土が勝手におこって純登くんを殴って、みんなに変な目でみられて、ほんとに自分が土のことをすきで、土が自分のことをすきだったのか、わからなくなっていた。心配した親にいろんなとこ連れてかれて気をつかわれて、会社をやすんで積極的に「親子の時間」をもたれてとにかく異物感。おれ自身も、ちょっとだけグレてわかりやすく「不良」になっちゃったんだって、そんなふうに演じていた部分があった。おれがおれじしんを異物みたいだって、どこかでおもっちゃって、だけど、ここにくるまであったそんなどこか常識的なわかりやすいストーリーが、ぜんぶ別の世界のリアリティみたいになっちゃった。ちがう文章ちがう絵でかかれた、まったくべつべつの物語で交わらない、圧倒的に「コッチが真実だ」っておもってしまう土のからだのあるイマココのリアリティ。親や先生や周囲ががんばっておれに信じさせようとしていた「まだやり直せる、ちょっとグレただけの、ふつうの高校生」のストーリーを、土のからだの説得力が圧倒する。

駆逐される、おれのからだにまとわれる物語が、たやすく凌駕《りょうが》されて。

ほんとうはふたりきりで土に「もうすきとか恋とか。やめよう。ふつうの友だちに戻ろう」

っていいにきた。だけど、いまでは、ほんとにそのつもりがあったのか、そのきもちすらあやしい。そんなの、とても不可能なことなのに。

「ごめんな。おれがしきを守るから。おまえはなんも心配しないでいいよ。きてくれて、ありがとな」

その声をきき、土がほんとうにはまったく反省していないことがわかった。さっきくりかえしてた「ごめん」は、おれとおかあさんに対してのしんけんな謝意だったとおもうけど、やってしまったことや純登くんに対して悪いというきもちは、欠片《かけら》もないんだ。それで、土が口にした「守ってやる」は、おれこそが土に対してしなきゃいけないことなんだっておもえて、強烈な使命感が突きあげた。

そして、土に告白されるまえ、土が京を「すき」といったそのもっとまえから、ずっとずっと土のことをすきだったのだと気づいた。それはべつに気づかなくてもいいことだ。一生、気づかなくてもよかったこと。ひとの人生の裏側の、選ばなかったすべての選択の結晶だ。嘘の永遠で永遠の嘘だ。そのふたつのあいだにずっとありつづける幻だ。

だったらそんなのナシじゃん。インチキじゃん。そうだ、恋はいつも錯覚だった。気づかないほうがよかったことに気づく。でも、だからこそ、気づいてしまったあとではより強固な真実になる。

だれかに恋をして、こんなきもちに気づかなければよかったと、そう思ってしまうことこそが恋だ。

だから、相手のからだを目の前にしてはもう気づかない世界線に戻ることなんて、とてもできない。おそるおそる抱きしめた土のにおいを感じて、首のうしろの皮膚をさわった。その質感で、また間違った物語を信じちゃったかもしれないけど、信じてしまったら圧倒的な説得力でそっちがあたりまえの世界になるんだってすべてをあきらめた。

物語とは土のからだ、それそのものだ。

「おまえにあえてよかった」

「おれのほうこそだ」

「もうおかあさん、もどってくるだろう。土」

生まれてきてくれてありがとう。そういおうとした瞬間に玄関の鍵が回されて、おれはゆっくり、土のからだを離れた。

あの日、あの瞬間、土から身を離したあのときに、おれの身体のなかでなにかが減った。

覚えている。しきは無表情に仏壇に手を合わせ、就活用のスーツに黒いネクタイを結び喪服とした恰好で記憶に溺れていた。それなのに、あの日のような涙はまったく出なくて、それは土が亡くなったと有益那奈に聞いた瞬間からずっとそうだった。

なんの感情もないな。

そう言葉にして思った。土が停学していたあの日、土の家をおとずれ土を抱きしめて「すきだ」と言った。自分か土のどちらかが「お前を守る」と言った。記憶では正確に思い出せるのに、正確に思い出せすぎるからこそ、それはどこか間違っているのだと分かる。記憶のなかでそう言ったのは土だったが、よりつよく思ったのは自分だったとしきは思う。しかしそれは、まったく逆だったかもしれない。

「いきなりお邪魔してしまいすみません。これ、三人分の……わたしと、しきと、今日来られなかった青澄って子の」

「ああ。うん。覚えてます。青澄。こちらこそ、ご連絡もせずに本当に申し訳ないです。ほんとに、いろいろなことに頭が回ってなくて。いまでも……」

線香をあげたあとで九ヶ月遅れの香典を喪主である津久井湖奈《つくいこな》に渡した京は、十五年ぶりに会う同級生の顔はおろか、名前もろくに覚えていなかったことを恥じた。そして改めて、当時のわたしたちは異質だったのだと思う。

今でもどこかそれでいい、異質でよかったわたしたちなのだと肯定してはいるのだが、事実としてわたしたちは、普通のふりをしていたけれど当時のわたしたちが考えていたよりもずっと異質だった。

それでも土の訃報にふれて、遺影を目撃したいまの段になってさえ、京はあのときの四人が、〝わたしたち〟が、たまらなく懐かしいのだった。

土の配偶者である津久井湖奈は、わたしたちの同級生だった。結婚する際、土は湖奈の姓に入り津久井土と名乗った。

湖奈も土もわたしたちも、あのとき、たしかにあのクラスにいた。しかし京も青澄もしきも湖奈と喋った記憶はなかった。しきだけが、土に話しかけている湖奈を一度だけ見たかもしれないと言った。そんなあいまいな状況でここに来た。感染状況もあまり良くない昨今のこととして、しじゅうマスクをした状態で、わたしたちは座っていた。

九ヶ月前までは生きていた、土が住んでいたこの部屋に。

「引越し、すべきかなと考えているんですけど、なかなか、まだ、動けなくて」

リビングでお茶を供され、三人は顔をつきあわせた。しきと京の頭には、先ほど見た土の遺影がこびりついている。

その写真は京やしきの見たことのない、二十代後半の土の、当時交際していた湖奈に向けていたとおぼしき笑顔の写真で、わたしたちの記憶のなかの土はこんなふうに笑わなかった。改めて、わたしたちは土の高校時代のほんの一部しか知らないのだと痛感する。あのころはいつも小学生みたいに笑ってた。遺影のなかの土は、目の前のだれかに向けて笑っているのだと分かる。だれかを愛しているがゆえの、つまりそこに湖奈がいるがゆえの笑顔は、あのころの土にはない表情だった。しかしその違いを、うまく言語化して認識することはできない。しきは胸がつかえて思考もままならないまま、じっと黙った。

「結婚式を挙げるときにも、相談したんです。青澄や、京やしきくんは、呼ばなくていいの？って。わたしも四人がすごく仲良くしていたのはもちろん、覚えていたので。そうしたら土は「呼んじゃだめだ」っていいました。だけどそれは、あなたたちに迷惑かけてしまったから、自分が幸せになったとこなんて見せたくない、もうあの三人の人生に参加してはいけないって、言って、それで、わたしもつい、強くは言えずにいました。年始にも……亡くなったことすらお伝えせず、申し訳ないです……報《しら》せるべきだったと、ほんとうに思ってます。ごめんなさい」

「いえ、それは、こちらとしても……。あの、土は」

「自殺だったとのことです。今年のお正月に、高層ビルから飛びおりて。警察からはそう説明されています。だけど、私はまだ、信じてなくて。ほんとに、土は自殺するようなひとじゃない、悩んでいることとか、たしかに、心の底がわからないところのある人だって、私も思ってました。だけど、まさか」

「お正月……」

「そうです。年が明ける瞬間だったそうです。それで、遺体が見つかるのが朝になってしまった。ほんとに、驚いてしまって……。いまだにやっぱり、なにか事件に遭ったんじゃないかと、何度も警察の方に捜査をお願いしたんですけど、結局、あまり真剣には取り合ってもらえなかったです。あの日、朝方に目がさめたときにとなりに土がいなくて、まさか自殺してるだなんて思わない。散歩でもしてるのかと深く考えずにいたら、すぐに電話が鳴って」

湖奈はわたしたちに話を聞いて欲しいのだと、京は思った。それは自惚《うぬぼ》れなのかもしれない。しかしこうしたことを話せるひとはあまりいないだろうと容易に想像できた。わたしたちには話していいんだと、湖奈はどこかでそう思っている。しきも京も、相槌もそこそこに頷《うなず》くだけで黙っていた。

「土は、いつもは「高校時代って黒歴史。だから聞かないでそっとしといて」って言ってたのに、ある日めずらしくものすごく酔っぱらった日に、「ほんとはうそ。高校時代、すげぇ楽しかった。とくに一緒にいてくれた人たち。青澄と、しきと、京。でももう会えない。おれのせいで会えない。ゴメン、嘘ついてゴメン」って、泣きながら謝ってきた。でも、わたしはぜんぜん、というか、高校時代の土が、わたし、高校のときから土がすきだったから。あなたたち四人がずっと一緒にいるのを、ずっと見ていて、色々問題みたいなこと起こして、正直、怖い人かもしれないっていう気持ちもあった。歪んでるって、そう言ってる人たちは多かった。関わらないどこって。だけど、たぶん悪いひとじゃないんだろうっていう気持ちをどこか捨てきれなくて。ほんとは、あなたたちと話してみたかったよ。他にもそういう人がいた。けど、当時のあなたたちには、とても入れる隙というか、オーラがぜんぜん、違ったよ。けっきょく卒業式でも会えなかったからずっとモヤモヤしていて……。土とは就職してから再会しました。土は飲食店にレジのＰＯＳシステムとかを売る営業として働いていて、私の父がオーナー店長として働いていた居酒屋に営業にきたんです。わたしも人件費削減の一環で父の居酒屋で働いていたから、すぐにわかりました。それで、父にそれとなくＰＯＳを導入するように勧めたりして。あとで話を聞くと、土は営業マンとしてはあまり成績がよいほうではなかったらしく、すごく感謝されました。それをきっかけに仲よくなって、いや、わたしのほうからけっこう強引に連絡をとって、土は高校の同級生なんか仲よくしたくなかったかもしれないけど、もうこれを逃したら会えないってわたしとしては肝を据えていたので。でも、当時感じていた自分の直観は間違ってないって、すぐに思いました。あんなやさしいひとはいないですよ」

「そうですね。土はやさしいひとだったとおもいます」

しきがそう言うと、湖奈はすこし動揺したように沈黙し、黒目をふるわせた。

「五年前に結婚しました。仕事ではずっと苦労しているようだったけど、出世とかキャリアにあまり関心がないのは明らかだったから、湖奈とささやかに暮らしていくために頑張るよって言ってくれました。わたしと再会したころは家族ともちょっと距離をとっているみたいだった。職場の人間関係もうまくいっていないというか、なんとなく避けられてるようなことは言っていました。わたしの両親や友達もそれとなく、土の自殺した要因を家族との関係や仕事に悩んでのことではないかと伝えてきました。だけど。借金もなかったし、心療内科への既往歴もなかった、ギャンブルやなにかに依存するような性格でもなかった、家事もかなりの範囲でやってくれて、わたしたちとの生活を、いちばんに」

そこでとつぜん、「ママぁ」というような声がして、しきと京は身体をこわばらせた。

「ママどこぉ？」

引き戸を引いてあらわれた、ちいさな男の子。

「起きちゃった？　ママとパパのお友達だよ。お名前言える？」

「えええー」

男の子はモジモジしている。喪服のふたりが、こわばった真剣な顔で自分を見ているのがこわいのかもしれない。

「すいません、智尾《ちお》っていいます。わたしと土の子どもで、もうすぐ三歳になります」

「ちお電車みていい？」

と言い、男の子はおそらく昼寝をしていたのだろう隣室にふたたび引っ込んでいった。湖奈も立ちあがり、おそらくスマホかタブレットで動画を見せている雰囲気がつたわった。しきと京はふたりになっても、ひとことも口を利けずにいる。

「すいません、ああしてるとしばらくじっとしてて。よく東武線の歩道橋のしたで、土と電車を見てたんです。そう……土は智尾にもすごくやさしくて、家にいるときは子育てというよりずっといっしょにいてくれたから、ずっと智尾はパパっこで、いまはとおくでお仕事してるよってつたえてるんですけど、ほんとに。土が、智尾をのこして自殺するなんて、とてもわたしには思えなくて」


三十分ほど話し込んだ。土のこと。智尾のこと。高校生のころのこと。しかし京としきはほとんどなにか意味のあることは口にせず、ひたすら湖奈のくりかえす、自殺なんておかしい、そんなことはありえないという結論に行き着く、思い出話のようなものを聞きつづけていた。

陽がおちてきたあたりで、智尾が部屋から出てきて、なんとなく湖奈の周りにまとわりついて、膝にのって湖奈の顔を覗きこんだり、自分の手を舐《な》めながら窓にへばりついたりしていて、京が「じゃあわたしたち、ね、そろそろ……」と言った。

「え……。ああ、すっかりお邪魔しちゃって」

いくぶん間をおいて、ようやくしきがそう言うと、「こちらこそ、すみません、私ばっかり話し込んじゃって。おふたりの話を聞くのをたのしみにしていたのに、ごめんなさい」と湖奈は言った。

「あの、もしよかったら、またいつでもお越しください。青澄にも、いつかお会いできたら」

「あ……ハイ。つたえておきます。青澄もすごい、来たがっていたから」

それは嘘だったが、この場ではこう言うしかなかった。京は湖奈の周囲でなにも喋らずにまとわりついている智尾をつい見てしまう。しきも同様だった。

玄関先で、「じゃあ、あの、お邪魔しました」としきが言うと、湖奈は、「すいません、ありがとうございます。智尾くん、バイバイは？」と子どもの目線に合わせて屈《かが》んだ。

「バイバーイ」

智尾は恥ずかしそうに湖奈の膝のあたりに隠れて目を背けながら、しかし顔はわらっていた。しきは同じように「バイバーイ……」とちいさく口にしながら、内心、愕然《がくぜん》としている。それほど似ているわけでもないと思っていた智尾の笑顔が、遺影のなかの土よりよほど、あのころの土によく似ていたから。

そうしてふたりは辞去し、京はマンションの敷地を一歩出たところで、「しき」と言った。

「あんな小さい子……。土、どうして」

それで、その場に立ち尽くし、両手で目頭を押し込むように泣いた。しきは京の泣き顔を隠すように車道側に立って向かい合い、しかし自分ではいまだどういう感情になっていいかわからず、虚空をみていた。雲があるのかないのか判断のつきづらい、夕方の赤さがとおくのほうまで均一に伸びていた。遥《はる》かの空ではすこし青暗い夜がのぞいているようにも見えた。

「ごめん。いこう」

それですぐに立ち直った京と、しきはしかしなにも話すことを思いつけず、ひたすら駅に向かって歩きつづけた。せんげん台駅の改札前ですこし急行を待ち、「ごめんね、駅まで送ってもらっちゃって」と言った京に、しきはなにか言葉をかけるべきか迷った。

そこで、智尾の「バイバーイ」と言った、あの瞬間の恥ずかしそうな笑顔が頭をよぎった。智尾の表情に思い出してしまった、記憶よりほんとうのこと。

土はいつも恥ずかしそうに破顔した。ほんとにおもしろくてたのしくて笑う直前と直後には、すこし恥じるように一拍よどむのだ。

しきが半ば絶句してなにも言えないまま、京は改札を通り行ってしまった。

それから、しきはひたすら歩いた。ショックをうけているのは自分で分かっていたが、それ以外のことはなにも思えず、靄《もや》がかかったような頭のなか、ずっとなんとなく泣きたかった。鬱と服薬が自分の感情に抑制をかけているのはあきらかで、ではその抑制が外れてしまったら、自分は、「しき」は、どうなってしまうのだろう。それすらうまく考えることができず、ただ景色が前からうしろに過ぎ去るみたいに、気持ちや思考はことごとく置いていかれ、なにも像を結ばなかった。

智尾のあの笑顔だけがいまだにこびりついている。なぜだか自分が通っていた小学校、幼稚園、中学校を確認するように眺めては過ぎ去り、気がつけば辺りが夜闇に満ちていた。一時間半ほどかけて歩き、通っていた高校の直前まできたところで道を間違え、天嶽寺《てんがくじ》の駐車場で行き止まった。どこへ抜ければよいか分からず立ち尽くすと、しきは来た道をただ戻ることに巨大な抵抗感を覚え、自らの身体がひどい疲労に包まれていることにようやく気づいた。

しばらく呆然《ぼうぜん》としていた、その次に、なにかを考える前に走り出していた。

ネクタイもほどかずに振り乱し、全速力というほど激しくもなく、ジョグというほど緩くもない、中途半端な走りかたで、そうでもしなければ来た道をただ戻るということがとてつもなく難しいことに思えた。マスクが口の周りに張りつくと、突起を右手で引っ張って呼吸のための空間をつくった。ひたすらどこへ抜けるべきかもがくと、やがて母校を左手に通りすぎ、元荒川に突き当たった。

運動をするとささやかに感情が波打つ。だから心療内科では「まめに運動するように」と言われる。しかし、こんな現実で、こんな世界でわれわれがいま感情を取り戻してしまったら、果たしてどうなってしまうだろう？　現に土の死亡を聞いてからはたと聞こえなくなっていた土の声が、息が切れてどうしようもないしきの身体に、ふたたび聞こえ始めてくるのだったから。


「おーい」

といっている。

「おーい」

おれは河原をあるいている。

「おーい、おーい、おーい」

土が走ってこっちにくる。

「なんで先いくんだよー」

おれは、背中が感動している。だけど、ふりかえるのは恥ずかしい。土が走ってどんどん近づいてくるのがわかる。おーい、待ってってー、こらー。

「しきー」

土の停学が明けた日。あの日土は、朝からずっと無表情で席に座っていた。クラスメイトたちはなんとなく土の席に近づかないようにしていた。先生たちは、「お、土、久しぶり。調子はどうだ?」ってかわるがわるに、まったくおなじような声をかけた。それに土も、すこし頭をさげて、「ご心配おかけしてすいません」っておなじような反応をかえしていたけど、そこに以前のような表情はなかった。おれも京も青澄も、「おはよう土。久しぶりだね」って、朝にすごく他人行儀な声をかけるのが精一杯で、クラスにもどってきた土を心から歓迎していたのに、いままでどんなふうに話してたっけ?って、うまくおもいだせないみたいだった。

昼飯に誘っても、「おれはここで食べる、ごめんな」といわれたと青澄にきいて、おれはきょう、あいさつでしか土と口を利いてないなって焦ってた。おれたちは土が自分の席から動かないから、自分たちもなんとなく自分の席で一日中すごした。どこかで昼になれば元どおりになれるとあまく考えていたがそうならず、土はそこにいるのに、どうすればいいかわかんない。それでおれたちは、それぞれの机で、それぞれに飯を食った。土がひとりなのに、三人で飯を食うわけにはいかないっていう、へんな律儀さがあたまにあった。

五時間目のはじまりに、放課後になったら声をかけようってきめた。

だけど、いざ授業がおわって、六時間目におれがずっと頭のなかで試みていた「土、いっしょにかえろうぜ」の言葉。いざ土の席のほうをみると、あまり喋ったことのない女子が土となにか話していて、おれはそれでかんぜんに意気が挫《くじ》かれた。

明日でいい。明日になればきっと、ぜんぶ元どおりになる。

って、楽観的な気分にむりやりなって、ひとりで教室をあとにした。

恥ずかしい。すげえ情けないよ。おもえばおれはずっと、土のことばを待ってばっかだったんだね。元荒川沿い、新宮前橋の手前まできたあたりで、ほんとはずっと待ちわびてきた声が、背後から聞こえてきた。

「土」

おれがそういって振りむこうとする、とどうじに土はおれの背中におもいきり飛びついてきて、前に二、三歩たたらを踏みながら、転びそうになるすんでのところで耐えた。おれは身体の底から出てくるような「あぶねーなっ」という言葉に、ぜんぶの声が支配された。

「おまえが先かえるからー」

さっきまで教室に無表情で、くらく座り込んでいた土とは、まるで別人だった。

「だって、おまえ、だれか女子と喋ってたから」

「ああ、津久井ちゃん？　なんか、古文係だから。六時間目って国語だったじゃん？　だから、なんか、おれが停学だったあいだに進んでた古文の範囲教えてくれた。なぞに」

土が京や青澄じゃない女子のことを話しているのになんだか奇妙な感じをうけて、その違和感を打ち消すようにおれは「へー」といった。

「てか、青澄と京も呼んだから」

「呼んだ？　ってどういうこと？」

「だから、いまからここに集合ってこと！　これをみろ」

土が指定バッグのファスナーを一気におろし、ガバッと中をひらくと、そこには教科書やノートの類いがいっさい入っておらず、緑色のなにか四角い塊がそれだけで膨らんでいた。

「これはなに？」

「みりゃわかるだろ。レジャーシートだよ。秋のピクニックじゃ！」

なんで？　意味わかんない。だけど、おれはいぶかしがるより先に、わらってしまった。

「なんで学校にレジャーシートもってきてんだよ」

「だって、ピクニックだから」

ふたりで、ゲラゲラ笑いながらすこし進み、宮前橋のしたあたりに移動した。身体をぶつけあって、まるでなにもなかったみたい、なにも起きなかった。おれたちのあいだは、いままでもこれまでもずっと平和だったたって、おもいたかった。

ほんとは、謝るべきだった。おれが、土や京や青澄といっしょにいるのがいやになって、なにも説明せずにななちゃんや純登くんと仲よくしていたから、土はヘンになって、青澄と京にもすごい心配かけてたって、ごめんって、いう暇さえ土は与えてくれない。ほんとはわかっていた。おれたち、このころには、お互いに向きあうことが怖くなっていたんだ。

ちゃんといえばよかった。「そんなことより」って。

そんなことより土、ゴメン、ごめんなって、ピクニックだったとしてもちゃんとそういうことをつたえていたらおれたち、もっとちがったいまがあったんじゃないか？

「そだ、おれ、免許とろうとおもってる」

橋のしたでレジャーシートをひろげたあたりで、土はいった。

「免許って、なんの？」

「免許ったら自動車免許だよ。車。オートマ限定でな」

「え？　金は？」

「なんか武兄ちゃんが、出してくれるって。貸すだけだぞっていわれたけど、まあおれは返すつもりなんてないけど、なんか免許は早めにとったほうがいいぞーっていわれて。あ、いっしょに海にいっただろ？　あのひとは車原理主義者。免許にやたらこだわってるから。なんか、男は車みたいな古い頭なんじゃない？　てか、みんな車が好きなもんだっておもいこんでる。それはそうと、まあ停学で家からでられずにおれが大人しくしてたから、なんかかわいそうな感じだったんじゃない？」

「え、てかおまえ、大学はどうすんだよ」

「いや行かんし。大学なんて。フリーターでいいだろ」

土が停学するまえにはおれたち、たいして勉強してないけど入れる範囲の大学になんとなく入ろうなって話して、それなりの努力はしていた。たしかに、土はおれたちより成績はわるくて、この時期の停学でさらに差がついていたのだけど。

「なんだよ。おまえ、中村先生には大学いくっていってたんじゃないの？」

「中村？　ああ、あの弁護士？　そんなん、知らん大人にほんとのことなんていわないよ」

そこに青澄と京がやってきて、「なにこのシート！」って、みんなで笑う。それで、話していることはあやふやになったけど、また明日話せばいいかっておれはおもった。

「京！　青澄！　しき！」

土はいきなりそう叫んで、四人で肩を組むみたいにくっつきあって、「みんな、すきだー」っていった。

その笑顔になっていく運動を、ちかすぎる距離でみる。口が線になってあがっていく直前に。

すこし恥ずかしそうな、泣きそうな表情に土はなって。

だけど、すぐにかわるかんぜんな笑顔がその運動の記憶を封じ込めた。それで、ああ、おれたちこうしてまた四人でいるんだなって、おれは、色々あって、わだかまるきもちはいっぱいあるはずなのに、もうどうでもいい、土が笑ってれば、もうどうでもいいやって、いまおもえば、すごく無責任というか、流されてばかりだった。シートを敷いたうえに寝そべって、みんなでゴロゴロ転がって、なんだか自分のきもちなのか、土や青澄や京のきもちなのかもわかんない、へんな情緒になってきて、空を仰いだ。

水の音がきこえる。

しあわせだった。あのときしあわせだったこと。ずっとおぼえている。なぜならこういう毎日がこれからもつづくんだとおれはなんとなくおもっていて、けれど土はその日から二度と学校にこなくなってしまったから、その落差によっておれはしあわせだったこの日のことが忘れられなくなってしまったんだ。

土はこの日、教科書やノートのすべてをロッカーに置いてきて、だれかの持ち物だったレジャーシートを盗んでここにきた。そのことに気づいたのはそれから二ヶ月もたったあとのことだ。だけどこのときは、みんな笑ってた。

またおれたち元に戻って、ずっとこんな日がつづくんだっておもってた。

だけど土は消えた。なにも言わずに、おれたちの前からいなくなってしまった。

土、おまえはさいごまでだいじなことはなにも話してくれなかったんだな。

さびしいよ。ほんとにそれって、さびしいことだよ。だけど、恋がそのさびしさに嘘をつかせた。おれは土に恋をしているから、さびしいのだとおもっていた。でもそれは違った。さびしいのは土だ。土じしんと、土といっしょにいるということ、その両方がほんとうにさびしいことだった。

だったらそういえばよかったんだ。土、さびしいよって。おまえに恋をされて、おまえに恋した、それからずっとさびしくてたまらず、そのさびしさがずっと消えなくて、つらいよって、いえばよかった。だけどいえなかった。土のことがすきだったからだ。すきだから嘘をつきつづけた。恋をしているからみんなさびしいのは当然のことだよって、目線が、表情が、においが、からだが先にことごとく世界を偽って。

つらいよ。土。つらいおまえはさびしいよ。さびしいやつをすきになって、おれ、ほんとにさびしい。だけど、それでも、生まれてきてくれて、ここにいてくれてありがとうって、いつもほんとうにつたえたかったのはたったそれだけのことだったのに。

ガードレールに突っ伏して泣いた。涙よりも声が、つぎつぎに溢《あふ》れでた。ウーッとか、ああー、とか、さっきまで会っていた土の子どもよりもっと、すくない語彙で。

シャツはベルトからほとんどハミ出て、ネクタイは空中に揺れていた。マスクを顎に止め、元荒川に身体の正面を向いて、しきは泣きつづけている。

「つち」

と言う。それ以外は、「あ」と「う」だけの声。「あ」と「う」と「つち」しか世界に言葉がないみたいだった。

八百メートルほどを走ったしきの身体は大きく膨らんでは萎《しぼ》むをくり返し、運動じたい久しぶりのことだった肺からはゼイゼイいう鳴動がひびいていた。息が整ううちに感情のほうが巨大化していき、おくれて言葉が戻ってくる。

「土、なんでいないの？　なんで？　なんで、いないの？　土」

あの日、緑のうえにさらに緑を重ねるように、風で飛んでいきそうなレジャーシートを四人の体重でおさえて、草のうえに寝転んだ。土の体重がしきの身体の前側に、かぶさってそのうしろに見えた空は、もう思いだせない。土がもうこの世界にいないと、たったいま認めたからだ。

「なんでいないの？　なんでいないの？　なんで？」

身体が冷えていくと、この気持ちもすぐになくなる。グレーの靄がかかったような世界で、これからも生きていく？

しきは三分ほど涙をながして、そろそろ泣き終わろう、と明確に、冷徹におもった。そして泣き終えたらもう、自分は二度と泣かないだろうと分かった。自分がしようと思っていた自殺を遂げた、この世界にもういないたったひとりの恋人のことを、どのように思えばいいのか分からない。しかし、しきは自分の「死のう」という気持ちに、まったくリアリティが伴っていなかったことを、いまはっきりと悟った。自分は絶対に自殺しないだろうと、土が死んだことでようやく分かった。

おれは自分で死ねるような人間ではないんだ。

いちばんすきな人間が死んだことで初めてわかる自分のことなんてむなしい。智尾に言われた「バイバーイ」の声、その残響だけがずっと頭にひびいていた。

17

田名橋から送られてきた軽薄なスタンプに、

……話があるので、部屋で待っていてください
と返信した。金曜の夜にくるこの連絡に対し、文章を返すのは初めてのことだった。

……なに？　別れたいの？

すぐにそう返ってきた。それは無視して、京は残業をせっせと片づけていった。オフィスに人がいなくなると、マスクを外して深呼吸をした。あとは一本、月曜の朝ミーティングの叩き台をメンバーに共有すれば終わりだ。

田名橋の部屋に着いたときには、時刻は二十二時を回っていた。

「ごめん、遅くなって」

田名橋はすでに飲んでいて、「ウウン」と言っている。話があると伝えておいたのに飲んでいる。しかし京は半ばこの光景を予測していた。田名橋は素面《しらふ》で「話」などしたくないのだ。

「なに？」

田名橋はそれで、ベッドに横になったまますぐに話を促した。お疲れ様もなにもなく。京も「こういう関係はもう止めましょう。いままでありがとうございます」と、あっさり言った。

しかし、なんだかんだで一年半こうしている、同じ時間をともに過ごしてきたわれわれには、本当はもっと伝えるべきことがたくさんあるのだと思う。

こうした結論にいたった事情や、この数ヶ月のあいだに考えてきたこと、いやおうなく起こる偶発的な出来事によって自分の身体がまるごと変わってしまった経験。そのようないくつかの細部を、京は田名橋と共有してみたかった。

しかし田名橋がそれを求めていないことはよく知っている。だからこそ、京は田名橋といるこの時間に湧《わ》く情があった。人生のあまりあるリアリティに向き合わず、表面ばかりの時間をともに過ごすということ。自分という可能性を押し広げることに疲れ、あたらしい明日に疲れ、日々に疲れきっていたからこそ、このどうでもいい時間にたしかに京は救われていた。

「いいよ。いままでありがとう」

そう言って田名橋は、あたらしいハイボールをグラスに注いだ。アイスボールメーカーでつくった円形の氷が割れる音がした。

田名橋は酔うとことあるごとに「俺はふつうの男だから」と言った。かたくなに「男」という「人間」とは言わない「ふつう」のリアリティについて、たずねるべきだったと京は思う。というより、「男」ってなに?と聞くべきだった。自分には分からないかもしれない、不愉快とすら思える田名橋の述べたてる「ふつうの男」の辛《つら》さ。その「ふつう」と「男」を分けて考え、ちゃんと理解したうえで拒むべきところは拒み、受け容れられる線を探るべきだったと。

しかし、田名橋が話すに任せる、つまらないありふれた話を聞いているだけで時間が過ぎていく、質問をしなくていいこの時間が楽で、それに逃げていたのだと思う。そして当然のように田名橋は京の話を引き出すこともなく、話を向けたとしてもけっきょく、自分の話をするための呼び水としてだけのものと分かっていたから、京はその役割からはみだすようなことを言わなかった。言っても、その話はなかったことにされる、そのことがなにより怖くって。話したことをないことにされるのだったら、初めから話さないほうがマシだと思っていた。

「私も、お酒、もらっていい？」

と京は言い、田名橋の許可も待たずに冷蔵庫を開け、缶の発泡酒に口をつけた。田名橋がもう帰ってほしいと思っているのは明白だったが京は知っている。金曜日の疲れきった身体にアルコールを入れ、自分の予期しない現実を目の当たりにした田名橋には、もうなにかを拒むような体力すら残されていないということを。

京はずっと、田名橋のそうした疲労に配慮してきた。直属の部下だからこそ分かる、田名橋がどれだけ疲れてい、かつ体力も業務能力も「ふつうの男」だからこそ、すこしずつ溜まるそうした疲労を抜く機会もなく日々があっという間に過ぎていくということ。そして部下のだれよりも早く帰るために五時起きし、会社近くのスターバックスでデスクワークをこなしてから定時に出社するせいで、この時間にはそうとう眠気が回ってるということ。

「あなたね、これからちゃんと気をつけないときついよ。一日や曜日の後半とか忙しくなって疲れが溜まっていくとどうしても語気が荒くなっちゃってるから。自覚してないかもだけど、雨の降ってるような低気圧の日、とくに男の人は自分の身体に鈍感で、体調がよくないのを機嫌の悪さで誤魔化しているようなケースがあるから。若い子に「法務に相談したほうがよくないですか？」っていわれる回数、増えてきてるからね。ハラスメントとか、ほんとに他人事と考えちゃだめだよ。もうあなたも若者ではないし」

　田名橋は面倒と思っているのか意味が分からなくなっているのか、酩酊《めいてい》した目でウンウンと頷き、大人しく聞いている。

「あなたが頑張ってるのはみんな分かってるから。けどそれだけじゃ通用しないことってある。それとこれとは別と考えてください。とくに女性に、あなたは遠慮して責任を取らせきらないとこあるよ。先回りして、男性社員だったら多少ゴタついたとしても任せるところを、女性には引き取って責任能力を打ち切っちゃうでしょう。たしかにそれで成果はでているけど、だから女性社員があなたのところからチーム替えを希望するの。あなたはみんなが無責任だといってるでしょう？　違うんだよ。もちろんもう少しあなたの下で我慢してもいいケースはあった。だけど、あなたが同僚としてどこか信頼をおいてないのは伝わるんだよ」

　半分はすでに眠っている。寝たふりなのかもしれなかった。田名橋は問題が顕在化すると思考を止めてしまうところがある。それに京自身も救われていたし、会社全体の体質とも一致していた。だから、京は自分がこう言ったところで田名橋や業務体系はなにも変わらないだろうことを知っている。

　これは、〝わたし〟の言いたいことなのだと、自分自身がいちばん理解している。元来アルコールに強い体質の京が、酩酊したふりをしてさえ、どうしても言っておきたかったこと。べつに相手は誰でもいいのかもしれなかった。

「こういうことは、二度と言いません。あなたが努力していること、会社に貢献していることはとても理解しているし、尊敬しています。だけど、わたしがこう言うことを、あなたはわたしが自分のために言っていることだとそう思うでしょう。それはそうなの。そうなのだけど、でもね、これからの人の為でもあるの。当たり前のことでしょう？　わたしを大切にすること、わたしを大切にしてもらうために努力することは、これからの人たちの〝わたし〟を大切にするってことでもある。あなたもあなた自身をもっと大切にしてほしいよ。あなたの〝わたし〟を尊重してほしい。だからこれからは、わたしは同僚として頼りないかもしれないけれど、職場の同僚として辛いことは辛いって言ってください。それが仕事でもあるので」

すっかり寝息のようなものをたてている田名橋に「今までありがとう」と言い、部屋を去る。〝わたし〟が言わなくてもいいことばかり言ってしまったな、と思った。これが愛なのかもしれなかった。

だけど愛は要らないのだ。青澄との時間を取り戻し、京は自分には愛が邪魔なのだとはっきり思った。べつに深刻な問題があるわけではない家族とのコミュニケーションを断ってしまったのも、元はといえばそういうこと。

京は青澄と再会して、ずっと人生に抱えていた違和感の一端を摑《つか》んだ気がした。青澄の家族の話を聞いていて、ずっと自分は恵まれている、多少おかしなところはあっても両親はやさしいし、妹との関係も良好で、どこにでもあるふつうの家庭に育っていると、そのことにどこか引け目すら感じていた。

とくに母には頓珍漢《とんちんかん》なところがあり、後に振り返ると傷つけられているような発言もあった。それだって、青澄に比べたらとても「ふつう」というかそれこそ「ふつうの女」の範疇に収まることだと、自分の問題から距離をとりつづけて生きてきた。

だけど、「ふつう」の「女」でいること、そのあいだのどちらにもしっくりこない距離感に、自分はずっと傷つきつづけていたのじゃないか？

一週間前に会った青澄の、泣いてるのと笑ってるのとを同時にしているような拒絶が京の頭にやけにちらついた。

土が亡くなったことを有益那奈に聞いた日、青澄はどこかおかしかった。

「なんかの間違いなんじゃない？」

マクドナルドを出て那奈と別れたとたん、はっきりとした口調で青澄は言った。

「間違い？　どういうこと？」

京がそうたずねると、「だから、たぶん、そういううわさみたいなものなんだよ。土って、どこかそういうとこあったじゃん？　土がカケ先輩のことを殴ったって聞いたときも、さいしょは、「土がカケ先輩にボコボコにされてる」っていうガセで、わたしたち、土がすごい怪我しちゃってないかな?って見当外れの心配してたじゃん。だから、今回のも有益さんか同級生のだれかがなんか違う人と勘違いしてるとか、そもそもまったく根も葉もないうわさとか、そういうことなんじゃん?」と一気に言いたてた。

「だから、津久井さんに連絡とってみようよ。ナナ先輩が連絡先教えていいか聞いてくれるっていってたじゃん。土には小さい子どももいるって」

「ゴメン、私それパス。知りたくない。ナナ先輩に京の連絡先つたえるから、こっからは直でやってくれない？」

それでこれ以上なにも話し合うことができずあの日はそのまま別れてしまった。

そして日を置くとますます土のことは話しづらくなっていて、青澄が京の家に泊まりにきても、あの日のことはまったくなかったことのようになった。

京はきちんと話し合いたい。だけど、青澄は応じないだろう。以前とおなじようにふたり楽しく笑いあう、その時間に慰められてもいた、京はしかし夜が更けるにつれて膨らむ感情にまかせて、ふと「私、定期的にセックスしてる男がいるの」と告げた。

青澄は、「そうなんだ。いいじゃん。いいと思うよ」と言った。

「ぜんぜん。言ってくれてありがとね。私は京といっしょの時間をたいせつに過ごせたらそれでいい。もし可能なら、えと、なんていう名前のひと？」

「真。田名橋」

「田名橋真さんって人にも、わたしたちの関係を知って、理解してもらえたらうれしいよね。けど、私はいまは京がそのことを言ってくれたってことで十分、うれしいよ」

京はそこで息を飲み、青澄の顔をじっと見た。

しあわせそうに笑い、「京、ありがとね」といってハグをする。その手つきから、青澄がずっと正気で、真剣で、自分のまえではまったくなにも偽らない青澄のままで、ここにいるのだということがよく分かった。

これが青澄だと、京は思った。

十五年前、青澄がいきなり「土と付き合うことになった」と言い出したときとおなじ戸惑いを味わっている。あの日も京は心底おどろいた。十五年前の自分は、青澄とはじめて河原でキスをした、そのときにはもう青澄のことをぜんぶ理解したつもりになっていた。信頼したつもりになっていた。だけど、青澄は京の理解しようとする範疇をいつも、ほんのちょっとだけ越えていく。試されているような気持ちだった。だけどいつでも青澄は本気なのだ。

京は恋をして初めて、青澄を信頼するということの本当の難しさに気がついた。それは人を信頼するということそのものの困難ともいえた。

だけど、それでも青澄のことがずっと、好きだった。なんだか不思議な勇敢さが身体に満ちていくのだ。青澄がすこし京の理解を逸脱する。その瞬間に出会うために自分は生まれてきたのではないかとすら思う。

そして、分かる、とも思うのだ。青澄がすこし逸脱しているなら、自分にもきっとそういう部分がある。京は、そのように自分を更新してきた。青澄と再会して、毎日どことなく勇敢に過ごせている。あの十五年前の日々にあった、一日一日あたらしい自分を生きるような感覚が戻ってきている。

しかしそれはけして青澄にあこがれて引っ張られ、影響を受けているという感覚ではないのだ。青澄の身体や言葉が、京の元ある可能性や思考を引き出し、あるべき〝わたし〟としての五感を取り戻していく、ほんとうの〝わたし〟に戻っていく、そんな感覚だった。それはとても消耗することでもあるけど、しかし幸せなことだった。

「ほんと、変わらないな、青澄は」

すこし呆れるような気持ちで、京はそう言った。確信をまとう手が青澄の背中から項《うなじ》のあたりまでを撫でる。空気の膜で浮いているように柔らかい触感が京の手相を埋めるみたいにまとわれる。

「京は？　変わった？」

「わからない」

そして、「話、まったく変わっちゃってごめんなんだけど」と前置きし、京は青澄の手を握って言った。

「こないだ、土のパートナーの津久井さんに、しきと会ってきたよ。土の子ども。智尾くんっていうの。そんな土に似てない。どっちかというと津久井さんに似てるかな。だけど、確実に土の子どもだって分かるの。たぶん、わたしたちには、ぜったい。会いにいこう。いつでもいいから、ずっと待ってるから。ね、いっしょに行こう」


「娘さんの成績でしたら、どうでしょう、もうすこし上のランクを狙って、この秋からでも身を入れて勉強していくというのはぜんぜん、ありといいますか……」

担任の大正が喋っているのを聞いているのかいないのか、笑顔のはりついたままの表情で母は「はい。はい」と頷いている。けっきょく面談は終始、担任の言葉にわたしたち母子《おやこ》は頷くばかりで進展のないまま終わった。

「お母さん疲れちゃった。ねえ、学校っていつの時代も変わらないのね」

面談が終わったとたんにひっきりなしに喋りはじめた、母の言葉に「そうなんだ」と適当に合わせながらすこし廊下を歩くと、ばったりカケ先輩にあった。風貌《ふうぼう》は変わらないのだが、からだにまとわれる雰囲気は以前とまったくちがう。土がカケ先輩を殴ってから、一ヶ月がたとうとしていた。つい先日、窓からなにげなく校庭をみていたわたしは、カケ先輩が同級生ふたりといっしょにサッカーボールを蹴《け》っているのをみておどろいた。とうていクラスの主流にいるのではないメンバーと、サッカーといってもゴールをつかってちゃんとしたゲームをたのしむではない、ただボールを蹴って回しているだけのささやかなそれだったが、しかし二ヶ月前にはほとんどだれともコミュニケーションをとれていなかったあのカケ先輩が？

「あ、京、とおかあさん？」

カケ先輩はいった。

「うん、母です。純登くんも面談？」

「そう。親父は仕事で、こられなくて……」

カケ先輩はアルコール依存を抱える父親と同居している。その父親があの事件のあとで、中村弁護士の紹介した自助グループを通じて地元の工務店に就職した。いまではそのことを学年じゅうのみんながしっている。

母はカケ先輩を無視してどこか遠方をみていた。

するとカケ先輩は母にむかって深々と頭をさげ、おもむろに「この度はほんとうにすいません！　おれのせいで京たちにまですげえ迷惑をかけて、申し訳ありません！　ほんとに！」といった。

そういわれても、そもそも土が勝手に正義感を暴走させてカケ先輩を殴ったのだ。カケ先輩になにか非があるのかと問われれば、おそらくない。わたしは母親に友だちが同級生を殴ったとか、四人の恋愛感情が周囲にバレて無視され変態あつかいされてるなどとはいっさいいっていなかったので焦った。カケ先輩は入院していたから勘違いしているのかもしれないが、たしかにしきと土の親は呼びだされ、なんどか事情を聞かれ、それぞれに謝罪や示談などであつまった。しかし青澄とわたしはその渦中になく、ただふたりであたふたしていただけなのだ。なんと応えるべきかわからず、ただ頭をさげるカケ先輩をまえに動揺していると、どういうわけか母が「いいのよ！」といい大声で笑いだした。

「ぜーんぜん。気にすることなんてないんですよ。だって、うちの子になんてどう迷惑かけることがありますか」

カケ先輩が顔をあげると、「あらあなた、京の幼稚園のころ仲よかったちっちゃんのお兄ちゃんにそっくり。名字、斎藤《さいとう》じゃない？」といった。

「ちがいます。あ、でも、よくいわれます。だれかの兄弟とかイトコにそっくりとかって……」

「でしょう！　ほんと、そっくりだもの。あ、ねえ、お腹空いてない？　なんか食べにいきません？　わたしお腹空いちゃった」

「いや、おれは……」

「だめだって。もう行こう。純登くんもゴメン。わたしたち、たぶんぜんぜん気にしてないから。勉強がんばってね」

「ああ、うん。ありがとう。ほんとごめん」

その日は母とラーメンを食べて帰った。あらためて、母をおかしな人間だとおもったが、青澄の親の話をつねづね聞いていたから、ずいぶんマシなのだと考えていたし、愛していないわけではない。親として頓珍漢であり、子の意思や尊厳などを無視しがちであるという以外では、やさしく世話焼きな側面もたしかにあった。

ナナ先輩はまだ荒れているところがあり、カケ先輩と距離をおいてからもよく教師に口ごたえする場面を目撃した。しきにも、なにか話しかけたり笑いかけたりしていて、しきも笑顔で応じていたが、以前のようにべったりいっしょにいるということはなくなった。わたしは、ナナ先輩とまた話してみたいとおもう。だけどなんと声をかけてよいかわからず、けっきょくただ遠くからみていることしかできなかった。それは、土にたいしてもそうだった。

「ほっとくしかないよ」

なにげなくわたしが、ナナ先輩を誘って、また放課後いっしょに帰るとかどうかな?と青澄にいったときに、考えていたよりずっとさめた応えがかえってきてすこしおどろいた。てっきりいつものように「いいねー!」といってくれるのだとおもっていた。

「うん」

わたしは頷くことしかできなかった。放課後。受験シーズンの緊張感が教室にあった。勉強にいそしむ面々はそれなりにつかれ、就職組、推薦組との温度差が目だつ。わたしたちは推薦組と勉強組の中間ぐらいで、それほど根をつめて勉強しているわけではないが、まったく自由というわけでもない、中途半端な立ち位置で冬をむかえようとしていた。わたしは青澄とおなじ大学にいけたらそれでいいとおもっていたし、しきもそれほど熱を入れて受験に取り組んでいるようではない。

しかし、土はそこからも外れた。大学にいかず、卒業後はフリーターとして生きていくという。

「土のことも？」

「京はやさしいね」

わたしのことばには応えず、そういって青澄はわたしの手を握り、もう片方の手で前髪のあたりを撫でた。そのあたたかさにすこしあいている窓からさしこんだ外の空気が混ざって、きもちいい。青澄はつよい。土がこうなって、もっとも実感したのは青澄の心のつよさ、しなやかさのようなものだった。

「そろそろかえろ。しき呼んでくる」

そうして、すこし離れていたしきにむいて「しきー！」と呼びかけ、立ち上がった。周囲からはかんぜん無視されている。それは苛《いじ》めをうけるとかあからさまに陰口たたかれるといったわかりやすいかたちではなく、ただなんとなく、みんなが避けている、わたしたちと話さないようにしているという意思のかたまりだけで、充分きつく、つらいものだった。以前からずっとそうだったともいえるが、わたしたちの関係が、あきらかに周囲に露呈している、すくなくともわたしたちがそうおもうようになってから、むしろわたしたちのほうがまだいわれてもいない悪口をいくつも想像してしまうようになり、教室で堂々としている、堂々としているようにみられることがなによりこわく、しぜんにからだは萎縮してしまっていた。いろいろと噂されている、その中身をしることよりもっと、そんな立場であるにもかかわらず堂々としている、「ふつう」にしているとおもわれることのほうがこわかった。

だから、いつもわたしの持ち物を借りてニコニコしていたような青澄にそれほど萎縮したようすがなく、積極的にわたしやしきに言葉をかけてくれる、その潔さがまぶしく、冷えた空気を千切るように凛《りん》とするその声にあこがれた。

「きょうは塾？」

わたしがしきに聞くと、「いや、きょうは家で勉強」といった。かえりみち。春には露出していた首を、マフラーで隠している。腕も冬服につつまれる。その隠れているとこにふれたいとおもった。いつから自分がこんなに恋愛体質、というよりも「恋恋体質」といえるような衝動におぼれているのかわからない。わたしたちは三人で手を繋いでいて、それを周囲に隠しもしないようになっていた。青澄としきはどうかしらないけど、わたしはふつうに恥ずかしい。だけど、止められないのだった。すこしでも自分が青澄やしきのからだにふれていないと、不安でたまらなかった。わたしたちは、それぞれのもちものを交換しあった。しきの長袖シャツ、青澄の靴下。しきは「それは男ではちょっと……」といって拒んでいたが、ほんとうは自分の私物をしきの部屋にもおいてほしかったから、わたしは子どものころからなんとなくとってあったカエルのぬいぐるみをしきにむりやりおしつけた。青澄には青いヘアゴムをわたした。夜中に泣きたくなると、それらのものを撫でて落ちつくことがある。

ほんとうは土のもちものも欲しかった。

まだまだ本格的な寒さにはとおい。河原から場所をうつして、すこし学校からはなれた神明《しんめい》橋《ばし》のしたでわたしたちは放課後よくあつまって話した。すこしお互いのからだにふれたりもしていた。自分たちのしていることがどの程度高校生らしさの規範から外れているのか、あるいは外れていないのか、わたしにはもはやわからなくなっていた。

「こないだ、カケ先輩に謝られた」

わたしがそういうと、しきが「なんて？」と聞いてきた。手のひらで学ランの袖をもって伸ばし、さむそうに首をすくめている。

「なんか、迷惑かけてごめんだって。あんなに素直になっちゃって」

ビックリした、といいかけて止めると、青澄が「わたしも、それあった。なんか、ふつうの男子以上に、真面目。というか、もともとすごい真面目だったのかもね」といってわらった。

しきは、すこし気まずそうにうつむいた。ちょうど地面になにかちいさな生き物を発見したみたいに。わたしは青澄が笑っていうことに違和感、というかなんといっていいかわからない変なきもちがきゅうに去来するのを感じ、それを必死に隠そうとした。

いまはしきと青澄といるのに、夜にみんなのもちものを求めているときみたいに孤独だとおもった。

それで、しきのからだに近づいて、肩先がすこしふれた。それを合図にするかのように、しきがわたしのからだをおそるおそるだきしめ、あたたかい。ここに土がいるかのようにあたたかい、わたしはそうおもった。

だけど土はいない。

土は学校にこなくなった。あの河原にグリーンシートで寝そべって四人で転がりあった日に、なんとなしの予感がわたしにはあった。だけど実際に土が学校にいない、その現実を目の当たりにすると愕然とする。しきに聞いた話では土は、自動車教習所に通っているという。元気だという。そしてカケ先輩はなにかにたいし「申し訳ない」といった。言葉を口にだすときのカケ先輩の口元は微妙に以前のしゃべり方とちがう。怪我はぜんぶ治った。復学したころには顔についていたしろい絆創膏《ばんそうこう》のたぐいもなくなった。しかし痕跡はある。それは暴力の痕跡だ。カケ先輩の言葉には以前のような反抗やつよい調子がなくなった。口許はしゃべる度にそこに傷があったことをおもいださせるみたいに、言語化できないテンポのおくれと歪みがうまれた。それはカケ先輩がしゃべるところを目撃する全員がかならずおもうことだ。おもうけれど忘れてしまう、なかったことになる、消えていく。

だけどわたしはそのことが怖くてしかたないのだ。

「ねえ、土とはなしあうこと、できないかな？　土はなんであんなことしたの？　わからないよ。どうして学校にこないの？　あいたいよ。ねえわたしたちにもなにか原因があったんじゃないかな？　わたしが、土に告白されたときに、ふつうにＯＫしていれば、年相応に大人だったら、こんなことにはならなかった？　わたしもだれかに謝りたい。ごめんなさい、申し訳ないって、いいたいよ」

しきが胸のあたりをすぼめてできた空間のなかで、わたしはいった。しきの顔も、青澄の顔もみられなかった。土はちゃんと大人になれるだろうか？　同級生を殴る、学校にこない、大学へいかない、世間的にはたいした挫折《ざせつ》じゃないかもしれない。だけどわたしには、土がわからない。こわかった。それ以上に、あいたくて、触れたくて、笑顔がみたい。土に「だいじょうぶ？」って聞かれたい。なにもかもだいじょうぶじゃなかったとしても。

そしたら、わたしは胸をはって「だいじょうぶ」と嘘をつけるのに。

わたしの背中にあるしきの手が、するすると冬服の表面をさらうように動いた。

背後から青澄のからだが被さり、わたしの腕のあたりを支えて、うしろからわたしとしきをハグさせているような体勢になった。こうしているとふつうの高校生がふざけて、遊んでいるだけみたいな光景だとおもった。だけどわたしたちはちがうのだ。まったくふざけていないし、笑えない。こうした滑稽《こっけい》さと真剣に向きあうことが恋なのだと、わたしはしった。ほかのだれかからしたらふざけているようなことを、真剣にしてしまうこと。土に告白されたときのわたしに欠けていたのはたとえばこんな切実さだった。

「京、はなしてくれてありがとう。わたしもおなじような不安あるよ。土は元どおりのあの無邪気な土に戻ってくれるのかな？って毎日おもう。こわいよね。土はいまわたしたちにあいたくないっていう。土がまたわたしたちにあいたいっていうのを待つしかない」

青澄はいった。わたしは、わたしたちの関係は恋であって、恋でしかないものであって、もう友情とか愛とか信頼などとはまったく違うものなのだということを実感している。だれのこともわからない。恋をしてしまうと、どれだけちかしいひとのこともわからなくなる。身体がまったく変わってしまっているせいだ。それはカケ先輩のことばに否応《いやおう》なく付きまとう口元の歪みのようなものだとおもう。

ひとはわかりあえない。わかりあったふりをするのが大人であるし愛なのだとはおもう。だけどわたしたちにはそれは無理なのだ。だから土はいまわたしたちにあいたくないのだし、わたしたちは土とこれまでのような関係に戻れるだなんてまったく信じてない。

だけどわたしはなんでわたしたちにはそれが無理なのかわからない。

「ごめんね、京。わたしは、京を巻き込んじゃったのかな？　京につらい気もちにはなってほしくない。京が笑ってくれるのが、わたしはいちばんうれしいよ」

「ううん、むしろ、しきに謝るべきなのかも。しきはわたしたちとは」

「いや、ちがう、ちがうんだ」

しきはわたしたちに嫌気がさして距離をおこうとしていた。わたしたちとなんとか離れようとして、ナナカケ先輩とつるみはじめた。いまではそれが正しかったのだとおもう。わたしたちはあるときからしずかに、道を踏みはずした。しかし、どこをどうまちがってしまったのか、どうすればよかったのか、いまだにわからない。

「おれがななちゃんと純登くんに、軽率に近づいたから、それがみんなを狂わせたってお
もう」

そうなのだろうか？　しきが傷ついたことを自分が傷ついたことのようにおもう。土がしたことを自分がしたことのようにおもう。そのようにわたしたちであることが、結果的にわたしたちをそこなったのかもしれなかった。わたしたちはわたしたちがわたしたちにわたしたちであることを強要し、それから外れることを抑圧して禁止した。わたしたち自身がわたしたちを閉じこめてしまっている。

土はわたしたちさえいなかったら学校にこられるんじゃないか？

このとき、わたしはしきがまだ喫煙していることに気づいた。ハグでもしなければ、気がつかないようなかすかな匂いがマフラーにのこっていた。周到に痕跡は消されており、その夜に孤独におそわれしきからもらったシャツを匂っていたときにおくれて直観した。しかし、それをしきにちゃんとたしかめることはできなかった。こうしたことも、恋愛感情いぜんに、愛情

や信頼のあるふつうの友だちだったらできたことかもしれないのに。

河原のわたしたちは、しきをまんなかにして三人でくっついた。しきは恥ずかしそうにしたをむいていたから、ずっとわたしと青澄の目があっていた。

すでにこのときのわたしには予感があった。わたしたち、なにもかもを理解しあう、わかりあう瞬間がきっとくる。それは暴力的におとずれる。いつになるかはわからない。だけど拒むことはできない。それが恋という行為の代償だ。ひとは恋をして暴力的にだれかを傷つけ、奪いあう。まるで、傷つけられ、奪われるためにわたしたち生まれた。

だけどほんとうにそのことを共有できる相手は、わたしには青澄しかいないのだ。

しきと抱きあっていても、わたしが求めているのはあくまでしきにくわわる青澄の体温だった。だけどこのときには、青澄の体温をえるために土やしきの身体を経由することに、わたしはなにもおもわなくなっていた。そこに罪悪感やためらいがないことが、青澄とはちがう、しきとも土ともちがうわたしの、わたしだけの異質さなのかもしれなかった。

「子どもはみな愛されるために生まれたんだ」

なにかの拍子に中村弁護士がそういったのを、よくおぼえていた。担任の大正がいうには、中村弁護士は数多くの少年事件に携わり、審判が終わったあとも少年たちの多くとつきあい、相談にのっているのだという。たしかにカケ先輩やしきや土をみているとそうおもう。愛されるべき存在なのだと素直におもう。

だけどわたしは、わたしと青澄は愛されるために生まれてきてなんかいないとおもってしまった。一生愛されなくても生きるんだと。事実としては否定されても、からだは勝手にそうおもってしまう。わたしたちには反抗することさえ許されていないのだから。

あの日、うつむくしきの身体をあいだにおいて、「ね、わたしたち、ずっといっしょだよ」といった青澄の目をみて、このひとがいちばんいかれてる、とおもった。それゆえに狂おしい、すきという以外ない情動が突きあがる。社会や家や国家に、あからさまに反抗していくカケ先輩や土やしきをみていて、わたしはことさら愛なんてクソだ、とおもってしまった。まったくそんなものらとは関係なしに、まっとうに敵対するようではなく、しかしたしかに狂っていく青澄がすきだった。だからあのころからほんとうは、わたしは青澄だけがすき、青澄がすきなひとや青澄のことをすきなひともすき、ただそれだけのわたしだった。


「いっしょに土の子どもに会いに行こう」といった提案に対ししずかに、しかし確固たる意志をもって拒絶する青澄を見て、京は笑った。

わたしたちのなかでほんとうに変わらなかったのは青澄だけだ。土はいなくなってしまった。しきと京は社会に潰されて、なにか心のしなやかさを失っている。大人としてあるべきように振舞って、まともな振りをしている。

「変なことといってゴメン。青澄。いいよ。どんな青澄でもいい」

京は青澄を抱きしめた。ふわりと力を抜く。床にめり込んでいくように、ふたりの身体にこもっていた緊張がほぐされた。

破天荒なのは土でもしきでもカケ先輩でもなく、青澄であり、わたしたちなのだとはっきり思った。

だとしたらわたしは、平凡でありたい。

なぜだか強く、京はそう思った。

すこしだけ常識的な側から、自分自身であることに踠《もが》きつづける青澄の輝きを浴びて、ようやくうつるわたし自身を見つめたい。

田名橋とは別れよう、と京はしずかに決意した。

18

おでんと、その汁を混ぜて炊いた茶飯、それとスーパーでなにか野菜系の総菜。今日はオクラの胡麻和《ごまあ》えを買ってきた。おでんと茶飯にはほとんど塩味がないので父親は勝手に醬油をくわえている。減塩のものを食卓においているのに、わざわざ冷蔵庫からふつうの醬油を取り出しかけている。最近の青澄はそれを見かけても注意すらしなくなった。

「ほら、おでんの味が薄すぎるのよ。丁度よくしないと。薄すぎず、濃すぎず。お父さんもと濃い味が好きなんだから」

母親はこう言っているが、本心では父親のことを「馬鹿舌」と蔑《さげす》んでいる。くわえて母は料理が下手だ。結婚当初になんにでも醬油をかける父親に閉口しつつ、しかし味の悪さにはなにも言われなかったのでそのまま自分流の料理をつづけていたらそうなった。

母の料理が下手だとまっとうに指摘したのは弟の崇だった。

「これ不味いよ」

母は、「へー、そう？」といって黙ってツナ缶や冷凍食品などを弟に出したが、ショックだったのだと思う。その日からじょじょに、料理をつくらなくなった。レトルトや総菜などで済ませるようになり、そのくせ青澄にはしつこく「料理ぐらいできるようになりなさい」と言った。

崇はある日「姉ちゃんが料理してよ」とこともなげに呟いた。青澄が中学三年生ごろのことだったと思う。

母親にはレシピの通りに材料を揃えることがどうしてもできず、青澄にはできるというだけのことだった。悪い気はしなかった。ただ規定通りの湯を入れただけの袋麺《ふくろめん》に野菜をくわえて出しただけで、「うまい。ありがとう」と感謝された。そうして父親は高血圧になり、弟は結婚して離婚して復縁して家を出た。母は内心ではどう思っていたのか分からない。しかしそれから更年期の影響もあってか、じょじょに家事を放棄し始めた。この家の男はゴミ捨てもしないので、またたく間に腐臭がこもりはじめた。

青澄は高校一年のある日、ゴミ屋敷か家事のどちらがいいかを選んだ。それは、気が狂うかまともなふりをするかの二択を迫られていたかのようだった。

「それよりあんた、最近週末のたびに泊まって帰ってくるけど、彼氏でもできたの？」

母はこれを毎晩言った。青澄は「そんなんじゃないって。高校時代の友達だって、いつもいってるでしょ」と返す。そしてここからはじまるラリーを毎日くり返す。

夏から新型コロナウイルスの感染状況が悪化し、しばらく京の家に行くことも控えていたが、先週は久しぶりに行った。そして京には定期的にセックスしている男がいるということ、そしてしきとふたりで土の家に行ってきたということを聞いた。

「あなたももう三十二なんだから、もう、いつまでもひとりで。恥ずかしいですよ」

母は息を吸い吐くようにそうした小言をいう。それ以外の会話ができないのだ。

「わたしがあなたぐらいの頃なんて、もうあんたと崇の子育てで、毎日なんの余裕もなかったよ」

「いまの人は随分、ねえ、悠長っていうか、いろいろあるみたいだけど。ジェンダーレスとか、同性どうしでナントカとか。だけどあなたにはそういう「特別」な？　とこなんていっこもないんだから」

「そういうマッチングアプリとかは、使ってみてるの？　いいらしいじゃない」

何度も言われてきたことであり、相槌も求められていない母の言葉を受け流すために、なるべくべつのことを考えるようにしている。京に男がいるという話。どうやら付き合っているのではないらしい。しかし別れるとも言っていた。付き合っていないのに別れるのか、と青澄は思った。男の存在はどちらでもいいというか、定期的にセックスする男がいるのならそれに越したことはないのではとも思った。京が自分にたいせつなことを打ち明けてくれていることはうれしかった。恋のような満たされた気持ちは自分が京にあげられる自信がある。だけど、そうした満たされはたくさんあるに越したことはない。

自分にはなにか欠けているのか、反対になにか満たされすぎているのか、よく分からないが青澄はそもそもこの世界でひとりとひとりの人間が信頼しあう、愛しあう、そういう体裁にして真実としては束縛しあう、そうしたことがうまく想像できないのだった。結婚とか、子どもとか、それ以前に、この世で一人だけのだれかを信頼する、信頼しすぎることを本心では気持ち悪いと思っている。

「愛してる」ということにして、男でも女でも子どもでも、だれかの生を丸ごと引き受けるだなんて。

どうやってみんな、そんなクレイジーを「ふつう」のこととして、やっていこうと思えるのだろう。

「子どものころから、あんたはあんまり男の子に人気がなくてねえ」

「なんか、かわいげというかね、愛嬌《あいきょう》が。わたしは分かってますよ。でも普通の男のひとにはつたわらないのかもね」

それで、土は結婚していて、三歳になる男児がいるのだという。今年のはじめに自殺したのだという。

青澄は内心では、よく分かる話だと思っていた。配偶者である津久井湖奈は、土がなぜ自殺などしたのかとんと分からないと言ったらしい。土は「そういうこと」から縁遠い人間だったと。

しかし青澄は、「なるほどね」と思っていた。有益那奈が事実を口にするその直前に、「土は死んだ」と分かったのだ。

そしてその瞬間から青澄は、土の死をだれかと一緒に不思議がり、議論することはできないと思った。なぜ土は死んだのか。土の生前はどのようなものだったか。のこされた子どもはどのように土の死を理解していくのか。そうしたことの一切を、だれとも共有したくはない、考えてはいけないとできる限り、遠ざけて生きていこうとしぜんに決意していた。そうしないと、じゃあなぜわたしは生きているのだろうと、つい考え込んでしまうような気がして。

「沙里ちゃんが、ここにいたらねえ」

しばらく聞いていなかったのでどういう文脈か分からなかったが、母親はそう言った。

青澄は、口をひらいてなにかを言おうとした。崇と沙里がこの家にいた数ヶ月間を母が無為にさみしがるのも毎日のことだった。なにも世話をしていなかったのに、今ではほとんどの育児を自分がしたかのような記憶にすり替えている。

しかし、青澄はふいに落涙した。

なんで？　身体はなにか反駁しようとした。だが実際には言葉ではなく涙が出た。しかも止まらない。いつしか嗚咽《おえつ》していた。

「なに？　いきなり」

母はなにか、迷惑そうな顔をし、「すぐ泣くような女は男に嫌われますよ。まったくもう」と言って、それきり黙った。

青澄はやや声に詰まりつつ、「おでん、残ったら明日もだから、食べちゃって」と言い、自分の食器を流しに片した。

そして部屋に戻り、いま起きたことを振りかえる。自分を襲った感情がどのようなものかも分からず、はっきりかなしいとか、つらいといった自覚すらまったくなかったというのに、なにか「感情」そのものとしかいえないような現象に襲われた。

「はあ、びっくりした」

冷静になりひとりごとをいう。しかし分かってはいた。青澄は「沙里」という名前を聞いて泣いてしまったのだ。先日、京から智尾の存在について聞かされてしまったから。

いまでは後悔している。土を探そうだなんて言い出さなければ、こんな気持ちになることもなかった。

窓を開ける。ここ数日で際だって寒い夜だった。いまだけはその寒さに救われる気がした。


受験はさむい。わたしの記憶が冬をむかえるからだに溜まっている。中三の冬。コートも着ず、マフラーと手袋だけの防寒で高校受験をしていた。その記憶の細部はうしなわれているのに、受験はさむい、ということだけ強迫観念のようにある。じじつ、わたしは高校受験の翌日に風邪をひいている。じぶんでもはっきりとはおぼえていない歴史が、ただ受験はさむいものだというかたちでからだに刻まれていた。

「コートって、ある？」

それでわたしは、京にきいた。

「あるよ。だけど、ボロになっちゃって、去年の途中から着なくなったな」

「そうだよね。去年わたしたち、ふたりでコートなし越冬だったよね」

「えっとう。うん、そうだったねえ」

かたくなにセーラーで登下校する、さむいさむいとさわぎあう、そんな冬だった。まず自分が防寒するなら先に京を、というきもちがあった。それで、木曜日の放課後に京としきを誘った。

「受験もあるし、コートみにいっていい？　京も、もしよかったら、おそろにしない？」

「それめっちゃいいね」

そういって頷いた京は、やがて自分のほうからその提案をしたみたいな気分になっていた。わたしに似あうコートを京は探してあげたい。

「しきは？　コート、いる？」

「うーん。うん」

あいまいにいった、しきはさいきんあまり親と会話していないのかもしれなかった。そういうのはなんとなくわかる。

「ま、考えといて。京は土曜日でオッケー？」

「うん。いいね、いこう」

さいきんは土日のどちらか、あるいはどちらもを、三人ですごしていた。その翌日に、しきが「ウン。コート、いるとおもう。いっしょにいこう」といって、けっきょくわたしたち三人でOPAにきた。

まず、わたしたちはしきに似あうコートを探してあげた。メンズの階を一周して、しきはあのころ流行《はや》っていたグレーのPコートがとてもよく似あった。ボタンをキッチリとめて着るといかにも「男子高校生」、それもよく仕立てられた「男子高校生」という感じが出てすごくいい。

「ちょう似あうね！」

そういうと、しきは、「そう？」といぶかしそうに鏡をみた。しきの目には自分がちょっと幼く映っているのかもしれない。

「どう？　値段とかもふくめて」

「うん、うーん。足りるよ。かおうかな」

そのいいかたで、しきはちゃんと親にお金をもらってきていないんだとわかった。ナナカケ先輩とつるんでいたころから、しきにどこかうしろぐらさがかげっているのを感じてはいたけれど、わたしたちは放っておいた。たとえば、親の財布から、あるいは家にしまってあるお金を無断で持ちだすとか、勝手に家のものや万引きしたものを売るとか、そういうことをしている男子がいるのはしっていたけれど、もしかしたらしきもそうなのかもな、となんとなくおもう。むしろそういうことをしていても、まったくオラオラしていないしきのことをすごくいいとわたしは勝手なことをおもっていた。

けっきょくPコートをかった、しきはわたしたちのテンションにつかれ、「ちょっと適当にやすんでくる」といって離れた。しきの休日用の斜め掛けかばんのポケットに、煙草がいつも入っていることをしっている。ふつうにしていると中学生にまちがわれることもある外見のしきだから外で吸うようなことはないだろうが、わたしたちがしきの喫煙をしっていることをしきはしらない。

それで京とわたしは、自分の着たいものを相手に着せて、どっちがどっちかよく分かんなくなる。そんなふうに、

「これ、どう？」

っていいあいながら散々店をまわって候補をしぼり、いくつも試着したあとでさいごにふたつ、丈のながい青みがかった灰色のスタンドカラーと、短めの丈の赤いダッフル。店員さんにわらわれながら、それぞれ二回ずつ試着して「どっちがいい？」ってきめられなくて、けっきょく京がスタンドカラー、わたしがダッフルをかうことにした。

「ときどき交換しようね」

といいあってわらって、すごくたのしい。これまで服をえらぶのは苦痛だとおもっていた。母と買い物に出かけた休日に、最初は息巻いてわたしの服を選ぶのだが決まって先に飽きてしまい、「どうせあんたはなに着ても同じ」といわれ、満足する服をかってもらったこともなく、母親の「なに着ても同じ」を信じてわたしは、自分から自慢げにいっていた。

「わたし服ってどれもいっしょ、なんでも着れたらＯＫっしょ」

だけど、しきと京に似あう服をかってあげるのだと考えたら、がぜん力が湧いた。

そうして大きな紙袋をそれぞれ下げて、ヘトヘトだったけど気分はあがっていて、駅へとむかう。「ロッテリアでもいく？」と京がいった。

「いいねー」

その瞬間だった。駅ビルヴァリエの自動ドアの内側。ベンチのあるエスカレーター横のスペースに、土をみつけた。

ソフトクリームを舐めていた。土は立っていて、お母さんらしき人が脇のベンチに座っている。傍らにたくさんの紙袋があった。それこそ、わたしたちと同様に、冬用の衣服の買い物に土がつきあっているという雰囲気だった。しかしお母さんの着ている服は、裾がほつれ、襟がよれていた。くすんだ色の目立たない濃い茶のセーターで、下は子どもたちのだれかのスポーツ着とおぼしきスウェットを穿いている。土はダッフルコートの前を開けて着ている。まだ屋内では暑いのかもしれない。きょうだいのだれかのおさがりなのかな、ダッフル、と一瞬にしてわたしは考えた。

先をあるくしきと京は、遅れたわたしに気づかない。土曜の新越のロータリーにはひとがおおく、すでにわたしははぐれかけている。だが土から目を離すことができなかった。

わたしは、そのとき自動ドアと窓ガラスに隔てられた建物のなかにいる土とお母さんが、まるで美術館に飾られる作品のようにおもえて、呆然としていた。なぜってわからない。土が金銭的に貧しいながらもそういう家庭で育ったことはわかっていたのに、目の当たりにするとすごい、打ちのめされるものがあって。

まるでそこにいる土とお母さんを「愛」っていう作品みたいに、わたしはかんじた。

今朝、母親にコートのお金をもらうまで二日かかった。木曜日の夜に、「土曜日にコートかいにいくから、お金ちょうだい」といった。「いいよ」といわれたのになかなかお金をもらえず、日に日に増してゆくうしろめたさとともに、それから二度三度と催促したのだが、しかし母親はまるで引き延ばすみたいに、忘れたふりをしていた。けっきょく土曜日の朝に「ねえ！コートのお金！」といったときに、母親は「あげるにきまってるでしょう？　もう、やめてよ朝からそんな声を出さないで」といい、「お父さん、お財布どこ？」といって、それから二十分、財布を探した。

「五千円？　一万円？　二万円？　おかあさんいまどきの高校生のコートなんてわからないよ」

「二万。レシートもらっておつりは返すから。とりあえず」

「あらー。贅沢《ぜいたく》ねえ、ほんとこの子は」

　なぜかそのやり取りがフラッシュバックして、次の瞬間、気がついたらわたしは窓ガラスを割るような心持ちで、自動ドアをくぐっていた。ソフトクリームをもつ土の手首をつかみ、「いこ」といった。

「え？」

　と土はいった。

「青澄？」

　同時に土のおかあさんが、「おともだち？」といった。

「ウン。高校の。ちょっと、待って。アイス」

「待たない。あのとき土は待ってくれた？」

　あの日、しきが土の好意にせいいっぱいのきもちでこたえた、その直後に、土が家にきた。強引にわたしを家からつれだして、母親に「青澄を閉じ込めないでください」といった。わたしはうれしかった。京のことはすきだった。しきのことも。だけどもしかしたら生まれたくなかったかもしれないわたしを否定も肯定もせずそのまま遠くに投げてくれるような土の、どこか根源的な傲慢さにしか、救われない瞬間があった。その夜がはじまりだったから、わたしは死にたいわけではないのにいなくなりたい夜に、土の存在が必要かもしれないと考えた。土とつきあうことで、京やしきにもっとやさしくできるとおもった。ひとにやさしくするには、できるだけ生まれたかったような人間の顔をしたほうがいい。生まれたくなかったかもしれないなんていうと、わたしをだいじに思ってくれているひとをこそ傷つけてしまうから。だけど、わたしは生まれたくなかったかもしれないわたしのことも、認めてほしかった。あの公園でなぜか、それができるのは土しかいないのだとおもった。

「いこ」

ともう一度いった、わたしは土の手を引いてそこから駆けだした。

かったコートの紙袋からのびている紐が捻《ねじ》れてからだの色んなところにあたる。土にもぶつかって、走っているのか、ただ早歩きしているだけなのかもわからない。土は引きつづきソフトクリームを食べていた。だけど、わたしはできるだけとおくへ、外へ、外へと逃げたい。

「おーい、どこいく?」

土はアイスを食べおわると、ハアハアと息を切らせながらいった。暖房の利いた屋内との寒暖差で頬が真赤になっている。

「どっか外!」

わたしは感動している。走る運動に高鳴る胸がきもちをひっぱってあつくさせる。

おもってもいなかった言葉が、引きずられるようにでてくる。

「社会とか、愛とか、家とか、学校。そういう、わたしたちを監視するもののないどこか外!」

それを本心といっても、いまだけはいいだろうか？　すくなくとも、走っているあいだくらいは。

わかってる。そんな場所はない。だけど、走っていれば、動きつづけていれば、あるような気がする。信じられる。すごく信じすぎているからこそ、止まったら笑われる。

いつもより速く移動しているからわかること、きざす勇気がある。土は、「青澄はすごいなあ」といった。まるで他人事だけど、ちゃんと自分の足を動かしてついてきてくれてる。

「わたし、土のことがすき。もうどこにも戻らないで。ずっといっしょにいよう」

土をふりかえりそういうと、土は笑い、「うーん」といった。わたしは顔じゅうを笑顔にしておおきい声をだした。べつにいい。男になんかなにも期待してない。だけど、いまはずっと土と手をつないでいたい、このままどこまでへも走っていきたい。

こんなに上手《うま》くいくとは思わなかった。

土曜日の朝に目覚めて思い立った。まずケーキを買う。スーパーの中のパン屋に併設されている小さなコーナーだが、やけに子どももむけの商品が充実しているなと思っていた。こうした情報もすべて、沙里が家にいた、あのころの習慣が勝手に思いだした。

電車のなかで、京から送られていた津久井湖奈の住所を検索した。地図を眺めていると、線路を挟んだ反対側の大袋駅方面に、しきの住んでいるマンションがあることに気がついた。

同級生どうしのこうした狭さに思いが突き当たるたびに、これまで土の訃報にふれてこなかったことは異常だったと改めて青澄は思う。それほど自分はコミュニティというものから程遠い人生を送ってきたのだと。

マンションの呼び鈴を鳴らすと、三度目に「どちらさまですか？」という女性の声がした。

「あの、とつぜんすみません。あのわたし、高校のとき同級生だった、あの」

「青澄？」

その声にふくまれる戸惑いと、怯えのような感情を青澄は正確に読んだ。

「あの、すみません、どうしても、あの、土にお線香をあげたくて。とつぜん、ごめんなさい」

湖奈のなかにいくつかの気持ちが葛藤《かっとう》しているのが分かる。青澄は半ば、拒絶されたいと思っていた。連絡もなくとつぜん現れた同級生に対する戸惑いと、それゆえにここで無下にすることが今後の生活に及ぼす危険性など、それらをこの一瞬で判断しなければいけないストレスをあえて与えている。

「いいえ、来ていただきありがとうございます。入ってください」

そうして招き入れられた青澄の視界に、すぐに智尾は飛び込んできた。

「こんにちは」

青澄はニコッと笑って言った。

「こんにちは！」

先日しきと京が訪れたときより機嫌がいいのか、智尾はハキハキと応答した。

「はい。こんにちは」

もう一度、青澄は言った。

「智尾くん挨拶できるの。えらいね」

湖奈の言葉に智尾は「おー。できるでしょー」と言って照れた。

「ごめんね急に。というかほんと、久しぶり」

「うん。ご無沙汰しています。ごめんなさい、土のこと、連絡できなくて」

「ううん。ぜんぜん、ぜんぜん。なんかバラバラに何度もお邪魔しちゃって、わたしたちこそゴメン」

智尾はやけにニコニコしているが、青澄はその顔に寝起きの子どもならではの放心を読み取った。

「智尾くんお昼寝してた？」

「あ、うん、さっきまで。ほんと、ちょうど起きたとこ。このあいだ京としきがきたときは、ずっとモジモジしてたんだよ」

「そうなの。あ、これ、一応」

そうしてケーキを差し出す。ちいさな子どものいる家の食育事情などをなにも考慮せず、いきなり甘いものを渡すという無神経さも自覚していた。

「あ、ありがとう。ごめんね、なんか」

「智尾くん、ケーキ好き？」

智尾は「ケーキぃ？」と言った。そしてジロジロとそのしろい箱を眺めやる。時刻は午後の二時をすこしまわるころだった。

「智尾、食べたい？」

「いいの？　いいのいいのいいのいいの？」

はしゃいでいる。そうして「じゃあいま、お茶」と言い台所へ向かう湖奈に、「土に、お線香あげていいですか？」と声をかけた。

「もちろん。ありがとね。そちらの、隣の部屋です」

湖奈に案内され、青澄は土の遺影に向かいあう。そこに写っている、まったく知らない男のような顔。

電気ケトルでお湯を沸かし、「紅茶と珈琲しかないんだけど、それでいい？」と言う湖奈に、「あー、じゃ珈琲いただこうかな。ありがとう。智尾くんは？」と聞くと、手をテーブルについて足をバタバタと後方にあげながら、「ちおは麦茶ー」と言った。

「智尾くんケーキ見たい？」

「みたーい」

そうして箱をひらき、「どれでもいいよ」と青澄は言った。けっきょくパンダのケーキを選んだ智尾が、「ちおくんいちごもすきだけどねー。でもねー。パンダにする」とやけに真面目な顔で伝えてきた。

「青澄はどっち食べる？」

「じゃあ、ショートケーキにする」

もうひとつはフルーツタルトを選んでいた。湖奈はすこし疲れたような顔をしていたが、「すごい果物。おいしそう」と微笑んだ。

「智尾くん、イチゴどうぞ」

青澄は智尾のパンダの横にイチゴをのせた。身も蓋《ふた》もない事実だが、知らない子どもと打ち解けるには好物を与えるのが一番よい。

「え？　えー？」

と言いながら、智尾は目をまるくして頰を擦り、よろこびいっぱいの表情でひょうきんにしている。

「電車のシャツかっこいいねえ。電車すきなの？」

青澄は智尾と湖奈、両方にするような問いかけをし、智尾がケーキに夢中だったために「そうなの。もうずっと電車電車。その前まではアンパンマン、ロボット、怪獣だったのに」と湖奈が応えた。

「わたしもね、つい数ヶ月まえまで弟の子どもと同居していて、よく面倒をみていたんだけど、いま二歳半くらいでね」

「え、そうなんだ。男の子？」

「いや、女の子。弟はぜんぜん育児しなくて」

それから二十分ほど育児の話をつづけているうちに、なかなか帰らない青澄のようすを認めて、湖奈はトイレにたった。

青澄は智尾の手をとった。発火しそうにあつい、子どもならではの体温がひろがった。

「つぎはねー、急行だよ、ちお時刻表暗記してるの、わかるのよ」

実際に陸橋下を通りすぎる電車が中央林間行きの急行であったので、青澄は感心した。

「すごいね！　電車博士なんだね、智尾くん」

「うん。ちお電車博士なんだよ」

智尾は青澄の手を握り、夢中で電車を眺めている。

「次は？　智尾くん。おばさんと勝負しよう」

「えー。各駅。各駅だよ」

「じゃあおばさんは、区間準急」

「区間準急なわけないじゃん」

そういって、智尾はわらっている。

トイレにたった湖奈の目を盗んで智尾を連れ去ることは、あまりにも簡単なことだった。簡単すぎて、まったく不当なことながら青澄は憤りさえした。こんなに呆気《あっけ》なく子どもと引き剝がされてしまうなんて、世間はかくも残酷なものなのだと。

「智尾くん、パパと電車みてた？」

「え？　パパ？」

「うん。パパ。いっしょに、電車、みてた？」

「みてたよ。ちおが教えてあげたの。順番。いまなんじ？」

「三時三十六分」

「じゃあつぎは、各駅。急行、各駅、急行の順番なの。五時五十七分まで」

「そうやってパパにも教えてあげてたの？」

「そう」

果たして目の前に中目黒行きの各駅列車が過ぎ去っていった。

「すごいねー。智尾くん」

「うん。次はねー。だからー。急行」

青澄はスマホを確認した。京からの着信三回。ＬＩＮＥをみる。

……　青澄、いまどこ？

……　智尾くん一緒なの？

……　青澄、話そう

けっきょくあの日、土の手を引いて走った青澄は蒲生《がもう》と新田《しんでん》の中間あたりでとまった。高架下で、電車の音がうるさい。切れる息に汗がどろどろと垂れてきて、冬の空気にひやされた顔が突っ張るみたいに硬く感じられた。しばらく呼吸に必死で、ふたりなにも話せない。青澄はじょじょに冷静になっていき、なぜこんなことをしているのだろうと我にかえった。そうした反省は、土を新越谷から新田あたりまで連れ去ったというどうでもいい逃避行と同様、京、しき、土に抱えている恋の感情とその成れの果ての今という、この一年のわたしたちのするひとつひとつの細かい選択にまでやがて至った。

「ここどこだろ？」

土はいった。息がととのうのが速い。青澄は言葉が置いていかれていた。

「そっか。青澄は外へいきたいのな？　わかったよ。でもまた今度な。きょうは準備できてないし、お母ちゃんを心配させてるから。ごめんな。また今度しよ」

高架下を電車が行き交うなかうるさい、それなのに不思議とまっすぐ聞こえてきた土の声。

あのときはまったく信用しなかった。

だけど、ほんとうに土はわたしたちを、外へと連れ去ってしまったのだ。

「ほらぁ！　みて！　急行でしょ」

智尾の声で我にかえり、考えるより先に喉から絞られるような「すごいね」という声を出した。

青澄は現在地をGoogle Mapsのピンで止め、京のＬＩＮＥに送った。

智尾の肌はしめっている。子どもの手は果物みたいだ。水分をたっぷりたたえて潰れてしまいそう。それからも二十分ほど電車を眺めていると、やがてしずかになってふと智尾が「ママは？」と言った。青澄は智尾と目を合わせてにっこり笑い、しかしなにも応えなかった。

「ねぇー。ママは？」

「ママのお名前、なんていうの？」

「名前？　こなだよ。こなっていうの」

「パパは？　パパのお名前」

「えー。なまえ？　パパはつち。つちくんだよ」

青澄はそのとき、ほんとうに土は死んでしまったのだと思った。身体がふるえあがるような理解のしかただった。笑顔をくずさないまま、しかし言葉をうしなっていると、智尾はもう一度、「ねえー。ママは？」という。その、「ねえ」のいいかたで、智尾は泣きそうになっているのだとわかった。

「ママ。ママぁ」

ここに青澄などいなくなってしまったようにあらぬ方向を向いて智尾は、「ママ、ママ、ママ」とちいさく口のなかでいった。

「ママ、マママママ、ママ」

「智尾くん、あのね」

「ママァ！！！！！　ママ……パパ、パパァ」

智尾が叫ぶと同時に、「青澄」という声が聞こえた。しきだった。

十五年前のあの日、土をみつけて新越谷の駅から連れ去ったことを、青澄はしきと京にいわなかった。ただ人ごみではぐれたということにした、だからしきと京は、あのあと土がわたしたちを連れ去った「外」がじつは青澄の言葉に端を発したものなのだと、いまだ知らずにいる。

しきの顔を見て青澄はふかく安堵《あんど》した。陽がかげってきた千間台《せんげんだい》駅南陸橋のしたで、青澄は「しき」と力なくつぶやく。

「なにやってるんだ」

しきは言った。その声音から、湖奈から京、京からしきへと、自分のやったことがすべて伝わっているのだと青澄はわかった。智尾は本格的に泣き出した。青澄にしがみつき、声を上げて。

「なにやってるんだろうね」

青澄は言った。しきは泣きそうな顔でおそるおそる、青澄と智尾との距離を縮める。しかし智尾はむしろしきに怯えているのだった。号泣する智尾の背中を叩きながら青澄は膝と腰を揺らし、「ごめんねー。だいじょうぶよー。ごめんねー」と声をかける。

「ママくるよ。もうすぐ、ママくるからね。ママじゃなくてごめん。ママじゃなくてごめんね」

しかし湖奈よりも先に警官がやってきた。通報を受けて来たらしい男性警察官が「子どもと離れてください」と告げる。青澄は智尾をしきにわたした。その瞬間、警官の背後から弾《はじ》けるように湖奈が飛び出してき、しきの手から智尾を奪うように抱いた。

「智尾！　ごめんね。ごめんね」

と言う、湖奈にしがみついて智尾は泣きつづけていた。

「ちょっとお話聞かせてくださいね」

警官が青澄に言った。サイレンの音がじょじょに近づいてくる。

19

水の音いがいなにもきこえない、空よりもたかいような草にかこまれて夜をみあげている。河原の草むらに裸で座っていた。こごえている。服はずぶ濡れで、着ているとかえってさむいようだから脱いだ。尻の肉に砂利と草が刺さっていたい。

越谷で眺めなれている元荒川にくらべて阿武隈川《あぶくまがわ》は河幅もふとく、流れもザブザブ波うってはげしい。くわえて周囲は山のなかみたいな岩とふとくたかい草におおわれて、人間のための川じゃない。そう考えると元荒川はちょうどおれたち高校生のための川みたいだった。おさなくて弱い、剝《む》きだしの魂と生活する、十七歳のような川だった。

ふるえる運動で暖をとり、ひたすら夜を眺めている。オリオン座のリゲルとベテルギウスをもう千回は数えていた。そしてかたわらによこたわる、三人の死体みたいなからだ。

はやくしないと、ほんとうに死体になっちゃうのかな。

救急へは連絡した。新機種にかえたときにかろうじて防水にしていた携帯電話がパーカーのポケットのなかで生きていて繫《つな》がった。みえる看板を告げ、十何分をかけて位置情報をやりとりすると、「おそらくナントカ橋のあたりだろう」とききとれないが確信のこもった声でオペレーターはいった。たしかにおおきな橋があった。川のぶつかる橋桁《はしげた》の巨大な、アーチ型の。サイレンが鳴ったら両手をふって合図をし、誘導してほしいといわれた。

目のまえにはレンタカーが浅瀬に浮かび、運転席のドアが開いた状態でプカプカ揺れていた。全開の窓が水を飲んで吐くようにかすかに波うつ音がし、先ほどまで怒濤《どとう》だった事故のありようをおもいだす。

おれたちはレンタカーで走るスピードのまま暴走し、川に突っ込んで事故った。

物語はいま生きている者にだけ記憶を与える。アクセルにまかせて増していくスピードのなかで、ハンドルがきゅうにフワフワしだした。まるでゲームセンターでするカーレースのアレのようになり、直線を突っ切っていく先にある土手の向こうになにがあるのか見えなかった。

情報としてはしっている。川があることをしっていた。ナビは阿武隈川のあおいドットをしめしていたから。大量の草にスピードをゆるめられ、しかし何度かなにかにぶつかった。なにも障害物はないはずだったのに、ビルや人にぶつかったかのような衝撃であちこちぶつけ、だれかの悲鳴がだれかの悲鳴を呼んで、だれかが「しぬ？」「しにたくない？」「しぬ、しぬ、しぬ！！！」といった。それで水中にドボンと車ではいった。川に飲みこまれて、そこから身体感覚がなくなった。気がついたら必死で、息もできない極寒をかきわけて運転席からでた。

おれだけ生きているわけにはいかないな。

じぶんの無事をしったときに真先におもった感想はそれだった。

三人はまだ川のなかだ。

このままだと死ぬ。おれ以外全員死んでしまう。

うわあと叫びごえをあげて水のなかにもどり、夢中で三人のからだをさがす、それだけの生命体になって。やっている最中はとても無理だとおもった。酸素が欲しくて血が燃えるようだった、そのときにどこかから呼ぶ声がした。

「だれ?」

「おまえはだれだ?」

応えた。おれは土だ。そしてつぎに気がついたら京、青澄、しきのからだを水から河原に運びおえていて、それぞれの胸に耳をあてて心音をたしかめる。生きている。皮膚のどこかは破れていて、たくさん血を流している身体もあった。だけどまだ生きているようだった。

「おまえは?」

おれ? おれはピカピカの身体。無傷で生きてるよ。さむくて、うごきすぎて、あちこち筋肉痛だけどどっこも破れてない。しきと青澄は額から、京は頬骨のあたりから、血を流していた。とくにしきは、こうしているあいだにもあたらしい赤い血が、岩場に染みていき、ときおりビュッと、ちいさな放物線を描くような出血があって、死ぬのかもしれない。

死ぬな。おれはおもった。

しき、死ぬな!

おれはしきに抱きついて、だけど頭を動かさないように慎重に、裸で服を着たままのしきの身体にかぶさって、「しき、しき」と呼んだ。

「しき、ごめん、しき、ごめん、しき」

何度も何度もおなじようにいった。

助けている最中は必死だったからできた。川に浮かぶ車から三人を助けだすことができた。おなじことは二度とできないからこそできた。それが奇跡の内実だった。なんてあっけない。なにも考えることはできなかったし、なにかを選ぶよゆうなんてなかった。三人が助手席と後部座席にそれぞれ閉じ込められている、物理的にちかく引きずりだしやすかった助手席の京をさいしょに助けた。

だけど、真先におれがさがしたのはしきのからだだった。

生きている、元気におもいだすことができるいまだからこそ、ようやくおもいだす。

ほんとうは京でも青澄でもなく、しき、おまえに生きていてくれ！って叫んでた。

それなのに、けっきょく助けだすのはさいごになった。

なにもかもむなしい。

救急車はやくきてくれ、そう願いながら、しかしこのままずっとしきの死体になるかもしれない身体に、裸の胸をくっつけていたい、そういう気持ちもあるのだったから、こんなにもおれはしきがすきだった。

こんなふうに、みんなだれかのことを「いちばんにすき」だなんて、おもうだろうか。決定的にだれかをすきだ、コイツ以外いけない、そうおもう瞬間が、おとずれるのだろうか。とてもそうはおもえない。こんなに決定的な運命がおとずれることなんてない。だれかの命とだれかの命をこんなに全力ダッシュするみたいな瞬発力で、かんたんに、かつ切実に、天秤《てんびん》にかけてしまえるだなんて。

「死なないでくれ……おれが代わりに死んでやるから。だからしき、ごめん、死なないでくれよ」

だれかと比べて、だれかに生きていてほしいって、本気で祈るだなんて。

数週間前、青澄からメールが届いた。
……京はみごと合格！　さすが京！！　しきも、第一志望じゃないけど受かったよ。わたしも第一志望受かったけど、京とはけっきょくいっしょの大学へはいけないや
……京も、第一志望に落ちてたら、いっしょの大学だったなって、バカだよね？　わたしにあわせて志望校を落とすことない、第二志望と第一志望で奇跡が起きたらわたしたち、いっしょの大学だねって数ヶ月前にいいだしたのはわたしのほうなのにね
……長々とゴメン。わたしたち、みんなべつべつになっちゃうね
そっか、とおれはおもった。返信はしなかった。
高校へいかず、お母ちゃんの家事をなんとなく手伝って、タウンワークをペラペラめくるだけの日々。両親もきょうだいもだれもなにも急《せ》かさず、「お兄ちゃんといっしょにいれて、うれしいねー」ってニコニコしている。この家でこうしていると、何十年もずっとこうしていそうだな、とおもった。
「土？　きょう教習所っていってなかった？」
「あ！　やべ」

お父ちゃんにいわれ、おれは慌てて家をでた。高速教習も終えて、もう一回路面にでれば、あとは本試験というところまできていた。

けっきょく返信したのは、その数週間後だ。

……免許！　とれた！！

ながらく放っておいた青澄のメールをおもいだし、そうおくった。風がつよい。自分のからだを盾にするようにしてこごめ、ガラケーでメールを打つとすぐにポケットに手を突っ込んだ。鴻巣《こうのす》駅にある運転免許センターからはぞくぞく人が出たり入ったりしていた。鴻巣駅って埼玉県民が免許のためにくる免許のための駅だったから、免許センターってまるで刑務所みたいだなっておれはずっとおもってた。

ポケットのなかですぐ携帯がバイブして、

……まじ？　おめでとう！！

という、何週間も返信してなかったのに屈託のない青澄のメールをみて、つめたい風に吹かれながらかすかにおれはわらった。そしておもいだす。あと一週間もたてばもう卒業式なんだなって。

年末。青澄にあった。ヴァリエでお母ちゃんといたら、青澄がおれをさらうように走りだして、おもしろかったな。ずっと青澄の髪がながれるうしろ姿をみていた。体育祭のことをおもいだした。青澄が転んで、なにかを「決める」まえにおれ、助けないととおもって、走りだしちゃってたな。記憶が走馬灯ってやつだった。いまだって、なんでこんなことおもいだすんだろ？　あのとき、なにかを「決める」まえに走りだしちゃってたみたいに、おれは手が勝手に携帯をとりだしてパカッとひらき、親指でポチポチメッセージをうった。
……うん！　行く？　外

　おれはいつから、道を外れてしまったんだろう。そういう思いは、べつにこのときだけじゃない、その後の人生で何度もなった。その度に、埼玉県民だけがほぼ全員しっている鴻巣免許センターのことをおもいだす。おれの人生、鴻巣の免許センターみたいだったなあって、やけに地味でだれにもつたわらない感興に、きゅうになって。あのものさびしい建物。おれの人生みたいだ、ハハッてわらう。

……　いく

すぐにかえってきた文面から、なにかがつたわってくる。青澄の口をきゅっと結び、それでも目は笑顔でこっちをみている、そんな表情の。つぎになにをいうのだろう？　そういう切羽詰まった表情を青澄はよくしていて、おれはその顔がすごくすきだった。

あいたいな、とおもった。

……　いま？

返事はすぐにかえってきた。

……　いま

それでおれは、すぐに近くのレンタカー屋に入って、いちばん安いレンタカーを借りた。
「保険は、どうします？」
「あー……、入ります」
受付でそう受け応えしながら、

……　ドライブいくぞ！

と、しきと京にメールした。へんな、というかたいへんな夜になりそうだな、とおもった。

それから一時間半であっさり、青澄、京、しきをピックアップして、夜の七時、ちかくのTSUTAYAの巨大駐車場におれたちはいた。

すごくさむい日。みたことのないコート着て最大限に防寒して、おれはみんなのそんな姿をみるのはすごく久しぶりだったから、それだけでうれしくなった。

「合格おめでとう！」

駐車場の白いラインを斜めに踏みながらも、なんとか車体を納められたことでようやく安堵《あんど》して、おれはいった。それぞれにみんなありがとう、と口にしたけど、だれもしあわせそうではなかった。そもそも夕食前の時間に、ダメ元でおくったメール。こんなふうに集まれたことが異様だった。

ほんとうは、青澄だけを外に連れてってあげようとおもっていた。だけど、「みんなよくこれたな」とは、おれはいわなかった。それぞれのちがう覚悟がそれぞれにあるってなんとなくつたわったから。

「みんな受験おつかれさま。CDでも借りてこ。アルバムで、金ないしなんか二、三枚くらいな」

運転席からおれはバックミラーを覗《のぞ》きこみいった。このときにはすでに、おれはみんなの〝わたしたち〟の輪にはもう戻れないのかもしれない、と予感していた。ただみんなを運ぶだけ。こんなことも、あとからふりかえるからおもえること。

「じゃあ、川本真琴がいい。微熱と桜が入ってるほうのアルバムね」

「青澄それずっとすきな。オッケー。しきは？」

「うーん、とくにおもいつかないなあ」

「京は？」

「わたしも桜と微熱がいい」

それで、こいつらふたりのテーマソングみたいにしちゃってるじゃん、とおもって、ふたりのあいだのせつじつさがおもしろかった。他人のせつじつさがおもしろいってことは、もう自分はそうじゃないってことだ。

「じゃ、しき、いこ」

それでしきと連れだって、ＴＳＵＴＡＹＡの店内にはいった。

店内はあったかかった。すぐにマフラーを巻いている首もとが痒《かゆ》くなり、剝《は》ぎとった。ＣＤをとったりしまったりしているうちに手がふれて、おれはパッとしきの手をとってそのまま繫ぎつづけた。

「おまえー」

「なんだよ？」

「ずっと連絡もしないで、人前で手を繫いでくる。よっぽどだぞ」

「でも、いやがらないんだ？」

「あたりまえだろ」

まっすぐおれを見てしきはいった。息をのむ。こいつはいつからこんなにいい顔をするようになったんだって、のろけるみたいな気分になって。しきの手はつめたかった。周りの目が咎《とが》めてくる。なににたいして？　たんにものめずらしいとおもってるのか。わからないけど、こんなことにも随分なれた気がした。

「あったあった」

棚に差してあった川本真琴を一枚抜いて、「しきは、なんかある？　テーマソング」と聞いた。

「は？　テーマソング？　そんなんないよ。強いていうなら、うらみます、だよ」

「ハハ、渋いなーおまえ。じゃあおれがきめるぞ、おれらはだんぜん、クラシックだな」

「なにそれ。モーツァルトとかバッハ？」

「ちがう」

それでＣＤをもう一枚ぬくと、「は、おまえも渋いじゃん。ジュディマリかよ」としきがいう。それで兄貴に借りっぱなしだったカードで二枚のＣＤを借り外にでると、自分で選んだのに馴染みのない、とおくにみえるレンタカーの後部座席で青澄と京がキスをしているのがハッキリみえた。

「しき、ちょっとこっちきて」

そうして巨大駐車場の車に紛れていき、ＴＳＵＴＡＹＡの看板と駐車車両で死角になっていたあたりに連れ込み、おれは近距離でしきの髪の毛を撫《な》でた。

「なんだよ」

「いや、せっかくいまふたりきりだしな、とおもって……」

それですこし沈黙し、おれは唇を尖《とが》らせた。

「やめろ」

しきはいった。

「なんで？　タバコ臭いから？」

おれがそういうと、しきは「なんでしってんの？」といった。

「おまえのことは、なんだってしってるよ」

「ふーん……」

「しき、ほんとうはいま、すっごく楽しいっておもってるな？　楽しそうにするのが恥ずかしいんだろ。そういう顔してる。おまえはそういうヤツだ」

「……なんか、ほんとは土ってすっげえ意地悪いよね」

「そうだよ」

それで、おれたちはキスをしたけれど、けっきょくそれはさいしょでさいごのキスになったのだから、おれたち四人、こんなに切羽詰まっていてもこんなに初々しい、かわいいもんだったなっておもうよ。

埼玉の県境を越えたあたりでテンションがあがり、四人で熱唱しながら北上した。その反動のように日光あたりで冷静になり、沈黙がつづく車内で、きゅうに青澄が「しき、タバコある？」といった。

「あるよ」

とうぜんのように、しきは応えた。

「吸ってみたい」

青澄がいい、「いいよ」としきがリュックの奥からラッキーストライクをとりだした。

「まてまて、まずおれからだろ」

京はしばらく静観していたが、「もう、ねえー」というようなことをいって、けっきょくだまった。おれがくわえた煙草《たばこ》に、しきが火を点《つ》ける。おれは、「おお……」とつぶやき、すぐに咳《せ》き込んだがなんとかくわえたまま正面をむいた。このときにはおれたち、四人とも、なにがどうなってもよかったんだとおもう。

「きちーっす、きつい」

「そんな？　ちゃんと吸い込む？」

「やめなよ。ダッサ」

「すげえ、なんか、すげえっす」

「なにが？」

「吸ってるとこみせて」

「やめろよ、いいって」

「アハハ、けっきょく吸うんだ」

「つぎは、おまえな」

「うん、ちょっと吸いたい」

それで一本のラッキーストライクを吸いあってひとしきりわらったあと、「わたしこれすきかも」といって、けっきょくいちばん抵抗していた京がずっと吸いつづけた。そのせいでなくなった煙草を「かいにいこう」と京はしきを誘って、那須高原のサービスエリアの自販機に消えていった。

何度目かの席替えを経て、助手席にいた青澄がおれとふたり駐車場にのこって、「うまいね運転」といった。

「うまかないよ。高速で、何度もハンドルとられそうになっただろ」

「ああいうとき、いっしゅんゾッとして、たのしいね。ふっと、寝ちゃう直前みたいな、現実越えちゃう感じある」

青澄は心底からたのしそうにわらった。ずっとクラシックがかかっていた。それで、おれは「だいじょうぶ?」ときいた。

「うん、やけスッキリしてる」

「かえったら怒られるだろ?」

「まあね。でもいいんだ。わたしヘンだよね。ずっと……大学に受かっても、あんな大学受かって当然、学費なんか出さないよって脅してくる。けど、まあ結局、出してくれるのはわかってるんだよね」

青澄の感じだな、とおれはおもった。抱きしめると、ふれあうからだの前面で、不安とつよさが同居するような。たのもしいきもちになる。言葉では愚痴をこぼしているのに、身体はすごく凜《りん》としている。そういう青澄がみたくて、わざと弱音を引きだしてしまうのは、なんでだったろう。青澄が愚痴をいっている顔に、いつもたまらなく感動してしまって、おれの心のほうがふるえた。ふかい安心につつまれる、子どものころのおばあちゃんに会いにいく前夜のきもちをおもいだした。

「ねえ、さっき、タバコを吸いながら京が泣いてた」

質問とも報告ともとれるような、あいまいな語尾で青澄はいい、おれはだまった。ずっと抱きあい。おれたち、まだどこを目指しているかをひとことも話しあっていなかった。

「わかってる。わたしたち、もうすぐみんな会えなくなる。京がいちばん、そういう意味で冷静だけど、熱い心をもってるよ」

「うん。タバコを吸う京がかっこよくて、かわいくて、すごく見惚《みと》れちゃったな」

おれがいうと、青澄はわらっておれから身を剝がし、「やっぱ、土とわたしは似ているね」

といった。

「そう?」

とおくから、しきと京が戻ってくるようすがみてとれた。

「京がいちばん、すてきだよ。わたしたちはあこがれてばっかだね」

「うーん」

「やっぱり、うけいれらんない。この世界、この現実を、わたしたち。ねえ土。ここまで連れてきてくれて、ありがとね」

「外に?」

「うん。外に」

それで合流して、席替えして、ふたたび走りだした一時間後。てきとうに一般道へとおりて、その先にあった阿武隈川にさしかかる手前あたりで助手席の京が何度も、「もっとスピードをあげて」といった。

「もっと、もっと」

「もっとスピードをあげて」

バックミラーでしきと青澄の顔を確認した。京の言葉に、ふたりは無言で何度も頷《うなず》き、身をのり出してあがっていく速度に揺れをとられながら、「もっとスピードをあげて」と全員で歌った。


サイレンの音がじょじょに近づいてくる。

このいまのみえている視界、聞こえている音、嗅いでいるにおいをおれはずっとおぼえているだろう、そうおもった。やっとだ。もう何百年も待っている気がしていた。近づいてくる救急車を乞うおもいが濃すぎて、まるで予知した未来を見ているみたいにおれ、走馬灯で。それで、自分の走馬灯ももう飽き飽きで、だれかのために、べつのだれかの走馬灯に繋がりたいって、そうおもった。自分ひとりの五感ではとても、重すぎて。

自分のことを語るのはほとほと飽きた。

だれかのことを語りたいってそうおもったのだ。

三人の身体が担架にのせられて、足場をたしかめ声をかけあう救急隊員を眺めている。おれはぼうっとしたままパンイチの裸に毛布をかけられ、三人が運ばれているようすをみていた。

まっくらで人の視覚ではたしかめられない勾配があって、きわめてゆっくり、おれたちのなかのだれかの乗った担架が河原を登っていく。でも、三人はおぼえていない、この光景はおれしかみていない、おれしか記憶しえないものだ。共有できない記憶のおもさと厳しさが、救急隊の到着にあんしんしきっていたおれの身に、きゅうにきいんときつくのしかかる。

「きみはすこしここで待っていて。ごめんね、もう二台がもうすこしで来るから、さきにこの子を救急車にのせてから、すぐにたすけるからね」

そういわれ、おれはハッとなって「ごめんなさい、ごめんなさい」といったが、三人の救護に急ぐ救急隊員はもう届かない場所にいた。

さいしょにしきが運ばれていく、頭部からの出血がはげしく、意識レベルもあいまいなためにまず単独ではこぶという報告の意味だけはなんとなくわかった。そのようすをボンヤリ眺めているうちに、小高い土手のうえにみんないってしまい、おれはぽつんとひとりになった。

おれは救急隊のひとが羽織らせてくれた毛布を剝いだ。

「おまえはだれだ？」

呼ばれている。なつかしい寒さだった。さっき三人をたすけた、あの必死の記憶。救急車を待つあいだにきわまった、あの孤独の記憶。なつかしいその記憶のあいだでだけ生きていたかった。日常がこわかった。三人がどうなるのか、生きるにしても死ぬにしてもこわい。三人がおぼえていない記憶をおぼえている、あの時間を語れるおれだけのからだがこわいよ。

しき、京、青澄。

ごめん。

生まれてきてごめん。

そうしておれは川へもどり、水に沈んでいった。息ができない死へむかうなか、聞こえる声がある。それはあの日しきがいわなかった「生まれてきてくれてありがとう」のなつかしい声だった。

なぜいわれてもいないそんな声がきこえる?

このときにおれは一度死んだ。生きているうちは二度と自分を語らない。そうしておれは、死んだあとにはじめてこの一年間の記憶と、十五年後に三人が再会するその場にいないのに、みんなの忘れている記憶を語れるおれになった。じぶんの走馬灯を捨てて、代わりにみんなの語りになるってきめた、運命をきめた、その身体で、おばあちゃん、おばあちゃん、おばあちゃん、と何度も死者を呼んだ。

おばあちゃん。死んだあとに生まれる、死んだあとに三人を語れるおれになって、三人がもたない記憶をもつおれのからだが死んではじめておれは〝文体〟になって、三人の走馬灯になって生きなおすね。おれ。

すぐにがぶりと引き上げられ、「なにやってるんだきみは!」と叱《しか》られる。救急とほぼ同時に到着していた警察官に救われた。生きている。死にそこねた、しかし、水中にいたあの時間をなぜか語れる、語れるはずのない記憶を語れる〝おれ〟になって、おれは五感を研ぎ澄ませる。

警察官がおれの脇のしたをもってひきあげた、差された両手が熱いほどにだれかと身体がちがう。このおれの、死にそこねたからだのまずしさよ。無風だとおもっていた河原にかすかに風がふいて、草のにおいがする。埼玉から県境をみっつ跨《また》いでやってきた、福島の土地に溜まる記憶が気候と文化のちがう風として皮膚を舐《な》めた。

二台目の救急車両が到着する、サイレンの音がじょじょに近づいてくる。

20

ウワン……という残響とともにサイレンの音が止《や》んだ。だれかに記憶を預けてしまったみたいに、その音の鳴っていた最中のことを悉《ことごと》く覚えていない青澄は、パトカーから出てふと、北のほうの空をみた。赤い色のさいごを残しているようないないような、濃い紫と群青の中間くらいの空をしていた。それでようやく青澄は、さっきからずっと自分の記憶が土だったことに気がついた。

越谷警察署に搬送されるパトカーのなかでずっと、あの事故の記憶を思い出していたのだった。

わたしが、というより土が思い出す記憶みたいに、思い出しちゃってたな、わたし。

「青澄」

京に背後から声をかけられ、青澄はふりむく。

「待ってるからね」

その言葉に「がんばって」とつけくわえるべきか迷っていた。警察署に吸い込まれていく青澄がかすかに頷いた、その表情がどこか晴れやかであるようにも感じて。

青澄。笑っているの？

一瞬のことでいまではもう遠い。こんなことは自分だけの記憶にとどめておこうと、京は隣にいたしきに声をかける。

「さ、ファミレスでもいくか」

あながち空元気というわけではない、自分の声に浸透する充実を不思議に思う。

「うん」

ふしぎと、頷いたしきもいつもよりあかるい顔をしているのだった。

青澄が土の子どもを連れ去り、任意聴取の要請に応じパトカーで越谷警察署に運ばれた。すぐに合流した京としきはタクシーに乗ってそれを追いかけここまできた。三人の身体に共通の記憶がよみがえる。

それはあの日の記憶だ。

京としきは適当に目についたファミレスに入店した。「二名です」と告げ、すぐに「あ、すいません、三人です。あとからひとり来るかもしれないので」と言い直す。

「喫煙席と禁煙席はどちらになさいますか？」

京としきは顔を見合わせた。

「吸う？」

「おれは吸わんよ」

「わたしは、吸う」

それでフフ……と京は笑い、「喫煙で」と応えた。

夕食時にもかかわらずガラガラに空いている喫煙席に通され、安いソファのビニールに尻をつくと同時に、「しきのせいだよ。わたしの喫煙は」と京が言った。

「そなの?」

「でも、ほんとはずっと吸ってなかった。二十歳で止めたんだよね。あの福島での日から二十歳ぐらいまで吸ってた。当時は遅れてきた反抗期っていうか、不良みたいな感じ。あのころのしきみたいだね」

「なんだよ。恥ずいな。やめろよ」

「今年のはじめにみんなにLINEしたでしょ? じつはあの日から十年ぶりにまた吸ってるの」

「それじゃおれのせいじゃなくない?」

「ううん、しきのせい」

京がセブンスターに火を点ける。けむりの向こうにある時計をしきは見た。夜の七時だった。

「そっか、あれからもうすぐ一年たつんだな」

「そうだよ。わたしたち、十五年ぶりに再会したあげく、いまひとりが警察に捕まっています」

「まさかだよな」

「まさかすぎる」

「事情聴取? こういうのって、何時までかかるんだろうね」

「さあ……。どうなんだろ。ちょっと警察のひとと話した感じだと、すぐ逮捕されるってことはないっぽいけど」

「そっか。にしても」

「にしても、ね」

「やってくれたよなあ。青澄。これでおれら、二度と土の遺影に会うことはできないぞ」

しきと京は、そこで自分たちふたりの感情がそっくり同じようだったのを確認し、おもわずうれしかった。不謹慎、という言葉をふたり同時に思う。

「ほんとだね。わたしたちって、やっぱ最低だよな。うっすらと、思ってた。ずっと、ずっとずっとそう思ってたの。あの当時からほんとわたしたちって、自分たちのことばっかり、周りに迷惑かけてばっかり。やっぱり、ふつうに最低だよね？」

「そう。それなんだよな。おれもおもった。ずっとどこかで被害者ヅラしてたよなって。だけどおれ、ちゃんと加害者だったって、思い切れたな」

「うん、そう、そうなの。わたしも。またこんなに青澄にやらせちゃったみたいな気持ちになっちゃって、ほんとに……。なんだろ。あの日、受験が終わったあとで、土がわたしたちを迎えに来たときのこと、おぼえてる？」

「うん。もうすでに京と青澄は後部座席にいたよね。おれは「なんでだよ！」っておもった、けどいえなかった。突っ込めないんだよなあ。いきなり巻き込まれるような現実に襲われて、まるで強引に、むりやりに映画の登場人物にさせられるみたいに、おかしなことが起きるじゃん？　ふつうは、「なんでだよ！！！！」って突っ込めばすむ。現実をそれで取り戻して日常に戻るべきだよな。なのに、いそいそと助手席に乗り込んで、「行こ、どこまでも」とか、いっちゃうんだよなあ。恥ず。みんなそういうもんなの？　恋ってみんなそう？」

「恋はしらないけど、わたしたちは、そう、ずっとそういう感じだったよね。わたしも、いっつも青澄がすごすぎて、見惚れちゃってたな。強引といえば、いつも強引だったよね。けど、いちいち、ね……。感動？　しちゃって。あ、ドリンクバー取りいく？」

「あ、おれいくよ。いいよ吸ってて。なにがいい？」

「ありがとう。じゃあ珈琲《コーヒー》お願いします。温かいの」

「ミルクと砂糖は」

首をふって要らないという意思を伝えた。煙を吐きながら京は当時のことを思い出す。

あの日、青澄が世界の終わりみたいな顔で土の借りたレンタカーの後部座席に乗り家にきた。京も最初は「なんで？」って思った。だけど、言えなかった。青澄の切羽詰まった声で、「京、いこ」と言われて。

警察署に吸い込まれる青澄の背中を見ていて、ハッキリその瞬間の記憶を思い出した。つくづく、異常な女だと思う。好きな男の車のなかから、好きな女を誘う。まるでまっとうのような顔をして。そしてそのままの顔で十五年後、好きな男の子どもを連れ去り、捕まった。まったくついていけない。

「にしても、土にしたってなんなんだよな。勝手に車借りて、おれら連れてって、事故って、死にかけさせられて、勝手に失踪《しっそう》して、連絡とれなくなって、あげく自殺って」

珈琲をふたつ、ブラックで。ブツブツと土への文句を口にしながらしきはカップをテーブルに置いた。

「だけど、好きなんだよね。ずっと好き。好きだから突っ込めない。ふつうのことだよ。わたしはずっと、青澄の世界観に浸かったままで、そのなかで好んで生きてるんだ」

京はそう応じた。しきは苦い顔をつくり、珈琲とともにもうひとつカップに注《そそ》いできたお湯に氷を足した白湯《さゆ》で薬を飲んだ。

長い夜になるのかもしれなかった。

「たしかにね。おれたち似てるよな。おれも、土のあいうところが好きで、抵抗できなかった。ひとりでいるとね、パニックなんだよな。「ありえねえ」って思ってる。だけどひと目、土の姿を見るとね。ほんと身体をみた一瞬にだよ。あっちの物語、あっちのフィクションに、吸い込まれる。あっちの身体にね」

「うん、抗《あらが》えない。恋をするとひとは、たぶん、みんなそうなのかもね」

「恋なんてヘンだよ。鬱になると余計そうおもう。そもそもそんなエネルギーはないから。歪《ゆが》んでるのはあっちのほう、恋してる状態のほうだよ。みんなそれ普通のことみたいに思いすぎ」

京は煙草を灰皿に置き、珈琲をひとくち飲んだ。口のなかで混ざる苦みに心が落ち着いていく。

「あの日、さいしょに土を煽《あお》ったのはわたしだった。さっき、初めてはっきりおもいだした。もちろん青澄も土も、ノっていたけど、いちばんに声をあげてスピードを要求したのは、わたし、わたしたちだったよね」

すこし息を吐《つ》いて思案したあと、「そう……たしかにそうだ。おれも、ちゃんとおぼえてるよ」としきは言った。

俄《にわ》かに混みはじめる店内でも、喫煙の席だけはぽっかり空いていた。いまどきは珍しい、はっきり自動ドアで区切られているといえ、紙煙草が座って吸える店。

まるでここだけが過去のようで、しきはカフェインと抗不安剤の利いてきたいま、京の煙を浴びているとはっきり、当時の京の顔がおもいだせた。

そこには青澄と土もいた。

「いちばん大きい手術をしたしきが、いちばんはやく退院したよね。頭を怪我してたけど後遺症やリハビリはなくて、あるていど入院してすぐ退院していっちゃって、あとは検査のために越谷のほうで通院すればいいって。わたしは頰のあたりにちょっと傷が残っただけで済んだけど、青澄は額をすこし縫った。それよりも、ふたりとも両足を骨折しちゃってたから、リハビリがたいへんだったよ。しきは卒業式は出たの？」

「出られないよ。ただでさえ好奇の目でみられてたのにさ、心中未遂とかいわれちゃって、テレビとかも来たらしいじゃん？　このへんのことはあんま覚えてないけど、出てないのはたしか。ふつうに家に引き籠《こも》ってて、あとで卒業証書が郵送されてきたと思う」

「わたしもそう。病室に、親が卒業証書持ってきてくれて、青澄といっしょの部屋で桜をみたの。じつは、あのときにいちばん、青澄のことが好き、すごく好きだっておもってた。永遠にいっしょにいるんだって、治るまでは本気で信じてたんだよね。なんかすっごく変な、だけどしあわせな感覚だった。大学でべつべつになるのは決まってたから、あの事故まではもうすこししたら青澄と会うこともなくなるかもしれないこと、ちゃんと冷静にわかってたんだけどね。なぜかおなじように怪我しておなじように治してる、あの時間だけは、永遠みたいに思っちゃってた。おたがい車椅子ないとあるけなくて、隣のベッドでずっと見つめあって、触れないじゃん。病室で交代で警察の事情聴取を受けたりして。なんか、世界の終わりみたいな感じだったな」

「そっか。もうそれきり、おれたちは二度と会わなかったよね」

「うん。会わなかった。青澄のほうが二日はやく退院したのね。わたしのほうが治り遅くって、あるけるまでに時間がかかった。それで、青澄がさいごにわたしにお別れしにきたときに、すごく泣いていたの。「京、元気でね」って、いって、それでね、「愛してる」っていったの。きっと、さいしょでさいごの言葉だったよね。「愛してる」だなんて……それでわたしはおもった。ああ、わたしたち、もう二度と会わないんだって。青澄の「愛」ってそういうことだって、ものすごく腑《ふ》におちたの」

「たぶん、おれがいちばんなんも考えてなかっただろうな。あんな事故だったのに、土はなにも傷を負ってなくて、奇跡だって言われておれの予後を担当してくれたお医者さんにはなんか嘘《うそ》吐いてるみたいな扱いされたのおぼえてる。頭をうっておかしくなってる、みたいに……ふふ、おかしかないけど、なんか笑えるよな。事実なんだから。それで弁護士と親が相談して、けっきょく土を訴えなかったんだよね。おれたちが土を煽ったってのは事実だったし。治療費もとくに請求とかしなかった。土の家は、おれたちよりずっと、貧しかったしね。だけど、土はおれたちの親に「二度とわたしたちの子どもに会わないで欲しい」って言われてたって、数年後に聞いたよ。土は聴取とかぜんぶの手続きを終えたらいなくなっちゃって、「旅にでた」って。親から教えられたけど、青森にいたんだって、何年間か。でもね、そんときはもう思いださなかった。どうでもいいって思ってたね。ずっとなかったことにしてた。ふつうの大学生になって、ふつうに就職して、両親が死んで鬱になって失職したけど、土のことはほんとうに思いだされなかったんだ。鬱になるとね、時間がうまく記憶にならないんだよな。ここのところずっとコロナだったから、たまにオンラインで従妹と話したりもしていて、自分だけ覚えてないことが多すぎて愕然《がくぜん》としちゃったよ。にしても、十代後半からいままでの記憶がほんとになくて、変だと思ってた。だから、なんで今年、京からLINEもらってからずっと、なにかに突き動かされるみたいに色々とおもいだせたのか、不思議だな、ウン……、すごく、不思議……」

それでふたりとも黙った。

わたしたちは同じことを思ったと、わたしたちは思った。

土が死んでしまったことで、わたしたちは記憶を取り戻したのかもしれないと。

「わたしが……、ほんの気まぐれで、みんなにLINEを送っちゃって、余計なこと……。あれはよかったのかな？　わたしが……また、余計なことをしてしまったかも。しきにも、青澄にも、土、津久井さんや智尾くんにも結果的にまた、すごく迷惑をかけたね」

「京はわるくないよ。おれは、おもいだせてよかった。ひとりじゃおもいだせないんだね。記憶ひとつとっても、ひとりじゃなにもできないって、情けないことだけど」

「ううん。さいきん、すごく思うんだよね。わたし、青澄が好き。土のことも、しきのことも、好きだよ。だけどね、青澄が好きなんだ、青澄が好きなんだって、よくわからないけど、つよい言葉がそのままぶつかってくるみたいに「青澄が好き」って、毎朝起きるたびにおもうの。うれしい……しあわせなきもちだよ。でもさ、わたしたち、傷つけあうしかないんだよね。だけどそれは、否定されたくないの。それでいいとおもってるの。「わたしたち、傷つけあうしかできない」。それを決定されたこととしてね、うまくいえないけど……そう、「けど」ってもうの。わたしたち傷つけあうしかできない「けど」、「けど」からもう一度はじめたいっておもうんだよね。それが、けっきょくどういう未来に繋がっていくかは、わからないけど……。ヘンだよね。おかしなこといってるのは、わかってるけど」

「いや。おれも、おれもさ、土のことが好き。申し訳ない気持ちだよ。津久井さんとか、土の子どもとかいるのに、土のことが好き。マジで……だから、青澄が土の子どもをさらったのも、どこかで「やるよね」って思ってるんだよ」

「うん。最低だよね。わたしたち。でもそっからはじめたい、また」

「そうだね。なにか、もう津久井さんや土の子どもに謝ることもできない、その資格もない、決定的なことをしてしまった、青澄も、おれらもね。だけど……」

カフェインと薬効のめぐるしきのからだに、なにかきざしがめばえはじめる。

土のことをおもいだす。そのぬくもりとか、
声とか、肌の質感、
ありがとうとかごめんなさいとか憎しみとか感動とか、あらゆる情動のぜんぶがまざったような、ふしぎな感覚で。

「へんだね。おれ、記憶といっしょに、言葉が戻ってくるみたいに、このあいだからなっていって」

それをはじめて自覚した。混ざっていく。あの日から言葉が年をとらなかった、その時間が、

ようやくうごきだすようにかんじて〝おれ〟は。

「というか、記憶をおもいだす言葉と、いまのおれの言葉が、合流するんだよね。土があの日いなくなってから、欠損していたおれの欠片《かけら》が戻ってきて、わざわざ記憶をおもいださなくても、いまの自分のことを肯定できるような、語れるような、ヘンな全能感。それを、青澄が警察に捕まった背中をみていたときに、すごく自覚した」

だからもう、記憶と現実が分裂したようなかたちで、おもいださなくていい、語られなくていい、〝おれ〟はそうおもったんだ。そうして言葉が、土の当時よくいっていた〝文体〟みたいになって、すこしずつ年をとり、いっしょに生きていけばいいじゃんって、そうおもうよ。そんなふうに内声がみちていく。事故に遭って意識をうしない手術をうけていたあの数時間のブラックボックスを、いまはもういない土が代わりに語ってくれた、ふしぎな実感がある。というより、実感だけがあってなにひとつ証拠はない。

どこか離人する感覚で客観的に自分のことを語り語られするような言葉はもう止めたいって、〝おれ〟がそうおもったんだ。

そしてそれはいまはもういない土の語りと一体化して、ようやく語れる〝おれ〟なんだって。〝わたし〟なんだって。はっきりおもう。

「うん。へんだね。けど、わかるよ。もうだれかの、〝わたし〟じゃない外の声で自分の記憶を語られることなんてない、そんな勇敢なきもち」

わたしは笑いながら、しかししきの言葉にふくまれるふしぎな説得力に落ちついていた。

はやく青澄にあいたい。青澄をだきしめてあげたいとおもう。

「だいじょうぶ？」

といって。愛しあうことなんてない。ほんとうのところで信頼しあうことなんてできない。

「けど」

とおもう。とりあえずいまは、青澄の体温がほしい。それ以上に、わたしの体温を青澄にあげたい。

すべての恋はそのように交換する〝わたし〟が語る一人称なのだと。

その複数がかえってくる祝福される身体なのだと。

〝わたし〟はそうおもったのだ。

21

埼玉県越谷市という土地は地方から見ると都会だが、都心から見ると郊外である。しかし現実には地方でも都会でもない、空っぽの土地だ。その空虚さこそが埼玉という土地の特徴なのだ。

都心ほど個でいられるわけではないが、地方ほど近隣の互助に支えられるわけでもない。徒歩では生活に物足りないが、車が必需品というほどでもない。埼玉とはちょうど自転車の土地である。また同県内どうしにおいても他の市町村に愛着がなく、たとえば越谷の住人は川越や大宮に親近感をおぼえることも敵対意識をおぼえることもない。

埼玉に育った者は土地に興味がない。土地と文化が結びつくことへの実感や執着がまったくない。

つまり越谷とは自転車置場なのである。

しかし青澄は生まれ育った土地の、その空虚さにこそ愛着がある。愛情を傾けるべき存在の、中身が何もないからこそ、愛せるのだ。

「はい。魔がさしたんだと思います。智尾くんをどこかに連れ去ろうという意図は、ありませんでした。ただ智尾くんを家の外にだして、すこしのあいだでもいっしょに過ごしたいと、そう思っていただけなんです」

マスクをした女性警察官のする何度目かのおなじ質問に答えながら、意識が混濁していく自分に気がついていた。この意識はだれのものだろう？　何度も何度も、この朝から今にいたるまでした行動のひとつひとつを質問され、反射のように応えていった、そのじつ、ほんとうにこれは自分の意識なのだろうか、〝わたし〟の意識なのだろうかと疑うような気持ちがどこかにあった。

「わかりました。以上になります。今回はこれで帰っていただきますが、通報履歴は残ります。つぎに同様のことがあったら即逮捕とお考えください。お疲れ様でした」

「はい。ご迷惑をおかけして申し訳ありません。あの、被害者の方、津久井さんはなにか私にこうしてほしいとか、希望というか、つまり子どもに二度と接近するなというようなことは仰《おっしゃ》っていませんでしたか？」

警察官とのこれまでの会話から、津久井湖奈と智尾は自宅にて聴取を受けているということが青澄には伝わっていた。

「そういったことはお答えしかねますけど、もう智尾くんに近づいたらいけませんよ」

ある時期に、弟である崇が離婚係争中に子どもと元配偶者をどのように会わせるかということで悩んでいた。青澄はそれにまつわる好奇心に基づいてネットを彷徨《さまよ》ったことがあったが、DVやストーカー関係を除けば子どもを暴力から遠ざけるような法律はないに等しい。両者にしてもほんのこの二十数年のあいだにととのった法制度でしかない。

青澄は自身が加害者であるにもかかわらず、この程度のことで解放されてしまうのかと呆気《あっけ》にとられた。何度もおなじ質問をうけ、子どもにする説教めいた助言を執拗《しつよう》に施される経験こそしたけれど、こうして解放されたいまではすべてが不問に付されたかのようである。警察が事件性なしと判断した、それだけで津久井湖奈や智尾のおもいはまったく無視されたものと想像していいだろう。

警察署を出ると、二十一時を回っていた。

ＬＩＮＥを確認し、京がリンクを送ってくれていたファミレスに着くとすでに「本日は閉店しました」という看板が出されていた。新型コロナウイルスの感染者数がふたたび上昇し始めた二〇二二年の年末に、こうした時短営業が緊急の措置なのか、これからもずっと二十二時にはほとんどの飲食店が閉まる日常がふつうになっていくのか、現状はわからない。

「すみません、待ち合わせで。なか、いいですか？」

ドリンクバー清掃をしていた店員に頭を下げつつ、奥へ進んだ。喫煙の個室にふたりの姿をみとめ、気持ちの整理などなにもできないままに、すこし目を伏せる。なにを言えばいいのか、まったくわからないままここへきてしまった。

「おかえり」

奥の席に座っていた京がすぐに青澄を認め、すこし微笑《ほほえ》んでそう言った。

「奥、座って」

と言うしきもどこか明るい表情でそこにいる。ふたりのリラックスした声に青澄は意表をつかれた。

「ごめん。迷惑かけてごめんね。ほんとうに、ふたりには、あの……なんといっていいか」

マスクをとってそう言った。青澄が取調室でずっと考えていたこと。それは東武伊勢崎線の線路を眺めていた智尾の士を呼ぶ「パパァ」という声からつながった、あの日のことだった。卒業式の一週間前、士の運転する車に乗って、ずっと育ってきた越谷を飛びだして福島にある阿武隈川に行った。

しかしわたしたちに記憶はないはずだった。車ごと川に突っ込んで、意識をうしなったまま救急車にはこばれ処置をうけた。事故に至る前の道中のことすら、あの日以来まったく思い出せずにきたのだ。それなのに今日、警察署にはこばれるパトカーの中からサイレンを聞いていると急にあの日、阿武隈川で三人、死にかけたときの記憶がブワッと戻ってきた。

どうして？　道中のこと、事故後のことならまだわかる。だけど、どうして士があのおおきな川にしずむわたしたちを助けてくれた、あの必死の記憶まで、まるで映画を観るみたいに、小説を読むみたいにわたし、よみがえったのだろう。

「おまえー。ぜったいにゆるされない行為だぞ。自分がしたこと、いっさい、だれかにゆるされようなんておもうなよな」

しきが言った。青澄は席に着くなり旋毛《つむじ》を見せるような姿勢でうなだれる。途切れ途切れに台詞《せりふ》を継ぐ、それはなんとか青澄にかける言葉をさがしているようでもあったが、だんだんしきの語調、言う内容、語尾の息の抜けかた、発言するその表情そのものが、ゆるやかに変化していく。

「だけどな。おれはゆるす。おれたちはゆるすから。な、青澄、それでいいだろ？　世のなかにゆるされようとはけしてするな。うーん。外？に、いきたかったんだよな。でも、やめろよ、もう、だれかを巻き込もうとするな。な、おれだけでいいだろ。わかるか？　おれ。おれだって、おれ。おれおれおれ！　おれがいるだろ」

青澄はその言葉にハッと顔をあげた。

「え？」

しきの言う台詞の、その内容の温もりはもちろんのこと、それよりも、しきの言葉のそのいいかた、身体のくせ、波動みたいなものがまるで……

「しき？」

「土」

土にそっくりだったから。

「なんで？」

青澄はおもわずそう言った。

「似てる？」

しきはもとのしきの声にもどってそう言った。でもさっきは、なつかしい土の声だった。正確には、しきの声に、土の声が、混ざっている。もはや、本来のしきの声がどんなだったかすら、正確に思いだせなくなっていた。

「すごい」

「おれはずっと土をみてきたからな。なんかな、さっき青澄が土の子どもを抱っこしていて、警察に連れてかれた。その光景をみたときに、ああ今度は見守れてよかったって。そうおもった。土がおれたちをころしかけたときには、おれたちはそれをみてなかったじゃん？　記憶なかったから。だから、ずっと、負い目があった。だから、ああそうなんだって……。一気にあの日の記憶を、みた気がしたんだ。智尾くんのおかげかな。土に似ていないのに、土だった。そういう、本質的には似ていないのに、本人の感じというか、身体情報が受け継がれているんだってわかるコツみたいなものが、こんな感じにな、移ってきて。試してみたけど。どう？」

「めっちゃ似てる」

「土だ」

ここにいないものが、ここにいる。ほんとうにはいない。それは、わかってる。けどたしかにここにいる。

「まったく、迷惑なやつだよな、おまえはー。この年末のくそ忙しいときに！」

土がいる。

涙でぐしゃぐしゃになっていく、わたしの意識がすっとわたしから引いていく。

そうして、やっと本心と出あう、あまりにも根源的に、罪深い〝わたし〟だからこそ語りえなかった、語る資格などないとおもっていた、あっけないわたしのほんとうのきもち。

「ごめんなさい」

生まれてからずっと、謝りたかった。わたしは、だれかに謝りつづけていないと、安心できないわたしだった。土が死んでいるとしったとき、その事実にまっすぐ向きあえなかったのもそのせいだ。謝りたい相手がまたいなくなってしまったと慟哭《どうこく》した。

なぜだろう。どうしても。

わたしは沙里にこそ謝りたかった。

そうして智尾を攫《さら》ってしまった。

まるで身代わりみたいに？

〝ママじゃなくてごめん。ママじゃなくてごめんね〟

そのひとことが、どうしてもいいたくて。

「ごめん、みんな。ごめんなさい」

「だから、いいけどー。おまえ、いっとくけどめちゃくちゃヤバイやつだからな」

だけどいま、土の声でしきに許される。

死者の声で、生きている〝わたし〟を許される。

そんな傲慢《ごうまん》に、よく似合うわたしだとおもった。

世間や社会、国や家族に、許されるなんてありえない。わたしもそれらのものを許せないとおもう。だからこそ。

「ごめん、おとうさん、おかあさん、ごめん。しき、京、ごめん。土。沙里ちゃん。ごめんね。沙里ちゃん、ごめんなさい、沙里ちゃん……」

「そうだぞ。ずっと謝れよ。おまえー。許すけど。許すから、いつだって謝っていいんだぞ、な」

「ありがとう。ごめんなさい」

「青澄、青澄、わたしもだよ。わたしも、ごめん。しき、ごめんね。土、ごめん」

「うん。京、ありがとう。ごめんね。わたしずっと、みんなに申し訳なかった。自分の家庭の問題を、家族への憎しみを垂れ流してごめん。健やかで愛されたわたしじゃなくてごめんって、土と、しきと、京に、ずっと謝りたかった……。みんなを好きだったから。好きだからこそ、ほんとに申し訳ないんだよ」

ハグされている、滲《にじ》んでいく視界のなかで、京の鎖骨にたまる涙が、うれしかった。だけどほんとうは、いつも汚してごめんね、ってそうおもっていた。

「それが間違いだってことはわかるよ。だけど、間違っているのがわたしなの。間違っているわたしであることを、ずっと認めてほしいと叫んでいる、それと同時に、謝りたいともおもってるんだよ。だからね、無理だとおもう、だけど、わたしはいつかあの家を、あの家族を捨てるの。それまでの〝わたし〟をぜんぶ捨てるの。五年かかるか、十年かかるか、それがほんとうにできるのかも自信ない。だけど、ぜったいに捨てる、そうおもって生きてるよって、それだけは、京としき、それと土には、信じてほしい。いつもごめんね」

「信じるよ」

「うん、信じる」

「信じる」

そこで店員がやってき、「そろそろ閉店のお時間になりますので、お帰りの準備をお願いいたします」と告げた。三人はマスクを装着する。

わたしは自分の身体がいまだかつてないほど充溢《じゅういつ》しているのを自覚する。土がいる。わたしがわたしを語る声のなかに。

22

並んであるく。ファミレスを出た大通りを駅方面にすすみはじめたとたんに、ビュッとつよい風が吹いた。

「さむっ」

「さむー」

「さむいなーー」

「さむ、さむ」

もう十二月なのだった。そしてわたしは、おれは、わたしたちは、あの日もあんなふうだったとおもいだす。三月頭の冷気のなか、恋だけを燃やして、息をしろくしてわたしたち、やみくもに北へむかった。

「暴走してたよねー、わたしたち」

越谷の駅へむかい、三人でからだをぶつけあう。この八時間後に春以降の最低気温を更新する、そんなさむい夜に、つめたさにまざってぜんぶの記憶、ぜんぶの物語が、いまはもういない土の〝文体〟で、もどってくる。おもえばさいしょからそうだった。土にであってからずっと、どこか土の語りかたで混ざってわたしたち、自分たちの記憶を語ってた。それぐらい、あのころの土の身体が、声が、強烈だったんだなってそうおもう。

「帰るのだるい、あんな家、かえりたくないー」

「いいじゃん中目黒。わたしすきだよ」

「おれも中目黒がいー」

「わたしはなんか、窮屈。越谷がいちばんよ」

「そっか。わたしは出たいなー。越谷」

そして青澄が「いつか越谷を出る！」といってわらってる。ようやく、そんなふうにわらえる。青澄のこの顔がみたかった。いつだって。今年のはじめにＬＩＮＥした、あのときよぎったのは青澄のこの笑顔だったと、いまではっきりおもいだせる。だけど、あの瞬間にはそんなこと、想像もしなかったのに。まるで捏造《ねつぞう》みたいだけど、おもいだすからこそおもえることがある。

この瞬間のために生まれてきたわたし。

智尾のつないだ手のはなつ熱と、沙里の寝る直前にはなつ熱がわたしのなかにずっとある。混ざってる。だけど、ずっとそうだった、ずっと雑駁《ざつぱく》な家族の〝わたし〟、そうあるべき国や社会の押しつける、抑圧的な〝わたし〟が混ざりあったわたしなんだなってそうおもう。

「しきと京とバイバイするのさみしいなー。ひとりになるよりずっと、家族といっしょにいることがわたしは、さみしいよ」

だからわたしはわたしを引いていく。きっと明日から、それはつらいことだけど、ようやくわたしは、ほんとうにわたしでおもうことをおもう。そうしたらもっと、土の声に耳を澄ますことができるんじゃないかって、いまだけはピュアに、そうおもうよ。

「じゃあ、うち泊まってく?」

おれはいった。数時間前にのんだ抗不安剤の、効果が切れかけているのをかんじる。しかし、きょうはもう飲み足さない。具合がわるいままで、世界にたいし「具合がわるい」と開示する、そのことに慣れないともう生きていけない。

だから力を貸してくれ。土。

あいたいよ。あえないなら、あいたいってずっとおもっていいんだな?

見守っていてほしい、おれの具合のわるさを。けしておまえには元気なふりなんてしてやらないぞって、土に語りかけつづけるおれ。

「え、しきの家? なつい! 泊まりたい泊まりたい」

「懐かしすぎてやばい。懐かし死しちゃうかも?」

「なんだそれは。いいけど、汚いよ?」

「掃除しろー」

それで三人、下り方面の東武伊勢崎線にのり、おれの住むマンションへむかう。両親が死んでから、だれも入れたことがない。ほんとに、掃除しよう、と久しぶりにおもった。京や青澄や土、おれたちわたしたちが世界から隠れられる、ひとりで住んでいても、そんなふうに家を元気にしてやりたいと、いまはつよくおもう。そうすれば、しぜんとおれも、すこしは元気になれる気がした。わたしは、あの四人で昼寝したあの日の平和さをおもいだす。土がさいしょに寝ちゃって、追いかけるみたいにわたしが、みんなが、いっしょに寝ちゃった。あのはじまりの日を、まるで未来のことみたいに、夢想する。

明日を夢みるみたいに、あのころの記憶をおもいだすわたしは。

「大学生みたいにおなじ部屋でみんな、雑魚寝しよ、雑魚寝！」

「それ賛成しかない。てか、アイスかっちゃおうよ。部屋めちゃくちゃ暖めて食おうぜー」

「イイネェー」

「さいこー」

巡回している警察官ににらまれながら、わたしたちはならんで口を夜空にむけて開いて、大声でわらった。

わたしたちはまたおなじことをおもう。今年のお正月にＬＩＮＥしあった、あの日から、わたしたち、たいせつな記憶を取り戻したけど。

「ねえ土、わたしたち、変わった？　変わらない？」

「しらねぇー」

すこし恥ずかしそうな、照れくさいような表情を挟んで破顔した、その運動を、わたしは冬の澄んだ空気のなかで、ジワッと目にやきつけた。

初出「小説トリッパー」二〇二二年春季号から二〇二三年春季号

装画　森泉岳土
装幀　大島依提亜

町屋良平（まちや・りょうへい）
1983年東京都生まれ。2016年「青が破れる」で第53回文藝賞を受賞しデビュー。19年「1R1分34秒」で第160回芥川賞、2022年『ほんのこども』で第44回野間文芸新人賞を受賞。主な著書に『しき』『ぼくはきっとやさしい』『愛が嫌い』『坂下あたると、しじょうの宇宙』『ふたりでちょうど200%』など。

恋《こい》の幽霊《ゆうれい》

2023年７月30日　第１刷発行

著　　者　町屋良平
発 行 者　宇都宮健太朗
発 行 所　朝日新聞出版
〒104-8011　東京都中央区築地５-３-２
電話　03-5541-8832（編集）
03-5540-7793（販売）
印刷製本　中央精版印刷株式会社

ISBN978-4-02-251910-8
定価はカバーに表示してあります。

落丁・乱丁の場合は弊社業務部（電話03-5540-7800）へご連絡ください。
送料弊社負担にてお取り替えいたします。